DU MÊME AUTEUR

Aux Éditions Gallimard

LA VILLE ET LES CHIENS, 1966 (Folio n° 1271)
LA MAISON VERTE, 1969
CONVERSATION À LA CATEDRAL, 1973
LES CHIOTS, *suivi de* LES CAÏDS, 1974
PANTALEÓN ET LES VISITEUSES, 1975 (Folio n° 2137)
L'ORGIE PERPÉTUELLE. Flaubert et *Madame Bovary*, 1978
LA TANTE JULIA ET LE SCRIBOUILLARD, 1980 (Folio n° 1649)
LA DEMOISELLE DE TACNA, 1983
LA GUERRE DE LA FIN DU MONDE, 1983 (Folio n° 1823)
HISTOIRE DE MAYTA, 1986 (Folio n° 4022)
QUI A TUÉ PALOMINO MOLERO ?, 1987 (Folio n° 2035)
KATHIE ET L'HIPPOPOTAME, *suivi de* LA CHUNGA, 1988
L'HOMME QUI PARLE, 1989 (Folio n° 2345)
CONTRE VENTS ET MARÉES, 1989
ÉLOGE DE LA MARÂTRE, 1990 (Folio n° 2405)
LE FOU DES BALCONS, 1993
LE POISSON DANS L'EAU, 1995 (Folio n° 2928)
LITUMA DANS LES ANDES, 1996 (Folio n° 3020)
EN SELLE AVEC TIRANT LE BLANC, 1996
LES ENJEUX DE LA LIBERTÉ, 1997
UN BARBARE CHEZ LES CIVILISÉS, 1998
LES CAHIERS DE DON RIGOBERTO, 1998 (Folio n° 3343)
L'UTOPIE ARCHAÏQUE. José María Arguedas et les fictions de l'indigénisme, 1999
JOLIS YEUX, VILAINS TABLEAUX, 2000
LETTRES À UN JEUNE ROMANCIER, 2000
LA FÊTE AU BOUC, 2002 (Folio n° 4021)
LE PARADIS – UN PEU PLUS LOIN, 2003 (Folio n° 4161)
LE LANGAGE DE LA PASSION. Chronique de la fin du siècle, 2005
LA VIE EN MOUVEMENT, 2006
TOURS ET DÉTOURS DE LA VILAINE FILLE, 2006 (Folio n° 4712)
LA TENTATION DE L'IMPOSSIBLE. Victor Hugo et *Les Misérables*, 2008

Suite des œuvres de Mario Vargas Llosa en fin de volume

Du monde entier

MARIO VARGAS LLOSA
de l'Académie française

JE VOUS DÉDIE MON SILENCE

roman

Traduit de l'espagnol (Pérou)
par Albert Bensoussan et Daniel Lefort

nrf

GALLIMARD

Titre original :
LE DEDICO MI SILENCIO

NOTE DE L'ÉDITEUR

Certains termes espagnols spécifiques à la culture péruvienne n'ont pas de traduction. Pour simplifier la lecture, ceux-ci sont signalés par un astérisque à leur première occurrence et répertoriés dans un glossaire en fin d'ouvrage, accompagnés de leur définition.

À Patricia

I

Pourquoi José Durand Flores, ce prétendu membre de l'élite intellectuelle du Pérou, l'avait-il appelé ? Son ami Collau, qui tenait un troquet, à la fois supérette et kiosque à journaux, lui avait transmis le message ; il avait rappelé, mais personne n'avait répondu. C'était sa fille, Mariquita, lui avait dit Collau, qui avait décroché et peut-être n'avait-elle pas bien compris le numéro. On allait sûrement le rappeler. C'est juste à ce moment que Toño se sentit importuné par ces bestioles obscènes qui, selon lui, le persécutaient depuis sa plus tendre enfance.

Pourquoi donc l'avait-il appelé ? Toño Azpilcueta ne connaissait pas personnellement ce José Durand Flores, mais savait qui il était. Un écrivain reconnu, c'est-à-dire un homme qu'il admirait et détestait à la fois, en raison de sa place sociale ; un « illustre maître » et un « critique prestigieux » : les éloges habituels dont on gratifiait facilement les intellectuels qui, dans ce pays, appartenaient à ce que Toño Azpilcueta qualifiait d'« élite ». Mais ce personnage, qu'avait-il fait jusqu'à présent ? Il avait, certes, vécu au Mexique où Alfonso Reyes, poète et essayiste, érudit et diplomate, directeur du Colegio de México, excusez du peu, avait rédigé la préface de sa célèbre anthologie, *Déclin de sirènes, splendeur de lamantins*, publiée là-bas. On disait qu'il était spécialiste de l'œuvre de l'Inca Garcilaso de la Vega, dont il avait pu recréer la bibliothèque chez lui ou à l'université. Ce n'était pas si mal, évidemment, mais il n'y avait pas non plus de quoi en faire tout un plat. Il rappela donc sans trouver personne au bout du fil. Et voilà qu'eux, les rongeurs, étaient là maintenant, sillonnant son corps, comme chaque fois qu'il se sentait excité, nerveux ou impatient.

Toño Azpilcueta avait demandé à la Bibliothèque nationale du centre de Lima d'acheter les ouvrages de José Durand Flores, et bien que la jeune femme de l'accueil lui ait dit qu'ils le feraient, cela demeura lettre morte ; Toño savait donc qu'il s'agissait d'un éminent académicien mais il ignorait pourquoi. Son nom lui était familier en raison de ses goûts singuliers. Tous les samedis, il publiait dans *La Prensa* un article à la gloire de la musique *criolla** ainsi qu'à celle des chanteurs, guitaristes et batteurs comme Caitro Soto qui accompagnait Chabuca Granda au *cajón**, ce pour quoi il nourrissait pour lui quelque sympathie. En revanche, les intellectuels raffinés qui méprisaient les musiciens criollos, les ignorant royalement ou les clouant au pilori, lui inspiraient une immense antipathie : qu'ils aillent au diable !

Toño Azpilcueta était un érudit en musique criolla – dans son intégralité, littorale, montagnarde, voire amazonienne –, à laquelle il avait dédié sa vie. La seule reconnaissance qu'il avait obtenue, évidemment pas en espèces sonnantes et trébuchantes, c'était d'être devenu, surtout après la mort de cet éminent spécialiste de la ville de Puno que fut le professeur Morones, le plus grand expert de musique péruvienne dans tout le pays. Il avait connu ce maître quand il était encore au collège La Salle, peu après que son père, un émigré italien au patronyme basque, eut loué une maisonnette à La Perla, où Toño avait habité et grandi. Après la disparition du professeur Morones, il était « l'intellectuel » qui en savait le plus (et écrivait le plus) sur la musique et les danses composant le folklore national. Il avait fait ses études à l'université de San Marcos et soutenu sa maîtrise avec un mémoire sur la valse péruvienne dirigé par Hermógenes A. Morones en personne – Toño avait découvert que ce « A » suivi d'un point cachait le prénom d'Artaxerxès –, dont il fut l'assistant et le bien-aimé disciple. D'une certaine façon, Toño était aussi l'épigone de ses travaux sur les musiques et les danses régionales.

En troisième année, le professeur Morones lui avait confié quelques cours et tout le monde à San Marcos s'attendait à ce qu'au départ en retraite de son maître Toño Azpilcueta héritât de sa chaire. C'était aussi ce qu'il croyait. À cet effet, au terme des cinq années d'études à la faculté de lettres, il poursuivit ses recherches doctorales en prenant pour sujet de thèse les crieurs publics de Lima, dont la dédicace reviendrait naturellement à son maître, le docteur Hermógenes A. Morones.

En lisant les chroniqueurs de l'époque coloniale, Toño s'était intéressé aux crieurs publics qui, au lieu de lire les nouvelles et les ordonnances municipales, avaient coutume de les chanter, les diffusant ainsi aux citadins avec une musique verbale. Et avec l'aide de Mme Rosa Mercedes Ayarza, la grande spécialiste de la musique péruvienne, il avait appris que les « cris publics » étaient les plus anciens bruits de la ville, les vendeurs des rues vantant ainsi leurs *rosquetes** fondants, le biscuit du Guatemala, les *reyes** frais, la belle bonite, le délicieux *cojinova** et les *pejerreyes**. C'étaient les sons les plus anciens de Lima. Pour ne rien dire de la *causera**, du *frutero**, de la *picaronera** ou de la *tamalera**, voire la *tisanera**, tous marchands ambulants.

Il pensait à tout cela et les larmes lui montaient aux yeux. Les veines les plus profondes de la nationalité péruvienne, ce sentiment d'appartenance à une communauté unie par les mêmes décrets, les mêmes nouvelles, tout cela baignait dans la musique et les chants populaires. Voilà le sujet central d'une thèse qu'il avait déjà commencée avec une multitude de fiches et de carnets, le tout jalousement rangé dans une mallette. Jusqu'au jour où le professeur Morones partit à la retraite et où il l'informa avec affliction que San Marcos avait décidé, au lieu de le nommer comme successeur, de supprimer la chaire de folklore national péruvien. Le cours s'adressait à des auditeurs libres et chaque année, inexplicablement, et pour incroyable que cela paraisse, les inscriptions diminuaient. Le manque d'étudiants signait sa triste disparition.

En apprenant qu'il ne serait jamais professeur à l'université San Marcos, Toño Azpilcueta entra dans une telle rage qu'il fut à deux doigts de déchirer en mille morceaux chaque fiche et chaque carnet qu'il avait dans sa mallette. Ce qu'il ne fit heureusement pas ; néanmoins il renonça tout à fait à son projet de thèse et au rêve d'une carrière universitaire. Ne lui restait que la consolation d'être devenu un grand spécialiste en musique et danses populaires, ou, comme il le disait, « l'intellectuel prolétaire » du folklore. Pourquoi Toño Azpilcueta était-il si féru de musique péruvienne ? Il n'avait aucun ancêtre chanteur, guitariste et moins encore danseur. Son père, un immigré de quelque hameau italien, avait été employé aux chemins de fer de la Sierra centrale et avait passé sa vie à voyager ; quant à sa mère, souffrant de multiples maux, elle se contentait de hanter les hôpitaux. Elle était morte dans son enfance, et le souvenir qu'il avait gardé d'elle venait davantage des photos que son père lui avait montrées que d'expériences vécues. Non, il n'y avait pas d'antécédents dans sa famille. Il avait commencé tout seul, à quinze ans, à écrire des articles sur le folklore national quand il avait compris qu'il lui fallait traduire en mots les émotions que lui procuraient les accords de Felipe Pinglo et les autres chanteurs de musique criolla. Il connut d'ailleurs pas mal de succès. Il avait adressé son premier article à l'une des revues éphémères des années cinquante. Il l'avait intitulé « Mon Pérou » parce qu'il portait précisément sur la maison de Felipe Pinglo Alva, au carrefour des Cinq Rues, qu'il avait visitée un cahier à la main en le remplissant de notes. Ce texte lui avait rapporté dix soles, le persuadant qu'il était désormais le meilleur critique de la musique et des danses populaires péruviennes. Il dépensa aussitôt cet argent, complété de ses économies, en disques. Chaque petit sol qui tombait entre ses mains était investi en musique, si bien que sa collection ne tarda guère à devenir célèbre dans tout Lima. Les radios et les journaux se mirent à lui emprunter des disques, mais comme on les lui rendait rarement, il lui fallut se montrer pingre. Et l'on cessa de l'importuner quand il liquida sa précieuse collection pour se bâtir une maison à Villa El Salvador. Quelle importance ? se disait-il. La musique était toujours là, dans son sang et sa mémoire, et cela lui suffisait pour écrire ses articles et perpétuer l'héritage intellectuel du célèbre fils de la ville de Puno, Hermógenes A. Morones, paix à son âme !

Sa passion restait strictement intellectuelle. Toño n'était pas guitariste ni chanteur, et encore moins danseur. Jeune homme, son incapacité à danser lui avait causé bien des tourments. Parfois, surtout dans les soirées ou les rencontres auxquelles il se rendait toujours avec son petit carnet de notes dans la poche de son veston, des femmes l'invitaient à danser et il se risquait tant bien que mal à quelques pas de valse, la danse la plus simple, mais jamais de *marineras**, de *huaynitos** ou d'autre danse du Nord, de *tonderos** ou de polkas de Piura. Incapable de suivre le rythme, il s'emmêlait les pinceaux et il lui arriva même une fois – la honte – de tomber. Aussi préférait-il cultiver sa réputation de mauvais danseur. Et il demeurait assis, plongé dans la musique, à observer ces hommes et femmes si divers, venus de tout Lima, se perdre dans une étreinte fraternelle qui, il en était sûr, confirmait ses plus profondes intuitions.

Malgré le mépris ou l'ignorance que lui témoignaient les intellectuels péruviens du haut de leurs chaires universitaires ou à travers leurs prestigieux articles, Toño ne se sentait pas inférieur. Il n'était peut-être pas spécialiste d'histoire universelle ni au courant des philosophies françaises à la mode, mais il connaissait par cœur la musique et les paroles de toutes les marineras, des *pasillos** et des huaynitos. Il avait publié une foule d'articles dans *Mon Pérou, La Musique péruvienne, Folklore national,* des magazines qui atteignaient difficilement le deuxième ou troisième numéro avant de disparaître, souvent sans lui avoir payé le peu qu'ils lui devaient. Un « intellectuel prolétaire », que voulez-vous ? Sans doute n'inspirait-il pas le respect, ni même n'éveillait-il pas l'intérêt des intellectuels tels que José Durand Flores (pourquoi se serait-il intéressé à lui ?), mais les chanteurs ou les guitaristes en quête de reconnaissance et de promotion l'admiraient, ce à quoi Toño Azpilcueta s'était employé pendant des années, comme l'attestaient les centaines de coupures de presse qui emplissaient la valise même où moisissaient les fiches de sa thèse. Certains de ses articles évoquaient les clubs criollos qui, à l'instar de La Palizada et de La Tremenda Peña, deux établissements situés au pont de l'Ejército, du côté de Miraflores, avaient mis la clé sous la porte. Heureusement que Toño avait été témoin de ces rencontres. Il fréquentait tous ces lieux de Lima depuis son plus jeune âge. Il avait commencé à quinze ans, alors qu'il était encore presque un enfant, et il ne voulait pas qu'on oubliât le rôle important que ces clubs avaient joué. Parfois, un journaliste qui voulait écrire une chronique sur Lima cherchait à le voir, et il lui donnait alors rendez-vous au Bransa, le bar de la place d'Armes, pour prendre un petit déjeuner. C'était là son seul vice, les petits déjeuners du Bransa, et il devait parfois, pour les financer, emprunter de l'argent à Matilde, son épouse.

Ses ressources véritables, il les tirait des cours de dessin et de musique qu'il dispensait au collège d'El Pilar, tenu par des bonnes sœurs, à Jesús María. Maigre salaire, mais scolarité gratuite pour ses deux filles, Azucena et María, âgées de dix et douze ans. Il y enseignait depuis plusieurs années et, n'aimant pas trop le dessin, il consacrait la majeure partie de son temps à la musique – criolla, bien entendu –, ayant à cœur d'inculquer, souci pédagogique fondamental, l'amour des traditions péruviennes. Le seul problème, c'était l'étendue de la ville. Le collège d'El Pilar se trouvait très loin de son quartier et, de ce fait, ses deux filles et lui devaient emprunter chaque jour deux bus pour y parvenir ; un trajet de plus d'une heure s'il n'y avait pas de grève.

Il avait connu sa femme peu avant qu'ils construisent leur maison dans cet immense terrain vague qu'était alors Villa El Salvador. Qui aurait pu dire que cette zone verrait rappliquer les guérilleros maoïstes du Sentier lumineux, désireux de chasser les dirigeants du secteur pour contrôler les habitants ? Même les leaders de gauche, comme María Elena Moyano, une femme courageuse qui, à peine deux mois plus tôt, après avoir dénoncé l'arbitraire et le fanatisme des sentiéristes, avait été sauvagement assassinée dans un local du quartier. Depuis leur arrivée, Matilde gagnait sa vie comme blanchisseuse et ravaudeuse de chemises, pantalons, robes et toutes sortes de vêtements, un métier qui rapportait les quelques centimes qui leur permettaient de vivoter. L'union avec Toño fonctionnait tant bien que mal, pas suffisamment pour une vie intense, mais assez pour subsister. Ils avaient connu de bons moments, surtout au début, quand Toño avait cru pouvoir partager avec elle sa passion de la musique. Il avait gagné son amour en lui adressant des acrostiches qui plagiaient les vers les plus ardents de ses valses préférées, ce qui l'avait amené à penser que ces paroles jaillies du plus profond de la sensibilité populaire avaient fait fléchir son cœur. Mais très vite il s'était rendu compte que les accords des guitares ne la faisaient pas vibrer comme lui, qu'elle n'avait pas le souffle coupé quand Felipe Pinglo Alva chantait de sa voix de velours ces couplets qui parlaient de l'amère souffrance des amours non partagées. Convaincu qu'elle s'ennuyait au lieu de frémir à cette musique et de rêver à des vies meilleures et plus fraternelles, il avait cessé de l'emmener aux soirées et concerts, et, avec le temps, il s'était mis à vivre sa vie, sans même lui raconter ce qu'il faisait ni où il allait le week-end. C'étaient des sorties généralement chastes, où il se bornait à bavarder, à écouter de la musique criolla, à dénicher des voix nouvelles et de nouveaux guitaristes – dont il notait scrupuleusement le nom sur ses carnets –, et à admirer encore et toujours les danseurs et leur fabuleuse gestuelle. Il ne buvait plus comme autrefois, surtout maintenant qu'il avait cinquante ans et que l'alcool lui détruisait l'estomac. Juste un doigt de pisco ou – grosse incartade – de rhum. Toño, dans ces lieux, ressentait le besoin d'exercer son autorité, parce qu'il en savait souvent plus que les autres, et lorsqu'on lui posait des questions, on faisait silence comme si les réponses allaient sortir de la bouche d'un professeur d'université. S'il est vrai qu'il n'avait publié aucun livre et que ses précieux articles n'intéressaient que de rares amateurs et jamais d'éminents érudits, en revanche, dans ces bâtisses obscures, aux murs tapissés d'images de Liméniennes voilées et de balcons coloniaux, où l'on touchait du doigt le Pérou véritable – son parfum le plus pur et le plus authentique –, nul autre que lui ne jouissait de plus grand prestige.

Quand il voulait se remonter le moral, il se disait en son for intérieur qu'il achèverait son livre sur les crieurs publics de Lima et obtiendrait son doctorat, trouvant à coup sûr quelque éditeur qui voudrait bien le publier. Cette pensée – qu'il répétait parfois comme une sorte de mantra – lui redonnait courage. Il était sorti faire un tour dans les rues terreuses de Villa El Salvador et il voyait déjà sa maison au loin et, en face, le bar et le kiosque à journaux de Collau, son ami. Une cinquantaine de mètres plus loin, il aperçut Mariquita, la fille aînée de Collau, qui venait à sa rencontre.

« Qu'y a-t-il, ma chérie ? dit Toño en l'embrassant sur la joue.

— On vous demande encore au téléphone, répondit Mariquita. Le même monsieur qui a appelé hier.

— Le professeur José Durand Flores ? dit-il en se mettant à courir pour que la ligne ne soit pas coupée avant qu'il arrive au bistrot de Collau.

— Vous êtes plus difficile à trouver que le président de la République, dit sur un ton familier une voix au bout du fil. Vous êtes bien Toño Azpilcueta ?

— Lui-même, confirma Toño dans l'appareil. Professeur Durand Flores, c'est cela ? Je suis désolé de vous avoir manqué hier. Je vous ai appelé, mais je crois que Mariquita, la fille d'un ami, a mal noté votre numéro. En quoi puis-je vous être utile ?

— Je parie que vous n'avez jamais entendu parler de Lalo Molfino, répondit la voix dans le combiné. Est-ce que je me trompe ?

— Non, non… Lalo Molfino, vous m'avez dit ?

— C'est le meilleur guitariste du Pérou, et peut-être même du monde, s'écria d'une voix enthousiaste le professeur José Durand Flores. Je vous appelle pour vous inviter à une soirée où Lalo Molfino se produira. Ne manquez pas de venir. Avez-vous de quoi noter l'adresse ? C'est à Bajo el Puente, près des arènes d'Acho. Vous êtes libre ?

— Oui, oui, bien sûr, répondit Toño, intrigué et surpris qu'un musicien d'un tel talent, semble-t-il, soit passé sous son radar. Lalo Molfino… Non, je ne l'ai jamais entendu.

Je viendrai avec grand plaisir. À quelle adresse, s'il vous plaît ? Ce soir vers neuf heures, donc.

Toño Azpilcueta décida de s'y rendre, plus curieux de connaître le professeur Durand Flores que ce Lalo Molfino, sans se douter que cette invitation lui apporterait une vérité dont il n'avait jusqu'alors eu que le pressentiment.

II

Ce sont des bâtisses assez anciennes, datant d'un ou deux siècles pour les plus vieilles. Les architectes ou les maîtres d'œuvre voulaient construire des logements pour les pauvres ou les gens impécunieux, avec de petites pièces bâties à la va-vite, sans aucun soin, en les couvrant d'un toit de zinc autour d'un patio où il y avait toujours un tuyau d'où sortait l'eau (parfois usée) et devant lequel les habitants faisaient la queue pour se laver le visage ou le corps (s'ils étaient propres) et remplir des seaux ou des bouteilles d'eau fraîche pour le linge et la cuisine.

Et que dire de ce qu'étaient les fameux *callejones** de Lima, de vrais nids à rats, entre autres choses, un sérieux problème pour qui est effrayé par ces petites bêtes répugnantes. Il existe une très célèbre description des callejones de Lima datant de 1907 que l'on doit au fameux criollo Abelardo Gamarra, le Voyou, où l'on note les dommages spirituels et physiques causés par cette méchante espèce.

Les plus anciens – c'est-à-dire ceux de Malambo et de Monserrate – existaient probablement depuis l'époque coloniale, mais au début du XIXe siècle, quand le général San Martín a proclamé la république, des individus ont fait irruption partout dans le centre de Lima et dans presque tous les quartiers, surtout Rímac, Bajo el Puente et Barrios Altos. La capitale du Pérou s'est remplie de gens sans ressources qui venaient s'installer dans la grande ville où il était plus facile de trouver un travail qu'en province, même s'il s'agissait d'emplois de cuisinière, de portier, de garde du corps ou de bonne. Les envieux disaient que les callejones s'étaient aussi emplis de malfrats et de gens de mauvaise vie de l'ancienne Lima, mais ils exagéraient un peu.

Presque tous les quartiers du centre-ville, en tout cas les plus anciens, possédaient des callejones, ces cagibis rassemblés autour d'une petite cour que les propriétaires louaient ou vendaient aux familles et où s'installaient diverses personnes – les parents, les enfants et les parasites, bien sûr –, qui dormaient parfois sur des matelas à même le sol ou, pour les plus riches, sur des lits superposés, de deux ou trois niveaux, que les habitants fabriquaient eux-mêmes avec des piquets, des bouts de bois et des échelles de meunier. On avait peine à comprendre que, dans ces galetas malgré tout dignes, tant de gens puissent loger, depuis les grands-parents et les arrière-grands-parents jusqu'au dernier des enfants. Foyers d'agitation populaire, ils étaient aussi le lieu d'une infâme promiscuité, propice aux épidémies, qui faisait des ravages dans la population qui y vivait.

Personne n'aurait pu imaginer que ces callejones seraient l'endroit qui, avant tout autre, accueillerait les musiques populaires péruviennes, surtout la valse qui se jouait et se chantait au naturel, sans micro, bien sûr, ni estrade pour l'orchestre ni piste de danse. Parce que c'est là que se célébraient les fameuses *jaranas** – le mot était né sans aucun doute avec cette musique – et que se dansaient la *zamacueca**, puis la marinera et la valse, durant ces folles nuits enflammées par le pisco pur, l'alcool de la Sierra et même le bon vin provenant des caves d'Ica, qui duraient parfois deux ou trois jours, jusqu'à l'épuisement des corps. Comment les habitants des callejones faisaient-ils avec une telle insuffisance économique ? Mystère et miracle de la pauvreté péruvienne.

C'est là, dans les callejones, que sont nés les grands guitaristes et joueurs de cajón du Pérou, de même que les meilleurs danseurs de valse, huaynito, marinera et *resbalosa**. Alors que les demoiselles de bonne famille prenaient des leçons de danse avec leurs professeurs, généralement noirs, les couples d'interprètes, par exemple les célèbres Montes et Manrique, Salerno et Gamarra ou Medina et Carreño, animaient ces nuits glaciales de l'hiver liménien et se rafraîchissaient l'été, changeant seulement de tenue et ajustant les doses d'alcool avec lesquelles ils trinquaient. Les hommes et les femmes étaient heureux, mais ils mouraient jeunes, parfois à cause d'étranges maladies que transportaient sur leurs petites pattes répugnantes, leurs museaux malsains, leurs poils graisseux et méphitiques les rats dégoûtants qui nichaient dans les fissures de Barrios Altos.

Dans les callejones, on cultivait le bon voisinage, les gens se liaient d'amitié et se serraient les coudes dans la maladie comme dans la vie quotidienne, se prêtaient des choses, célébraient la naissance de nouveaux voisins, s'invitaient, jusqu'à créer une sorte de compagnonnage stimulé par la précarité de ces vies sans avenir. Ces lieux étaient connus à Lima pour la facilité avec laquelle ces liens naissaient, liens qui, en général, n'existaient pas chez ceux qui vivaient mieux que ces pauvres-là. C'est pourquoi les callejones et la musique criolla étaient intimement liés pour les quelque soixante-dix mille Liméniens (appelons-les comme ça) qui y vivaient, bien que la majorité de ces « callejoniens » soit venue des quatre coins du Pérou.

Il y avait des callejones partout dans Lima, mais les Noirs – beaucoup d'entre eux esclaves affranchis ou fugitifs – avaient toujours les leurs à Malambo, où les avaient rejoints leurs familles. Dans ce lieu à la sonorité précieuse, les jaranas étaient les plus renommées pour les *zapateos**, les voix magnifiques, les bons guitaristes, et parce qu'on y trouvait les meilleurs joueurs de cajón, cet instrument inventé par les pauvres, le plus audacieux et le plus ingénieux des instruments conçus par les Péruviens pour accompagner les valses – et parce que l'assiduité des spectateurs les faisait durer des heures, parfois des jours, sans que personne n'aille se reposer. Le grand compositeur national Felipe Pinglo Alva avait très souvent assisté à ces fêtes qui animaient les callejones de Lima, mais il s'en allait tôt – enfin, tout est relatif – parce qu'il devait travailler le lendemain. On disait de lui qu'il avait composé plus de trois cents morceaux avant de mourir.

Qui aurait pensé que les callejones de Lima seraient le terreau de cette musique, qu'elle y fleurirait et petit à petit envahirait la vie sociale jusqu'à se faire accepter par la classe moyenne et, plus tard, pénétrer même dans les salons de la noblesse et des nantis, portée par les jeunes qui, tout naturellement, trouvaient la musique espagnole quelque peu barbante et ringarde, surtout en comparaison avec la péruvienne et ces textes si pleins de références à la société et à ses coutumes. Quand la musique criolla s'est imposée, les professeurs de danse ont disparu, confrontés au dilemme de changer de métier ou de mourir de faim.

Les callejones de Lima ont été le berceau de la musique qui, trois siècles après la Conquête, pouvait se dire authentiquement péruvienne. Et point n'est besoin d'ajouter que l'orgueilleux auteur de ces lignes la tient pour l'apport le plus extraordinaire du Pérou au monde. Dans les callejones, il y avait des rats, mais aussi de la musique, ceci compensant cela.

Avant leur construction, Lima se divertissait aussi grâce aux carnavals, quand l'eau coulait d'un bout à l'autre de la ville, arrosant les passants qui, la plupart du temps, jouaient avec les gamins des rues, également trempés. Mais en plus du carnaval, il y avait les concerts en plein air qui marquaient les anniversaires des mariées, des parents, des frères et des amis, et qui meublaient la nuit liménienne de chants et de guitares. Autrement dit, avant que naisse l'habitude de monter la côte d'Amancaes, les Liméniens se détendaient de diverses manières, et peut-être que la meilleure source de gaieté était la danse des Diablotins*, dont il ne subsiste aucune trace bien qu'elle ait été, selon les scribes et les chroniqueurs, très populaire en son temps.

Quelle sorte de ville était la Lima d'alors ? Dans son sympathique livre *La Waltz et la valse criolla* de 1977, le fameux compositeur César Santa Cruz Gamarra rappelle qu'en 1908 on fit un recensement dans la capitale du Pérou qui comptait 140 000 habitants, répartis, selon la classification de l'époque, de la manière suivante : population blanche : 58 683 habitants ; métisse : 48 133 ; indienne : 21 473 ; noire : 6 763 ; asiatique : 5 487. C'est-à-dire qu'il s'agissait encore d'une société peu nombreuse, dans laquelle coexistaient, selon le préjugé, les Blancs et les Indiens, les Noirs et les rares Asiatiques, et où, déclare Santa Cruz Gamarra, l'instrument le plus répandu était l'harmonica, en dehors du sifflet dont les Liméniens usaient à tue-tête, courant dans les rues. Parce que la course était le sport le plus populaire, à la portée de tous. Déjà, à l'époque, la valse et les marineras commençaient à remplacer la zamacueca en tant que musique la plus écoutée, comme en témoignent les concerts que les fanfares militaires donnaient sur les places de la ville, un divertissement nouveau pour le public liménien.

En ce temps-là, à l'aube du XXe siècle, le duo légendaire formé par Eduardo Montes et César Augusto Manrique a été engagé par la Columbia Phonograph Company pour aller à New York enregistrer des disques de chansons nationales, entre autres, nombre de tonderos et de resbalosas, ce dont la presse locale les a chaleureusement félicités.

La capitale du Pérou était alors très peu étendue. La Colmena, la place San Martín et le Parc universitaire n'existaient pas. Les quartiers périphériques n'avaient pas encore proliféré en raison du manque de transports. Mais, dans cette ville minuscule d'alors, s'était produit sans doute le plus extraordinaire phénomène social : l'apparition de la valse péruvienne qui allait s'imposer en peu de temps comme la musique la plus représentative de la société tout entière. Les valses remplaceraient toutes les musiques qui se disputaient les faveurs des gens et s'implanteraient naturellement, sans que personne le décide ou le favorise, sinon la passion de l'immense majorité de nos fiers compatriotes.

III

Ce soir-là, Toño Azpilcueta, après s'être débarbouillé, avoir enfilé son meilleur costume et noué une cravate bleue autour du col de sa chemise – sa seule tenue élégante, qu'il réservait aux grandes occasions –, quitta Villa El Salvador pour gagner Bajo el Puente, l'ancien quartier colonial de Lima. Une dizaine d'années plus tôt, il avait été victime d'une agression dans ce coin. Et cet homme tranquille et pacifique avait remis son portefeuille aux voyous qui, fort déçus, n'y avaient trouvé qu'un billet de dix soles. Ils l'avaient gardé, évidemment, et Toño avait dû payer son taxi retour avec les quelques pièces d'un porte-monnaie bleu qu'il cachait sous son lit.

Depuis cette agression, Toño répugnait quelque peu à se rendre à Bajo el Puente, malgré son charme colonial et l'avenue des Aguas. Un nom bien ronflant, quelle blague que ces « grandes eaux » pour qualifier le Rímac, une rivière tuberculeuse aux pitoyables ruisselets serpentant entre rochers et sablières et se perdant aux abords du couvent des Déchaussés et des bâtisses ou palais à moitié rongés par le temps. L'avenue débouchait ensuite sur le cours d'Amancaes et ses mendiants, puis sur les arènes d'Acho ; d'octobre à novembre, durant la foire, le quartier s'animait surtout grâce aux courses de taureaux et aux concerts de musique criolla.

Il trouva sans difficulté la maison où se tenait la rencontre et reconnut bien entendu la plupart de ceux qui y assistaient. C'était un édifice de deux étages avec quantité de pièces, un des rares encore debout dans ce vieux quartier colonial, où la plupart des maisons s'étaient divisées et sous-divisées jusqu'à ressembler à des ruches. Il y avait beaucoup de monde, hommes et femmes, plus que n'en attiraient habituellement les groupes et concerts musicaux, sirotant le pisco offert par José Durand Flores, qui, en bras de chemise et lunettes sur le nez, comme sur les photos, trinquait et buvait. « À la tienne, champion, à ta santé », disait-il tout en éclusant verre après verre. Et tombant sur Toño, il le salua chaleureusement, comme s'ils étaient de vieux amis.

« Préparez-vous pour le spectacle, mon ami, Lalo à sa guitare, moi je vous le dis, ce gars est phénoménal. »

Toño voulut échanger quelques mots avec lui, mais le professeur Durand Flores semblait se contenter de sa seule présence, sans faire mine d'engager la conversation. Il lui servit un pisco et l'invita à le boire cul sec, puis continua de saluer les invités. Toño Azpilcueta n'eut pas le temps d'en placer une et regretta aussitôt d'être venu. Les premiers à se produire furent des groupes de musique criolla que Toño connaissait déjà bien, pour avoir lui-même assuré leur promotion par ses articles. Il s'était assis sur un banc devant un petit étang où flottaient fleurs et plantes aquatiques. Il en eut bientôt assez d'embrasser tous ces gens qu'il connaissait et qui s'approchaient de lui, déjà éméchés. Il allait s'écarter pour éviter les conversations d'ivrognes quand il vit le professeur Durand Flores émerger de la foule et frapper dans ses mains pour faire silence et prendre la parole. Sa diction trahissant un excès d'alcool, il dit que le but de cette rencontre était de présenter à l'« honorable assistance », en cette soirée qui réunissait les meilleures figures de la musique criolla, un jeune guitariste de Chiclayo qui était « ex-tra-or-di-naire ». Nouveau venu à Lima, il n'était pas encore célèbre, aussi Durand Flores demanda-t-il qu'on l'applaudisse. Il annonça que le groupe Perú Negro tentait de diffuser l'authentique musique péruvienne noire à l'étranger, et que leur première étape serait Santiago du Chili. Lalo Molfino était, cela va sans dire, leur nouveau membre. Puis, leur donnant une bénédiction digne d'un curé, il s'écria : « Recueillement et silence ! » Et il se tut.

Les lumières s'éteignirent à l'exception d'un projecteur éclairant un espace du patio. On vit alors apparaître le personnage promis à la gloire par le professeur Durand Flores. La première chose qui attira l'attention de Toño Azpilcueta, et il n'oublierait jamais ce détail, ce furent les souliers vernis que portait le guitariste de Chiclayo. Sans chaussettes, évidemment. Ces souliers étaient comme sa marque de fabrique, quelque chose de très personnel, une carte de visite, en somme. Il portait des vêtements un peu petits pour lui, du moins le pantalon, qui lui arrivait aux mollets, et une chemise à fleurs à manches très courtes. Il avait l'air sérieux, le visage brun et les cheveux bouclés, comme on n'en voyait déjà plus dans les rues : longs, noir de jais avec une mèche mêlée de cheveux gris. Quand il ouvrait la bouche, il dévoilait des dents très blanches. La mine sévère, il ne dit mot, pas même pour saluer les rares applaudissements qui l'accueillirent. Assis sur une chaise, tandis qu'il accordait sa guitare, il balaya de ses petits yeux ce jardin noir de monde.

En entendant les premiers accords, Toño Azpilcueta cessa de regarder les souliers vernis du guitariste. Il éprouva alors quelque chose de curieux. L'indifférence du professeur Durand Flores qui l'avait mis mal à l'aise s'effaça, et tout disparut autour de lui pour ne laisser place qu'à cette guitare que le jeune homme – car c'était un jeune homme qui jouait – faisait soupirer et pleurer, stridente ou feutrée, face à ce public, comme Toño Azpilcueta ne l'avait jamais entendu, lui qui connaissait tous les guitaristes professionnels de Lima, les plus comme les moins célèbres. Même la première guitare du Pérou, Óscar Avilés, ce grand gars à petite moustache.

Le silence gagna peu à peu ce jardin, cette grande maison. Un silence seulement brisé par ces cordes, un silence taurin, pensa Toño Azpilcueta, comme celui de ce dimanche de 1956 ou 1957 de la Foire d'octobre aux arènes d'Acho qu'il n'oublierait jamais, où son Italien de père l'avait emmené voir une corrida, la première de sa vie, en lui expliquant que Procuna, le torero mexicain, était très inégal, un homme extrême, parfois pris de panique, se carapatant devant le taureau sans nulle honte en laissant tout le travail à ses péons, mais d'autres fois, plein de courage et de grand art, s'approchant si près de la bête qu'il mettait le feu aux gradins.

Malgré sa présence presque chaque année aux corridas liméniennes – sa passion pour les taureaux ayant commencé très jeune –, il ne se souvenait pas d'avoir un jour entendu pareil silence, aussi profond, extatique, de la part d'une foule qui, retenant son souffle, sublime et attentive, oubliait de penser et, sans voix, enivrée, contaminée, immobile, était témoin du miracle en bas dans l'arène où Procuna, débordant de courage, de savoir-faire et d'art, multipliait passes naturelles et véroniques, s'approchant de plus en plus du taureau, fusionnant avec lui. Il retrouva la sensation de cette soirée-là, saisi d'un sentiment presque religieux, radical, primaire. Tandis que le garçon de Chiclayo pinçait ces cordes, tirant de chacune d'elles des sons insolites, déconcertants, profonds et presque déments, Toño touchait du doigt le silence. Toute l'assistance, hommes, femmes, anciens, avait oublié les rires, conversations, blagues et compliments. Ils se taisaient, écoutant avec une attention soutenue et comme hypnotisés les cordes qui vibraient au sein d'un formidable mutisme envahissant la nuit.

Ce silence révérenciel qu'on observait, disait-on, aux arènes de Séville ou de Las Ventas, à Madrid, et qu'il était convaincu d'avoir perçu, enfant, à Acho, était celui-là même que faisait régner ce métis de Chiclayo sous ses yeux, à quelques pas de lui. Il interprétait une valse, évidemment, mais Toño Azpilcueta était bien incapable de la reconnaître parce que cette musique, sous les doigts miraculeux de Lalo Molfino, ne ressemblait en rien à ce qu'il avait pu entendre. Il avait l'impression d'être transpercé, que la musique entrait dans son corps et coulait dans ses veines. Le pauvre Óscar Avilés, la prétendue première guitare du Pérou, faisait en regard piètre figure.

Non, ce n'étaient pas simplement les doigts agiles de Lalo qui arrachaient aux cordes ces notes qui paraissaient inédites, c'était autre chose, un savoir-faire, une concentration, une maîtrise extrême, un miracle. Et il ne s'agissait pas seulement du silence profond, mais de la réaction des gens. Le visage de Toño était baigné de larmes, et son âme, désireuse, haletante, aspirait à s'unir dans une grande embrassade à ces compatriotes, ses frères qui avaient été témoins du prodige. Il n'était pas le seul à être ému. Plusieurs autres sortaient leur mouchoir, parmi lesquels le professeur Durand Flores. Il voulut s'approcher de lui et l'étreindre comme un ami intime, « mon congénère ! » parvint-il à murmurer, un frère de sang. La musique avait magnétisé l'assistance entière au point que toute différence sociale, raciale, intellectuelle ou politique passait au second plan. Le patio était électrisé par une onde amicale, baigné de bonté et d'amour. Son sentiment était partagé, il en était sûr. Quand Lalo Molfino se leva de sa chaise, très droit, tout maigre, accroché à sa guitare, indifférent à l'ovation du public, il crut voir dans le sourire des gens, dans leurs pupilles étincelantes, sur leurs joues empourprées, des symptômes évidents d'amour fraternel, d'union patriotique.

Le métis de Chiclayo inclina la tête et disparut dans un des couloirs de la maison. Les applaudissements continuaient et la rumeur enflait. Les gens semblaient ensorcelés. Toño Azpilcueta voulut serrer la main et poser une ou deux questions à ce prodige du pays. Il le chercha du regard, demanda après lui, mais personne ne sut lui répondre. José Durand Flores, heureux, s'occupait à nouveau de ses invités en leur offrant force rasades de pisco. À chaque toast, il annonçait la nouvelle tournée de Perú Negro et son départ imminent pour Santiago. Toño Azpilcueta le serra dans ses bras et lui souhaita bonne chance dans son voyage. « Les Chiliens vont connaître le véritable Pérou », lui dit-il, ému, et il quitta silencieusement ce patio, cette maison de Bajo el Puente, le quartier « sous le pont », qu'il n'oublierait pas jusqu'à la fin de ses jours. Il pouvait maintenant rentrer chez lui, satisfait, et penser à l'article que ce même soir, ou peut-être demain très tôt, il rédigerait à la Bibliothèque nationale. C'est là qu'il écrivait ses billets et lisait les journaux. Il avait déjà le titre de sa chronique : « Le silence se fit sous le pont ».

Ce soir-là, il ne pensa ni aux rats ni aux rongeurs fantômes qui peupleraient ses rêves en ruinant son sommeil, comme cela lui arrivait souvent. Sous les couvertures, les yeux rivés au plafond, il était encore galvanisé par l'expérience qu'il avait faite en écoutant Lalo Molfino. À ses côtés, Matilde dormait la bouche ouverte en remuant, comme toutes les nuits. Il resta à la regarder et, l'espace d'un instant, elle lui sembla aussi jolie que la chanteuse Cecilia Barraza. Il voulut la réveiller, en lui donnant de petits baisers sur la joue et dans le cou, décidé à lui faire l'amour avec la fougue d'autrefois, mais Matilde fit la sourde oreille. Elle bougea les mains, à moitié endormie, comme pour chasser un fantôme de quelque cauchemar, et elle se tourna de l'autre côté en bougonnant. Toño Azpilcueta n'en fut pas amer. Il avait entendu Lalo Molfino. Il ferait de beaux rêves et écrirait demain le meilleur article de sa vie.

IV

À peine la valse criolla avait-elle vu le jour, et ceci donne une idée claire de la vitesse à laquelle elle s'est répandue dans toutes les classes du Pérou, que bon nombre de jeunes gens bien, mais mal élevés, ont envahi les quartiers populaires, les fameux callejones où l'on jouait, chantait et dansait les valses, et où les jaranas duraient des jours. Ils allaient aussi, cela va sans dire, dans les bordels, où certains avaient même leur favorite. Des bagarres générales éclataient souvent entre les habitants des callejones et les nouveaux venus. Ces derniers constituaient une confrérie qui s'appelait La Palizada, parce qu'ils se comparaient au déferlement assourdissant des rivières amazoniennes qui, en période de crue, déchaînées, emportaient les villages, les maisons et parfois les personnes. On les surnommait les *faites**, c'est-à-dire les caïds.

Le journaliste Abelardo Gamarra, dit le Voyou, illustre *criollista**, n'avait aucune affection pour La Palizada ni pour ces brutes de faites. Il les définissait ainsi : « C'est le macho qui se vante de n'avoir peur de rien, même pas du diable ; ou le dur qui n'a vraiment pas froid aux yeux ; le faite est comme un chef de gang ou un leader ; il s'impose par la force. » Et il ne parlait pas mieux des membres de La Palizada : « Ils n'avaient d'autre but que de s'amuser, tomber amoureux, boire et régler leurs comptes à coups de poing ; ils gaspillaient tout ce qu'ils pouvaient et ce qu'ils avaient chez eux ; ils étaient capables d'aller faire la fête avec la chemise du papa et les jupons de la maman… Ils se bagarraient à merveille, donnaient des coups de tête et vous mettaient sur le carreau, et au type le plus faraud qui n'était pas de la partie, ils lui faisaient un croche-patte qui l'étendait raide. »

Le Voyou raconte encore que le groupe de La Palizada s'est engagé en politique et s'est mis au service des puissants de ce milieu, mais l'un des membres de cette confrérie, Toni Lagarde, grand ami du soussigné, m'a assuré que ce n'était pas vrai, et que jamais les gars de La Palizada n'ont fait la moindre incursion dans la vie politique du pays.

C'est comme ça qu'ils étaient, effrontés, voire féroces ; ils en venaient aux mains, poussés par une virilité primaire quand c'était nécessaire. Ils n'étaient commandés par personne d'autre qu'Alejandro Ayarza, frère de doña Rosa Mercedes Ayarza de Morales, sympathique autrice et compositrice de valses que l'érudit Eduardo Mazzini appelle « notre grande compilatrice de thèmes populaires ». Un autre spécialiste de la valse péruvienne, Manuel Zanutelli, corrobore cette affirmation.

Et c'est ainsi que don Alejandro Ayarza, plus connu par son pseudonyme, Karamanduka*, chef de cette bande de « jeunes gens bien » qui s'étaient dévoyés, a inventé une valse péruvienne intitulée *La Palizada* dont les paroles, selon Eduardo Mazzini et don Manuel Zanutelli, définissaient parfaitement cette grande troupe. La voici :

La Palizada

C'est nous les garçons les plus connus
De cette noble et belle ville ;
C'est nous les garçons les plus gâtés,
De bonne humeur et de sagacité.

C'est nous les champions de la jarana
Et les grands virtuoses du cajón ;
S'il faut donner, envoyer des coups,
On se tient à disposition.

Aboule le pognon, le pognon, le pognon,
Le pognon, le pognon…
Non, ma belle, je ne te le passe pas,
Pas même une lichette.
Aboule le pognon, le pognon, le pognon,
C'est ainsi qu'il éduque ses gonzesses,
Le Karamanduka.

Allez, les verres de bon alcool,
Allez, les verres sans plus tarder
À nous le bon alcool du Pérou
Le rhum que l'on boit comme un trou.

Vive les hommes vaillants
Vive l'amour, vive l'argent
Vive les femmes, vive l'orgie
Et l'eau-de-vie qui donne du courage.

Aboule le pognon…

Tous les soirs à travers champs
Je fais un tour à Puerto Arthur

Pour me détendre, fumer un cigare
Que nous donne don Silverio.

On passe ainsi la nuit tout heureux
Avec la guitare, avec le cajón ;
Ainsi, on oublie nos souffrances
Avec les vapeurs du bon rhum.

Aboule le pognon…

Pour nous pas de boulot
Rien que la fête et la jarana,
De long en large on se balade
Et l'on chante des couplets passionnés.

C'est nous La Palizada
La plus connue de la ville,
C'est nous les plus connus
Pour notre bonne humeur et notre sagacité.

Aboule le pognon…

Somos los niños más conocidos
en esta noble y bella ciudad,
somos los niños más engreídos
por nuestra gracia y sagacidad.

De las jaranas somos señores
y hacemos flores con el cajón
y si se trata de dar trompadas
también tenemos disposición.

Pásame la agüilla, la agüilla, la agüilla,
la agüilla, la agüilla…

Yo no te la paso, morenita, ni de raspadilla.
Pásame la agüilla, la agüilla, la agüilla,
que así la educa a su muchachada
el Karamanduka.

Vengan copitas de licor sano,
vengan copitas sin dilación,
venga ese rico licor peruano
que vulgarmente le llaman ron.

Vivan los hombres de gran valía,
viva el dinero, viva el amor,
vivan las hembras, viva la orgía
y el aguardiente que da valor.

Pásame la agüilla…

De las chacritas todas las tardes
a Puerto Arthur voy a parar
a deleitarnos con el buen puro
que don Silverio nos suele dar.

Así pasamos noches contentos
con la guitarra, con el cajón,
así olvidamos los sufrimientos
con los vapores del rico ron.

Pásame la agüilla…

Para nosotros ya no hay trabajo
sino jaranas y diversión
y andamos siempre de arriba abajo
cantando coplas por afición.

Nosotros somos La Palizada
más conocida de la ciudad.

Somos la gente más renombrada
por nuestra gracia y sagacidad.

Pásame la agüilla…

La tradition raconte que cette valse, musique et texte, a été composée par Karamanduka en personne, un soir où ils étaient derrière les barreaux, lui et les membres de La Palizada, certainement à cause de leur mauvais comportement lors d'une jarana quelconque qui s'était probablement terminée en bagarre, chose assez fréquente chez les vigoureux Péruviens, chiots de la nation nourris du meilleur sentiment patriotique. On raconte aussi que, quand Karamanduka a supplié le commissaire de les laisser sortir, le policier l'a mis au défi, disant qu'il les relâcherait s'il composait dans l'instant une valse avec de belles paroles. Karamanduka s'est arrangé pour la composer en quelques précieuses minutes.

La Palizada a été la porte de sortie de ces jeunes rebelles. Je raconterai dans ces pages l'histoire d'amour qui est née entre l'un d'entre eux, Toni Lagarde, déjà mentionné, et Lala, la jeune Noire, muse d'un des callejones de Barrios Altos, dont l'union et l'immarcescible amour sont une preuve empirique corroborant l'hypothèse que le lecteur trouvera dans ce traité.

C'est ainsi que s'est répandue dans tout le Pérou la prodigieuse valse péruvienne, sommet de notre musique criolla qui aujourd'hui se joue et se danse dans tout le pays. Gonzalo Toledo, dans une de ces superbes chroniques qu'il a écrites pour *El Comercio,* déclare que dans la belle ville de Huancayo, bordée par le fleuve Mantaro, il y eut aussi une autre Palizada – la Palizada Huanca, nommée d'après la culture indigène qui s'est épanouie dans la région avant les Incas – à laquelle appartenaient des médecins, des avocats et des fonctionnaires qui, sans aucun doute, étaient plus polis et mieux éduqués que leurs modèles liméniens.

C'est en parcourant ces rues de l'ancienne Lima, à la recherche des plus fameux callejones de notre ville – c'est-à-dire les plus en lien avec la musique criolla –, que j'ai connu ma plus affreuse expérience avec les rats. Ma Lima bien-aimée, je dois le reconnaître, possède ce défaut. Elle n'est pas la seule, car ce fléau frappe toutes les grandes villes anciennes, comme Paris, qui existe depuis tant de siècles et héberge dans son sous-sol des millions de rats. À Lima, qui ne fait pas exception, je me promenais dans l'illustre quartier noir, Malambo, quand, en entrant fureter dans un très vieux callejón presque en ruine, j'ai senti soudain quelque chose tomber sur mon épaule droite, une chose qui s'était détachée du toit de la maison à moitié démolie que je visitais. J'ai cru que c'était un morceau de brique et, sans me retourner, je l'ai chassé d'un revers de main, mais comme le poids n'était pas parti, j'ai eu l'idée de regarder sur mon épaule. Dans un sursaut où mon cœur a cessé de battre quelques instants, j'ai vu là, de biais, étourdi par la surprise et le coup qu'il avait reçu, un horrible rat gris bien dodu qui louchait. J'ai senti l'air me manquer et j'ai réussi à lui donner une deuxième claque. L'animal est tombé par terre, aussi épouvanté que moi – ou peut-être plus – pendant quelques secondes avant de courir se cacher sous les saletés qui jonchaient le sol.

Comme tout grand pays, le Pérou possède ses petits défauts. Les rats apportent la pourriture, la maladie et la faiblesse, ils amoindrissent l'esprit collectif que la musique a forgé. Plus qu'une question esthétique, en finir avec ces bestioles est une priorité morale. J'en appelle au bon sens des autorités compétentes.

V

Quelques mois s'étaient écoulés depuis cette soirée mémorable à Bajo el Puente, et Toño Azpilcueta n'avait plus entendu parler de Lalo Molfino. Il espérait que la presse spécialisée ferait écho à la tournée de Perú Negro au Chili, mais le temps passa et il ne vit rien venir, bien que chaque semaine il se présentât systématiquement aux kiosques à journaux pour feuilleter les revues et lire les nouvelles. Puis la rumeur lui apprit que ce petit gars de Chiclayo avait quitté Perú Negro pour se produire avec Cecilia Barraza, ce pour quoi il avait donné rendez-vous à cette dernière au café Bransa de la place d'Armes, où il aimait prendre son petit déjeuner quand ses finances le lui permettaient. Chaque fois qu'il pensait à elle, son cœur s'affolait. Et comme chaque fois qu'il avait un prétexte pour voir Cecilia Barraza, il était nerveux et angoissé ; aussi eut-il du mal à reconnaître José Durand Flores quand il le vit s'approcher de sa table. Il portait des lunettes, une cravate et un costume trois pièces qui semblait trop ajusté pour lui. Il était immense et débraillé tandis qu'il lui tendait la main.

« Vous êtes seul ? lui demanda-t-il. Je peux m'asseoir avec vous ?

— Je vous en prie, dit Toño en se levant pour s'incliner. J'ai une dette envers vous dont je ne saurais m'acquitter. Vous m'avez offert une soirée merveilleuse en compagnie de Lalo Molfino. »

Le professeur Durand Flores souffla et se laissa tomber sur une chaise qui grinça sous son poids.

« On sert ici des *chancays** au fromage de la Sierra à tomber par terre », dit-il en secouant la tête, comme s'il avait voulu oublier cette soirée, Lalo Molfino et tout ce qui lui était arrivé depuis.

Il commanda au garçon ces brioches qui le faisaient saliver et un grand bol de café au lait.

« Avant je prenais du chocolat, dit-il en changeant de sujet et en grimaçant. Le seul bon chocolat qu'on a au Pérou est celui de Cuzco, et on n'en trouve presque plus. »

Toño Azpilcueta fit celui qui n'avait pas entendu et remit sur la table le seul sujet qui comptait à ses yeux, Lalo Molfino et sa tournée au Chili. Comment avaient réagi ces gens qui n'avaient pas la chance de se dire péruviens ? Avaient-ils succombé au talent de Lalo Molfino ? Sa guitare avait-elle radouci le féroce sang mapuche ? N'ayant aucune envie d'approfondir le sujet, le professeur Durand Flores lui dit que cela avait été un échec total. Le groupe Perú Negro avait fini par se séparer et il ne voulait pas en dire davantage ni entrer dans les détails.

« Je pars pour Paris mercredi et là-bas je reprendrai du chocolat, ajouta-t-il. J'espère ne pas revenir à Lima de sitôt. Ni au Pérou. »

Il s'exprima avec un tel air de dégoût que Toño Azpilcueta, comprenant que José Durand Flores se sentait très mal, demeura silencieux.

« Je voulais seulement vous dire que cette soirée à Bajo

el Puente, je ne l'ai pas oubliée, dit Toño après un long silence. Merci à vous et à la guitare de Lalo Molfino. Je ne peux pas me le sortir de la tête. Je ne savais où vous appeler pour vous remercier. »

On lui avait apporté son café au lait avec les deux chancays au fromage de la Sierra et le professeur Durand Flores les observait d'un air approbateur. L'homme n'était pas gros, mais bien rembourré. Il avait une voix douce, aimable, apaisante.

« J'espère que vous avez lu mon article dans *Folklore nacional,* ajouta Toño Azpilcueta.

— Non, je ne l'ai jamais vu, dit le professeur José Durand Flores en s'apprêtant à avaler le premier chancay dont il venait de prendre une grande bouchée. J'essaie d'oublier cette soirée à Bajo el Puente.

— Moi, je m'en souviendrai jusqu'à la fin de mes jours, dit Toño. Entendre jouer Lalo Molfino est, je crois, l'expérience musicale la plus riche que j'aie eue. Je n'ai plus jamais entendu parler de lui. Il ne m'a même pas remercié pour l'article si enthousiaste que j'ai écrit sur son concert.

— Il ne l'a pas lu, c'est sûr, parce que je ne crois pas que Lalo lisait, rétorqua le professeur Durand Flores. Vous ne saviez pas que ce garçon était mort ? On dit même qu'il s'est suicidé. »

Le cœur de Toño Azpilcueta cessa de battre, et son monde s'écroula à cet instant. Lalo Molfino mort ? Suicidé ? Il crut qu'il allait se mettre à pleurer et ouvrit grands les yeux pour s'en empêcher. Les larmes et sa phobie des rats étaient ses deux principales faiblesses. Devant lui, le professeur José Durand Flores mangeait tout à son aise et vidait son bol de café au lait à petites gorgées.

« C'était un garçon très bizarre, dit-il en mastiquant

bruyamment. Je l'ai engagé parce qu'il jouait magnifiquement de la guitare. Mais là-bas, au Chili, il nous a donné bien du fil à retordre. Il ne s'entendait avec personne, il refusait de jouer en groupe, il voulait jouer seul. Un cauchemar. Tous mes danseurs le détestaient parce qu'ils pensaient qu'il les méprisait. En réalité, il ne se rendait même pas compte de l'existence d'autrui. Je crois que Lalo Molfino était le type le plus prétentieux du monde. Il se considérait comme le meilleur guitariste du Pérou. Bon, en même temps, il l'était, pas vrai ?

— Oui, je le pense, monsieur », dit Toño Azpilcueta, n'ayant toujours pas réalisé que ce métis filiforme aux souliers vernis n'était plus là. Et il demanda, la voix brisée : « Comment est-il mort ?

— La tuberculose, je crois, il avait les deux poumons perforés, en plus d'autres maladies, dit le professeur Durand Flores. D'ailleurs, il ne s'alimentait plus. Mais voilà, la rumeur de son suicide s'est répandue dans Lima. Je n'étais pas là, mais à Santiago, à essayer d'éponger les dettes de la compagnie. Nous avons perdu tout l'argent investi dans le groupe Perú Negro. Un vrai désastre, cette affaire. Pour moi et mes associés. »

Toño Azpilcueta le pressa alors de mille questions.

« Je ne sais pas grand-chose, sauf qu'il est mort ici, à Lima, peu après son retour du Chili. Une mort subite, à l'Hôpital ouvrier où, semble-t-il, on l'avait accepté par miracle. Quel malheur, n'est-ce pas ? Une grande perte. »

Il finit de manger et appela le garçon pour lui demander l'addition.

« Vous partez vraiment, professeur ? demanda Toño, mis quelque peu en appétit par l'odeur des chancays au fromage de la Sierra qui flottait au-dessus de la table.

— Mercredi prochain, je compte les heures.

— Vous allez beaucoup nous manquer au Pérou, professeur, dit Toño Azpilcueta et, après avoir hésité un instant, il passa du regret au reproche : Avec tout le respect que je vous dois, je ne comprends pas ce que les intellectuels de ce pays ont tous à aller en France. Ces franchouillards n'ont rien de bon à nous apprendre. Rappelez-vous César Moro, ils nous l'ont rendu homo. Et je ne crois pas que ce soit le seul. Tous ceux qui y vont croient en revenir meilleurs, et ils ne font que dire pis que pendre du Pérou. »

Le professeur Durand Flores faillit s'étrangler ou éclater de rire, ou les deux à la fois. Il laissa quelques billets sur la table et tendit la main à Toño.

« Je vous souhaite une bonne journée, mon cher.

— Et à vous, un bon voyage, dit Toño Azpilcueta en retrouvant un ton solennel. J'espère vous voir bientôt revenir dans votre patrie. Nous avons perdu Lalo Molfino, espérons ne pas vous perdre aussi. »

Toño le vit sortir du Bransa, énorme et flasque, toujours pressé. Et satisfait, sans doute, d'avoir pris ce bon petit déjeuner. Lui, en revanche, était en miettes. Lalo Molfino mort, suicidé peut-être ? Cette nuit, il ferait à coup sûr des cauchemars, avec des rongeurs partout. Il se disait que l'humanité avait perdu un de ces talents qui justifient le passage de l'homme sur terre. Maintenant qu'il avait appris cette nouvelle, à quoi bon attendre encore Cecilia Barraza ? Il lui avait demandé cet entretien car, dans les nombreuses recherches qu'il avait entreprises sur Lalo Molfino, on lui avait dit que Cecilia l'avait renvoyé de son groupe de musique quand elle avait découvert qu'il était amoureux d'elle. Était-ce bien vrai ? Ou seulement des rumeurs infondées ? Cela n'avait plus beaucoup de sens d'essayer de le vérifier. Ce qu'il devait faire maintenant c'était s'excuser auprès de Cecilia de lui avoir donné rendez-vous de si bonne heure et oublier une fois pour toutes Lalo Molfino.

Mais quand Cecilia Barraza arriva au Bransa, une demi-heure plus tard, Toño Azpilcueta était toujours là à sa table, n'ayant cessé de penser ne serait-ce qu'une seule seconde, avec une immense tristesse, à ce jeune métis dont la musique avait célébré la vie, ou plutôt avait chamboulé la sienne. L'arrivée de Cecilia lui remonta un peu le moral. C'était sa seule véritable amie dans le milieu artistique criollo, ou du moins lui plaisait-il de le croire. Depuis toujours, bien qu'il ne lui ait jamais adressé le moindre compliment, il était épris d'elle. C'était un amour secret, qu'il dissimulait au fond de son cœur, convaincu que Cecilia lui était largement supérieure, et véritablement inaccessible. Il avait écrit maints articles sur elle, la portant toujours aux nues, parlant surtout de la finesse et de l'élégance de sa voix, de sa façon de s'habiller et de son évolution délicate sur scène. Il avait conservé tous ses disques, qu'il écoutait avec ravissement, toujours tout seul, car de tous les interprètes criollos Cecilia était de loin celle que Matilde détestait le plus.

« Qu'y a-t-il, tu es tout pâlichon ? lui demanda-t-elle. On dirait que tu vas tourner de l'œil, Toño.

— Pepe Durand était ici pour petit déjeuner, lui dit-il. Il m'a annoncé une terrible nouvelle. Terrible, oui, j'ai failli m'évanouir. Il m'a appris la mort de Lalo Molfino !

— Tu ne le savais pas ? » dit Cecilia.

Elle était, comme toujours, très élégante, drapée dans un châle léger, avec de hautes bottes en cuir et, au bras, un sac de la couleur de son imperméable. Fort bien maquillée. Elle semblait tout juste sortie de la douche et ses petits yeux vifs et lumineux scintillaient de mille feux tandis qu'elle prenait place près de Toño. Celui-ci remarqua qu'elle avait les mains fraîchement manucurées. Et malgré sa stupeur, il pensa un instant au bonheur que cela aurait été d'être l'époux d'une belle femme comme celle-ci. Mais aussitôt il replongea dans ses lugubres pensées. Lalo Molfino, mort ? Il ne pouvait le croire.

« Ce rendez-vous, c'était pour parler de Lalo Molfino, dit Toño d'une voix brisée. Mais quelle importance, à présent, n'est-ce pas ? Ce petit métis était-il amoureux de toi ?

— C'est ce qu'on dit, reconnut Cecilia en souriant, sans accorder beaucoup d'importance à cette rumeur – elle parlait tout bas, pour ne pas se faire entendre de la table voisine. En vérité, il ne m'a jamais rien dit. Lalo était très timide, peut-être qu'il n'osait pas. Il ne m'a jamais adressé le moindre compliment. Il me vouvoyait toujours. Alors qu'on a passé presque deux mois ensemble. Tu n'imagines pas les maux de tête qu'il m'a donnés.

— Et donc tu l'as assez bien connu », conclut Toño en trempant les lèvres dans sa tasse de camomille qui, comme il l'espérait, était glacée. Cecilia avait comme d'habitude commandé un thé au citron et une petite bouteille d'eau minérale.

« C'était un génie, c'est sûr, dit-elle. Mais il était aussi prétentieux, un garçon vaniteux, quelqu'un de très difficile. Un névrosé comme je crois n'en avoir jamais vu. Il refusait de jouer avec ses camarades du groupe, il voulait des morceaux pour lui tout seul. Dans le groupe, ils le détestaient tous, ils le traitaient d'"oiseau rare". Parce qu'il ne parlait jamais avec eux et qu'ils avaient l'impression qu'il les regardait toujours de haut. Cela dit, c'est vrai qu'il jouait merveilleusement de la guitare. Mais si je ne l'avais pas renvoyé, c'est tous les autres qui m'auraient faussé compagnie. Pourtant, le dernier jour, quand il m'a fait ses adieux, je lui ai trouvé l'air tristounet. "Je vous dédie mon silence", il m'a dit comme ça, et il est parti presque en courant. Je ne sais pas ce qu'il a voulu me dire par là : "Je vous dédie mon silence." Est-ce que tu comprends, toi ?

— Quand je l'ai entendu jouer de la guitare, à Bajo el Puente, je me suis dit que le silence qui a suivi était comme ceux qu'on entend parfois pour les taureaux, dit Toño. Cela me touche profondément qu'il t'ait dit : "Je vous dédie mon silence", Cecilia. Il est clair qu'il était amoureux de toi. »

Toño l'observait. Elle restait très jeune, Cecilia. Il la revoyait, petite fille, quand le présentateur Negro Ferrando l'avait découverte dans son émission sur Radio América, avec sa petite voix si douce, et ces yeux… Combien de fois l'avait-il interviewée ou avait-il écrit sur elle, en faisant l'éloge de son talent ? Des dizaines, voire des centaines de fois. Et il ne le regrettait pas, car elle n'avait jamais déçu ses admirateurs.

« J'avais demandé à te voir pour que tu me dises comment contacter Lalo Molfino, lui avoua Toño en haussant les épaules. Je voulais le rencontrer, l'interviewer. Pauvre garçon ! Le professeur Durand Flores m'a mis le moral dans les chaussettes. Je suppose que cela n'a plus de sens d'enquêter sur lui.

— Si tu veux, je peux te raconter certaines choses sur Lalo, dit Cecilia, battant des paupières. C'était un génie à la guitare, mais quelqu'un d'étrange, de très bizarre. Par exemple, il ne sortait jamais. Je veux dire, aller faire un tour, comme on le faisait tous. Connaître les endroits où l'on jouait. On s'est trouvés à Ica, à Arequipa, à Puno et à Cuzco. On s'est beaucoup baladés. Mais pas lui. Il n'a même pas voulu voir le lac Titicaca. Il s'enfermait dans sa chambre d'hôtel pour remplacer les cordes de sa guitare et l'accorder. Il y passait toutes ses journées. Tu ne me crois pas ? Je te le jure. Il n'aimait pas du tout faire du tourisme, et il ne voyait personne non plus. Sa guitare, c'est tout ce qui lui importait dans la vie. Jour et nuit il manipulait les clés, vernissait l'instrument, l'huilait. Il vivait pour sa guitare.

— Autrement dit, tu l'as viré du groupe, dit Toño. Bien qu'il soit un génie.

— Il s'entendait très mal avec tout le monde, et les autres musiciens le détestaient. Ils reconnaissaient son talent, bien sûr, mais ils le croyaient à moitié cinglé. Je crois qu'il ne l'était pas tant que ça. Je ne sais pas s'il faisait semblant ou s'il était vraiment fou.

— Comment as-tu appris sa mort ?

— Quelqu'un m'a dit que sa fin approchait et qu'il était à l'Hôpital ouvrier, dit Cecilia. Je suis donc allée le voir. »

C'était une loque et Cecilia l'avait à peine reconnu, reclus dans la salle commune, parmi de nombreux autres malades. Le médecin avait dit à Cecilia qu'il valait mieux ne pas le toucher et qu'elle n'ait surtout pas l'idée de l'embrasser ; il était tuberculeux au dernier stade et n'en avait plus pour longtemps. Il ne cessait de cracher du sang. Il pouvait mourir à tout moment sans que l'hôpital ait le temps de contacter sa famille. Elle était allée jusqu'à son lit, mais il avait les yeux fermés et il ne les avait jamais ouverts tout le temps que la chanteuse était restée là.

« Il avait toujours été très maigre, dit Cecilia. Mais il avait fondu… Il n'avait plus que la peau sur les os. Il dormait, ou du moins il en avait l'air. Peut-être qu'il n'avait envie de parler à personne. Je suis retournée quelques jours après à l'Hôpital ouvrier, mais il était déjà mort. Et comme personne n'avait réclamé le corps, on l'a enterré dans la fosse commune.

— Dans la fosse commune ? » fit Toño Azpilcueta, scandalisé.

Il n'arrivait pas à le croire. Il se sentait mal et l'angoisse lui brûlait la poitrine. Cette nuit, ses cauchemars seraient pires que d'habitude.

« C'est du moins ce qu'on m'a dit à l'hôpital. Je n'ai pas posé de questions. Apparemment, c'est l'usage quand personne ne réclame les restes d'un patient : on l'enterre dans une fosse commune. Je n'aime pas ça du tout, en savoir autant sur les morts. Pauvre garçon ! On ne connaissait rien de lui. Peut-être n'avait-il pas de famille. Il était de Chiclayo, à ce qu'on disait.

— Oui, dit Toño, il était de Chiclayo. Enfin, pas de la ville même. Il semble qu'il soit né aux alentours, à Puerto Eten. »

Ils restèrent tous deux silencieux un bon moment. Toño ne parlait pas parce qu'il avait l'impression que, s'il le faisait, sa voix allait se briser et il se couvrirait de ridicule devant Cecilia. Il était si ému que l'envie de pleurer ne le quittait pas. Et pour une personne avec qui, de son vivant, il n'avait pas échangé un mot ! Saisi d'émotion, il prit une décision cruciale à cet instant même. Il écrirait un livre sur Lalo Molfino, coûte que coûte. Il ferait des recherches dans les journaux et les revues, il parlerait avec toutes les personnes qui l'avaient connu de son vivant. Son livre serait un hommage à son immense talent, mais aussi à bien d'autres choses. Finalement, il exposerait ses idées sur la valse péruvienne à laquelle il avait si longtemps réfléchi quand il voyait l'impact de la musique sur le public, surtout l'effet produit par Lalo Molfino cette fois-là à Bajo el Puente. Même s'il ne trouvait pas d'éditeur, il l'écrirait ; ici au Pérou était née la meilleure guitare du monde. La proximité de Cecilia accélérait les battements de son cœur, et cela l'encourageait. Elle sentait l'eau fraîche et des arômes délicats. Et elle était toujours souriante, belle et gracieuse. La nouvelle de ce guitariste exceptionnel jeté à la fosse commune parce que personne n'avait réclamé son corps le touchait en plein cœur. Même la mort du professeur Hermógenes A. Morones, le grand homme de Puno, ne l'avait pas autant meurtri. Il se rappela sa veillée funèbre. Il y avait beaucoup de monde, et le président de la République avait même envoyé une couronne mortuaire. Quelle différence ! Non, ce n'était pas juste. Il écrirait son livre sur la musique péruvienne, peu lui importait s'il devait le publier avec ses deniers personnels, et avec lui, il en était sûr, il rendrait un hommage posthume au guitariste tout en apportant sa contribution à la solution des grands problèmes nationaux.

VI

Personne ne sait quand est née l'habitude des Liméniens d'aller danser, chanter et passer une belle journée à se détendre et s'amuser sur le plateau d'Amancaes ; on sait seulement qu'à l'origine c'était une fête religieuse célébrée tous les 24 juin. Les aquarelles de Pancho Fierro au XIXe siècle nous disent que cette fête était très ancienne, remontant peut-être à cent cinquante ans en arrière, et que les Liméniens s'y rendaient pour enterrer le Ño Carnavalón, le roi du carnaval, qui avait présidé aux carnavals antérieurs. Certains affirmaient que même le père Bernabé Cobo avait consacré un chapitre de son *Histoire du nouveau monde*, en 1653, à raconter l'apparition des gens les plus divers ce jour-là dans nos contrées. Et l'historien Raúl Porras Barrenechea assurait avoir déniché la légende d'un ermite, mort en odeur de sainteté, qui aurait été le premier à célébrer ce pèlerinage à Amancaes. On dit aussi qu'un riche propriétaire de mines à Potosí, Aurelio Collantes, y avait construit une chapelle consacrée à saint Jean de Latran, où l'on fêtait la Saint-Jean et où l'on accueillait les chevaliers à la croix de l'ordre hospitalier.

À dire vrai, personne n'a aucune certitude. Il existe toutes sortes d'histoires sur son origine. Mais l'important est que, quand sur le plateau d'Amancaes apparaissaient ces insolites fleurs jaunes, tous les Liméniens, peu importait leur classe sociale, des plus fortunés jusqu'aux plus humbles, montaient chargés de leurs divers instruments de musique, s'installaient et commençaient à jouer. Les marmots et les chiens couraient entre les groupes et, bien sûr, les cavaliers en profitaient pour parader sur leurs montures et même les faire danser. C'est comme ça qu'ils séduisaient les filles sous le nez de leurs parents. Il est très probable que ce soit là, à Amancaes, qu'est née la valse péruvienne. C'est ce que confirment les premières photos prises à Lima.

Les témoignages concordent. Allaient sur le plateau d'Amancaes les Blancs les plus bêcheurs ainsi que les métis aux pieds nus qui commençaient à oublier le quechua et à baragouiner l'espagnol. Il y avait aussi des Chinois, des Japonais, des Espagnols et d'autres étrangers. On y entendait toutes les langues. Et tout le monde se retrouvait là, les vieux guitaristes des débuts de la valse comme José Ayarza et Gómez Flores, Pedro Fernández et Luis A. Molina, et d'autres illustres représentants de la Vieille Garde, de la génération de Felipe Pinglo Alva jusqu'à doña Rosa Mercedes Ayarza de Morales, qui a compilé des dizaines, sans doute des centaines de chansons péruviennes et les a rendues publiques sur la scène du théâtre Politeama. Là, les enfants apprenaient auprès de leurs aînés la danse des Diablotins – à ce jour, personne ne sait à quoi elle ressemble, et il est probable que personne ne le saura jamais –, à jouer de la guitare, de l'harmonica, de la vielle, ou encore à monter les étalons qui galopaient parmi la foule.

Don Pedro Bocanegra, par exemple, était célèbre pour les sérénades qu'il offrait à la moitié de Lima à l'occasion de l'anniversaire des anciens et des fillettes. La puissance de sa voix le précédait dans les rues et tout le monde le saluait en tant qu'illustre représentant de la Vieille Garde. Le sobre bourdonnement de sa guitare ouvrait les portes, et ses sérénades, de sa voix de stentor, rassemblaient des foules. Puis, à l'aube, don Pedro rentrait chez lui, au callejón del Pino, rue Patos, après avoir, disait-il, « passé une nuit de bohème ». C'était un des habitués de la promenade d'Amancaes que tous respectaient. Il y en avait plusieurs comme lui.

De nombreuses sérénades avaient lieu sur le plateau d'Amancaes. Les amoureux en profitaient pour faire la cour à leur belle et, au passage, se faire connaître et accepter par la famille. Inutile de dire que les filles étaient fières qu'on leur joue ces sérénades qui, parfois, duraient des heures, voire des jours, et grâce auxquelles elles amadouaient les familles sévères de cette époque, si catholiques que leur vie se résumait aux naissances, deuils, enterrements et processions.

Les photos les plus anciennes montrent des personnages célèbres comme Juan Francisco Ezeta et Pedro Fernández dans les lieux fréquentés par les plus pauvres qui dansaient pieds nus la danse des Diablotins. On ne savait pas si les figurants représentaient les diables échappés du cimetière (ou de l'enfer) ou si les couples qui dansaient voulaient les renvoyer dans les limbes des ténèbres pour qu'ils y pourrissent jusqu'à la fin des temps. Cela donnait à Amancaes une note religieuse de tonalité satanique mais, pour le reste, cette fête populaire où se pressaient des milliers et des milliers de gens, et parfois même le président de la République, était des plus joyeuses. Les familles se préparaient longtemps à l'avance, repassant et reprisant leurs vêtements, concoctant boissons et nourriture en abondance pour les deux ou trois jours qu'ils passeraient là-haut, dans les nuages, où tombait un manteau de fleurs jaunes sur le visage des filles et des garçons.

Quand Chabuca Granda inventa ces belles valses qui ont fait le tour du monde en célébrant la pampa d'Amancaes, celle-ci était déjà morte et enterrée. La ville s'était étendue et avait rogné l'espace où se déroulait la fête auparavant. Et les nouvelles constructions réduisaient encore le périmètre où jadis on chantait et on dansait.

Aujourd'hui, la promenade d'Amancaes est plus un fantasme. Une idée de bien-être et de fraternité entre les Liméniens de toutes les classes sociales, origines et couleurs, qui allaient s'amuser là-haut. Parmi les musiques qu'on jouait et les danses qu'on dansait ces après-midi-là a mystérieusement surgi une danse magique, la valse péruvienne, que personne n'a inventée, qui s'est peu à peu manifestée comme un trait d'union entre des gens si divers et séparés par d'innombrables préjugés. Au temps d'Amancaes, ces gens oubliaient leurs préjugés sociaux, tout disposés à aimer leurs congénères, à se détendre à leurs côtés et à profiter.

Tout indique que sur le plateau d'Amancaes les bagarres étaient rares : on séparait immédiatement les responsables d'un conflit ou d'un pugilat, ou même d'une discussion trop animée, et les bonnes paroles passaient avant les mauvaises. Tout le monde y fraternisait et, d'une certaine manière, tout le monde s'y aimait : c'était ça, le Pérou.

Plus tard, poussés par le succès des polkas et des danses

de la chanteuse Chabuca Granda, les gouvernements et la population ont voulu ressusciter cette époque faste en faisant appel à de vieilles gloires comme les guitaristes Alcides Carreño et Alberto Condemarín. Mais ce n'était plus possible. La croissance de la ville avait réduit le plateau à ce qu'il est maintenant, un parc minuscule à moitié noyé entre les immeubles, les parkings et les constructions modernes. Pourtant, c'est sur le plateau d'Amancaes que, dans les temps anciens, a dû naître la valse péruvienne, cette musique qui, au-delà des préjugés et des anathèmes, unirait les Péruviens et leur donnerait un robuste socle musical sur lequel, sans que personne l'exige, se forgerait ce lien entre tous les fils de cette terre, une chose qui aujourd'hui nous fait rêver. Voilà ma plus ferme conviction et, jusqu'à preuve du contraire, je continuerai à y croire.

VII

Toño Azpilcueta savait que les grandes étendues de sable de la côte péruvienne, au sud et au nord de Lima, allaient lui plaire. Et en effet, elles étaient là, encerclant l'autocar de l'entreprise Roggero qui l'avait conduit de Lima à Chiclayo. Il n'avait pas beaucoup voyagé au Pérou, sauf à Cuzco en avion, et en avion aussi à Trujillo, invité par le Club Libertad et par Guillermo Ganoza, ce grand monsieur trujillien si sympathique, pour être membre du jury du Festival de la marinera qui, soit dit en passant, connaissait un immense succès depuis sa création en 1960.

Mais il n'avait jamais vu ce paysage d'immenses dunes jaune pâle, tirant parfois sur le gris, avec des vagues écumantes à gauche et, se profilant à droite, les contreforts de la cordillère des Andes, qu'il avait imaginée bien des fois à partir des photos ou des textes d'histoire qu'il lisait et relisait.

Ces formidables bandes de sable s'étendaient à perte de vue jusqu'à, passé Trujillo, la cité de terre de Chan Chan, la très antique ville d'adobe où les anciens Péruviens enterraient leurs morts, humains ou animaux, leurs pagnes, leurs poupées, leurs cordons de nœuds, tout ce qui, léger, gracile, original, avait fleuri dans les petites cultures de la côte, dont étaient dépourvues les grandes cultures de la Sierra, ces civilisations guerrières, conquérantes, d'abord les Aymaras, puis les Incas, qui ne gaspillaient pas leur temps à tisser les somptueux manteaux en ailes d'oiseau de Paracas, destinés à la pure contemplation et au plaisir. Il ne se lassait pas de voir ces plages aux vagues farouches prêtes à manger vives les pierres qui dévalaient la cordillère.

Il était très content. Cela faisait des jours qu'il ne faisait plus de cauchemars, ni la journée, ni la nuit, de ces répugnantes bestioles et, grâce au prêt de son ami Collau, il avait enfin entrepris ce voyage à Chiclayo et à Puerto Eten. Un matin, après l'avoir entendu ressasser plusieurs soirs durant la vie brève et triste de ce petit guitariste chiclayen, il était venu chez lui, un peu éméché, fuyant son regard, une main dans la poche.

« Je viens faire une bonne action pour toi », lui avait dit Collau le Chinois.

Toño aurait dit qu'ils avaient le même âge, mais les Chinois ont tous cet âge indéfinissable, qu'ils soient jeunes ou vieux, et Collau ne faisait pas exception à la règle.

« Hier soir, on a bien bavardé, n'est-ce pas ? » se rappela Toño Azpilcueta.

Il avait vidé son sac, parlant à n'en plus finir de Lalo Molfino et de la *huachafería** péruvienne.

« Je crois que je me suis laissé aller, mon vieux, j'ai parlé des Incas et du Tahuantinsuyo, non ?

— Et comment ! Tu as jacassé comme une pie, acquiesça Collau dans un filet de voix. Au point que je suis resté un bon moment sans dormir à penser à cette histoire que tu as racontée. Tu nous as émus, mon vieux. Quelle triste aventure que celle de ce garçon ! Surtout qu'il était amoureux de Cecilia Barraza. Et que c'est beau ce qu'il lui a dit en lui faisant ses adieux : "Je vous dédie mon silence."

— C'est que, lorsque je parle de Lalo Molfino, je suis très ému et me mets même à pleurer, répliqua Toño en tapotant l'épaule de Collau le Chinois. Et quelle est cette bonne action, dis-moi ? »

Ils étaient amis depuis qu'ils avaient chacun construit leur maison de leurs propres mains, il y avait de cela déjà quelques années, dans ce quartier, grâce à un maire espagnol dévoué appelé Michel Azcueta et naturalisé péruvien, qui n'avait pas son pareil. Aucun d'eux n'avait de titre de propriété mais, si le maire disait vrai, cela ne tarderait pas. Ils avaient coutume de bavarder le soir, bien que la femme de Collau, Gertrudis, une montagnarde d'Ayacucho, mère de ses trois filles, ne participât généralement pas à ces conversations. Elle sortait parfois, les regardait, muette et renfrognée, puis rentrait à l'intérieur.

« Je vais te prêter cinq mille soles, mon frère, lui dit son ami Collau, gêné, fuyant son regard et balbutiant presque. Pour que tu écrives le livre que tu as en tête sur Lalo Molfino et les choses du Pérou. Pour que tu ailles à Chiclayo enquêter sur la vie de ce garçon. Écris ce livre, mon frère. Tu feras pleurer beaucoup de monde si tu le racontes comme tu l'as fait hier soir. Tu as vu que même ta femme était en larmes ? »

Toño ne sut que répondre. Il lui prêtait cinq mille soles ? Qu'est-ce qui lui prenait, à Collau ? C'est bien la première fois qu'une telle chose arrivait et il le connaissait depuis des années.

« Je te les prête parce que moi aussi tu m'as fait pleurer, mon vieux, une fois au lit. Qui l'eût cru, moi qui n'ai rien d'un sentimental ? Mais ça m'a touché, ce que tu as dit sur ce garçon, son agonie à l'Hôpital ouvrier. Un si grand guitariste ! » dit le Chinois.

Toño Azpilcueta ne savait plus que dire. L'initiative de Collau le prenait totalement au dépourvu. Il aurait de quoi aller à Chiclayo, enquêter à Puerto Eten sur ce qu'avait été l'enfance de Lalo Molfino, interroger tant de monde. Ce serait le premier et le dernier livre qu'il publierait, car cela lui prendrait des années, ou du moins de nombreux mois. Il avait la gorge nouée. Il vit Collau lui sourire.

« Tu acceptes ? l'entendit-il dire, tout près de lui. Acceptes-tu cet argent que je te prête, mon vieux ? Tu n'as pas dit un mot et je ne sais pas comment l'interpréter. Par ailleurs, Gertrudis est d'accord pour que je te donne ce petit coup de pouce, Toño. Ma femme est un peu sèche, mais c'est une sentimentale. Comme toutes les filles d'Ayacucho.

— C'est que ta générosité, Collau, m'a laissé sans voix. Tu as vraiment dit ce que j'ai entendu ? Cinq mille soles ? Tu vas me les prêter ?

— Bien sûr que oui, mon vieux », acquiesça Collau le Chinois.

Il sortit la main de la poche de son pantalon avec une liasse de billets chiffonnés qu'il posa sur la table.

« Les voilà, mon ami. Pour que tu fasses pleurer tout le Pérou, comme tu nous as fait pleurer hier soir, Matilde et moi. »

Toño avait communiqué son enthousiasme à Collau le Chinois. La passion débordante avec laquelle il parlait de Lalo Molfino et de l'importance de la musique criolla pour l'unification du Pérou n'avait pas seulement attendri son cœur, elle lui avait aussi donné le sentiment d'être partie prenante d'une entreprise qui rendait sa dignité au peuple péruvien. Bien qu'il ne fût en rien sentimental comme ces criollos qui fréquentaient les *peñas**, son ami avait été ému en l'entendant dire, avec une fermeté qui frisait l'exaltation, que la huachafería péruvienne et la valse criolla, deux phénomènes indissociables, étaient les grandes contributions péruviennes à la culture universelle. Cette idée, en plus d'être belle, méritait d'être consignée dans un livre. C'est pourquoi il mettait à sa disposition cet argent qui représentait toutes ses économies.

« Je n'ai jamais vu une telle somme, dit Toño en comptant les billets. Je n'arrive pas encore à y croire, mon ami. Es-tu sûr, mon frère, de me les prêter ? Je ne sais pas quand je pourrai te les rendre.

— Ne te tracasse pas pour ça, fit Collau en riant. C'est un prêt sans échéance fixe. Quand tu pourras, tu me rembourseras, et si tu ne peux pas, ce n'est pas un problème. Garde cet argent et écris ce livre, Toño, pour ce que tu aimes le plus.

— Je suis convaincu maintenant de l'existence de Dieu, dit Toño à Matilde, sa femme, en caressant les billets que lui avait remis Collau. Et je te le jure, ce Collau ira droit au Ciel, s'il existe. »

Il pouvait à peine parler, à peine exprimer le bonheur qu'il éprouvait.

C'est grâce à ce geste que Toño se trouvait là, à Puerto Eten. Il avait eu confirmation que Lalo Molfino n'était pas né à Chiclayo, mais à cet endroit-là, et que c'est dans ce petit port qu'il avait passé son enfance et probablement découvert les secrets de la guitare. Qui avait pu être son maître ? Il devait bien en avoir eu un. Pour ses recherches, il était indispensable de le retrouver.

Il ne connaissait personne à Puerto Eten, mais on lui avait dit que c'était une petite ville desservie par les trains de la Sierra et des environs. Il supposa que tout le monde devait connaître Lalo, car si ce que croyait Toño était vrai, son existence était la chose la plus importante qui soit jamais arrivée aux habitants de cette localité. Il lui suffirait de mentionner le nom du guitariste pour qu'on l'accueille à bras ouverts, et les centaines de personnes qui l'auraient connu lui fourniraient toutes les informations qu'il lui fallait. En sa rapide visite de seulement deux ou trois jours, il pourrait réunir de nombreuses données sur ce garçon, il en était sûr.

Il n'avait pu réserver depuis Lima aucun autocar ou bus de Chiclayo à destination de ce port qui, à ce qu'on lui avait dit, devait compter deux ou trois mille habitants, mais on l'avait assuré qu'il y avait des dizaines de bus, voire des centaines, et qu'il n'aurait aucune difficulté à en trouver un. En revanche, il avait réservé l'hôtel pour passer la nuit à Chiclayo ; c'était le Santa Rosa, situé au centre-ville, près de la place d'Armes, un hôtel sans pension mais très bon marché. Il n'y resterait pas plus d'une nuit, de sorte que, malgré sa modicité, il n'y serait pas trop mal.

Il avait passé plusieurs jours à Lima sur les pas de Lalo Molfino, mais sans trouver grand-chose, parce que le garçon aux souliers vernis n'avait pas laissé beaucoup de traces de son passage dans la capitale. À l'Hôpital ouvrier, par exemple, où il avait passé les dernières nuits de sa vie, Toño s'était heurté à un mur de silence. Il ne savait pas, malgré les nombreuses questions qu'il avait posées, pourquoi on l'avait accepté alors qu'il n'était pas ouvrier et n'avait pas d'emploi stable, ni quels médecins l'avaient examiné : on lui avait seulement dit qu'à sa mort, comme personne ne réclamait son corps, on l'avait enterré dans la fosse commune, ainsi que le lui avait rapporté Cecilia Barraza. Il ne savait même pas vraiment pourquoi Lalo avait quitté sa terre de Chiclayo pour venir à Lima. Et de ses activités elle lui avait seulement confirmé ce qu'il savait déjà : qu'il était passé par le groupe Perú Negro de José Durand Flores, puis avait rejoint celui de Cecilia Barraza pour une tournée dans le pays. Pour ne pas mourir de faim il avait probablement dû rejoindre entre-temps quelque ensemble criollo, se produire dans une troupe ou jouer dans un bar comme guitariste ; mais cela, Toño Azpilcueta n'avait pu encore le tirer au clair.

La difficulté de mener à bien ses recherches lui avait déclenché, une fois de plus, des démangeaisons aux jambes et aux bras. Il lui suffisait de fermer les yeux pour voir ces silhouettes répugnantes s'approcher de son visage. Il ne comprenait pas pourquoi il était si difficile de retrouver la trace du guitariste, et plus il y pensait, plus injuste lui paraissait le destin de ce génie méconnu. Un après-midi, comme il sortait de la Bibliothèque nationale, frustré d'avoir gaspillé une autre interminable journée sans guère progresser, alors qu'il y avait longtemps que cela ne lui était pas arrivé, l'inévitable se produisit. Il allait prendre l'autobus pour regagner le cœur de la ville, où il attraperait la correspondance pour Villa El Salvador, quand il fut soudain certain qu'un rongeur s'était fourré entre sa chemise et sa peau. Il s'arrêta en pleine rue et, sans se soucier des passants, dégrafa son veston, retira sa chemise et promena sur son dos le petit miroir qu'il conservait toujours dans sa poche. Aucune trace d'animal. Il était à moitié nu, son torse à la vue de tous, et il tâcha de se rhabiller en vitesse. C'était stupide, il le savait, mais c'était une frayeur incontrôlable, une peur panique qui lui tombait dessus comme la pluie, l'ébranlait et le désespérait, si bien qu'il devait se ruer dans des toilettes, ôter ses souliers, son pantalon et sa chemise, à l'idée que des rongeurs trottaient sur ses pieds, dans ses chaussettes ou, pire encore, dans son caleçon. Il n'en avait jamais trouvé, certes, à l'exception de ce rat de Malambo. Mais la terreur qui survenait d'un coup à l'idée que sous ses vêtements s'était glissée une de ces horribles bestioles, la queue hérissée, le rendait fou et, l'espace de quelques secondes qui lui semblaient des heures, il passait le petit miroir sur son corps. Il ne pouvait éviter ces paniques qui, où qu'il se trouvât, le rendaient ridicule. Il ne parlait jamais à Matilde de ces incidents qui, se disait-il, empoisonneraient sa vieillesse.

Malgré les maigres informations qu'il avait récoltées sur Lalo Molfino, Toño Azpilcueta avait rédigé de nombreuses fiches et des résumés sur le livre qu'il écrirait et pour lequel il avait même trouvé un titre provisoire : *Un petit coup de champagne, petit frère ?* Évocation et hommage à son ami Collau, mécène du projet, qui, lorsqu'il était content et sous le moindre prétexte, entrait chez lui, sortait une bouteille de champagne et lui proposait une coupe. Un titre festif, donc, et qui recouvrait deux sujets fondamentaux : la fraternité et la huachafería.

Dans une de ses notes, il avait déjà souligné qu'il était absurde de considérer ce terme comme synonyme du mot espagnol *cursilería*, « ridicule », comme le disaient certains dictionnaires, surtout celui des péruvianismes. Non, la huachafería péruvienne représentait plus que ce simple *cursi* espagnol : une autre façon de comprendre le monde, quelque chose de plus naïf et de plus tendre, de moins recherché mais de plus intuitif et caractéristique de chaque classe sociale. Il allait faire des petits souliers vernis de Lalo Molfino son symbole. Il y avait une huachafería humble, celle des Péruviens indiens, une huachafería des métis, c'est-à-dire des classes moyennes, et même les riches avaient leur propre huachafería quand ils se faisaient passer pour nobles ou descendants de la noblesse, en se défiant en duel selon le code du marquis de Cabriñana, comme si cela allait les blanchir un petit peu, leur faire perdre leur condition de métis.

Parce que le vrai Péruvien, c'était le métis ; c'est ce qu'avaient soutenu les indigénistes, et surtout ce grand Cusquénien que fut José Uriel García dans son livre *Le Nouvel Indien*, en 1930, dont un des chapitres, « La caverne de la nationalité », évoquait les *chicherías**. Uriel García s'était contenté d'une ébauche, c'est pourquoi il appartiendrait à Toño de suivre ses traces pour comprendre les mystères du métissage et de la huachafería péruvienne exprimés dans la musique criolla, les valses, les pasillos, la marinera, la polka, les huaynitos de la Sierra, interprétés à la guitare, bien qu'on utilisât aussi le cajón, la mâchoire d'âne, le piano, le cornet, le grelot, la harpe, le luth, l'harmonica et les dizaines et dizaines d'instruments de la Sierra, de la côte et d'Amazonie qui avaient créé la richesse du folklore national. Les intellectuels prétentieux – parmi lesquels on ne comptait pas José Durand Flores, bien sûr – méprisaient ces expressions artistiques dans leur souci de ressembler davantage aux Français ou aux Anglais. Ils ne comprenaient pas que seul le *huachafo* était beau et authentique parce qu'il naissait d'un sentiment pur, d'une réaction sage et intuitive face au monde qui précédait les formes artificielles et les postures fallacieuses collant à la peau de ces écrivains qui ne lisaient qu'en français et en anglais et qui, pour cela même, regardaient avec indifférence, voire mépris, les revues dans lesquelles Toño publiait ses articles.

Dans son livre, qu'ils ne pourraient lâcher, le maître supérieur de la huachafería serait Lalo Molfino, qui avait traversé cette vie en coup de vent et qui, probablement sans le vouloir ni le savoir, avait créé avec sa guitare cette musique qui l'avait transporté, lui, Toño Azpilcueta, vers des sommets d'une intensité unique. Ce fameux soir, à Bajo el Puente, il avait enfin compris pourquoi il avait consacré sa vie au folklore national. Un folklore qui, bien que constitué à la fin du XIXe siècle, avec Felipe Pinglo Alva, les compositeurs et bohémiens de la Vieille Garde, puis les faites, et encore cent autres groupes, avait commencé à mûrir trois siècles plus tôt, quand après la férocité des découvertes et des conquêtes espagnoles avait surgi le Pérou de l'avenir, unissant, dans la violence, cela va sans dire, l'Espagnol et l'Indien afin que naisse le Péruvien.

D'aucuns disaient que son origine était une musique espagnole et sévillane, le fandango ; d'autres, comme l'historien et journaliste Manuel Zanutelli Rosas, que la valse péruvienne venait d'Autriche et de Johann Strauss. Ils n'étaient jamais d'accord, mais qu'importait son origine ? Elle existait bel et bien, aujourd'hui et pour toujours. Felipe Pinglo Alva, le père de la musique péruvienne, était un mythe et tous les mythes ont des origines diverses, voire contradictoires.

Pendant son voyage à Chiclayo, Toño Azpilcueta souriait, joyeux. Son livre, se disait-il, aurait une orientation idéologique et défendrait une thèse. Pourrait-il le publier ?

Oui, assurément, il trouverait bien des gens intéressés par ses théories qui l'aideraient à payer l'édition. Quand bien même ce serait un livre tout simple, composé à la main sur du vieux papier par ces typographes huachafos et géniaux qui existaient encore – reliques historiques – dans certaines imprimeries de Lima. Tant mieux s'il s'agissait d'une édition huachafa, car Toño Azpilcueta n'avait pas honte de le reconnaître ni de le dire. N'était-il pas un éminent émissaire de la huachafería ? Cette idée le fit rire à voix haute et quelques passagers de l'autocar, surpris et le croyant fou, se retournèrent pour le regarder. Toño fit profil bas, toussant et regardant par la vitre.

On ne voyait plus la mer, la route s'enfonçait dans la cordillère, mais les dunes, grises maintenant, adoucies par de rares arbustes et couronnées de nuages blanchâtres, étaient toujours là, interrompues parfois par d'infimes et minuscules villages dont le nom ne lui disait rien ; l'autocar s'y arrêtait pour laisser descendre et monter des voyageurs qui, heureusement, ne remplissaient jamais le véhicule.

La chaleur s'intensifiait. Ce désert alentour était mystérieux et, d'après les connaisseurs, peuplé d'animaux que les braconniers venaient abattre le week-end ; ces dunes fourmillaient de lapins, lézards, araignées et même de petits renards. Sans parler de ces maudites bestioles qu'il détestait tant : rats et souris de toute taille. Cela faisait des heures qu'il était secoué dans ce car et, à rester si longtemps assis, il commençait à avoir mal au dos et aux fesses.

Dégusterait-il ce soir le fameux canard au riz, grande spécialité de la cuisine chiclayenne ? Oui, sans doute, avec un petit bock de bière. Mais après avoir été ballotté plus de onze heures dans ce car, il n'aspirait qu'à dormir, pourvu qu'il ait un lit confortable et propre.

L'hôtel Santa Rosa était tout près de la place d'Armes sur l'avenue San José. Toutes les boutiques de Chiclayo étaient encore ouvertes et la foule s'y pressait. Toño Azpilcueta n'eut pas à prendre de taxi ; il demanda son chemin et gagna l'hôtel à pied, sa valise ainsi que la petite serviette où il rangeait ses fiches et ses cahiers à la main. Malgré son corps endolori, il était content et optimiste. Il avait l'impression qu'enfin commençait la grande aventure : écrire ce livre en hommage à Lalo Molfino et à la huachafería.

La ville aux maisons peintes en blanc lui parut bien sympathique. Le petit hôtel Santa Rosa était plus modeste qu'il ne le pensait. Sa chambre comprenait une salle de bains avec douche, lavabo et WC, mais n'avait pas de ventilateur, et la chaleur, malgré la fenêtre grande ouverte sur la rue, la transformait quasiment en étuve. Il était si fatigué qu'il se déshabilla et, sans mettre de pyjama, s'étendit sur le lit en pensant qu'il ne pourrait dormir dans cette horrible chaleur, sans parler des moustiques qui le piquaient. Sans compter non plus les nombreux coins où pouvaient s'être retranchés les inévitables rongeurs.

Malgré tout, il s'endormit sur-le-champ. Il se réveilla très tôt – il n'était pas encore six heures du matin – et prit une bonne douche à l'eau tiède. Il se rasa et se coiffa avec soin, changea de chemise et de chaussettes, mais pas de caleçon ni de pantalon. Encore heureux qu'il n'ait pas fait de cauchemars. Il avait bien dormi et était très content. Il demanda au garçon de l'hôtel qui bâillait, un garçon au nom biblique, Caifás, où il pourrait déjeuner, et celui-ci lui dit qu'à quelque cent mètres, sur la place d'Armes, il y avait plusieurs cafés déjà ouverts, et qu'il trouverait aussi là un bus pour Puerto Eten. Il lui en coûterait seulement un sol et demi.

Place d'Armes, sous ses grands arbres – étaient-ce des tamariniers ? –, il y avait une vie intense et bruyante ; des gens qui se pressaient ou qui attendaient, en groupes, quelqu'un ou quelque chose, peut-être un travail. Il y avait un grand cinéma, sûrement fermé à cette heure. Il vit aussi l'hôtel de ville et la cathédrale où l'on ne pouvait entrer sans veston ni chapeau. Il s'assit à une petite table à l'ombre, sur les dalles rouges, et commanda un solide petit déjeuner avec des œufs au plat et deux *tamales**, du pain, du beurre et un café au lait. En attendant qu'on le serve, il relut son petit carnet rangé dans sa poche et s'assura qu'il avait dans sa veste ses crayons bien taillés. Il acheta un journal local, *La Industria*, et s'aperçut que celui-ci ne faisait que reprendre les nouvelles internationales qu'il avait lues la veille dans les journaux de Lima.

Le garçon qui le servit lui dit que dans la file de taxis se trouvaient tous les bus qui allaient vers le nord et le sud, et que n'importe lequel d'entre eux le laisserait à Puerto Eten en plus ou moins une demi-heure, parce qu'à la différence de l'autoroute panaméricaine la route n'était pas asphaltée. Toño déjeuna au calme, savourant chaque bouchée. À cette heure, il ne sentait pas la chaleur et, comme Puerto Eten se trouvait au bord de la mer, là-bas il résisterait sans doute mieux à la fournaise de Chiclayo la nuit passée. Il se rappela alors qu'on avait publié naguère un livre intitulé *Puerto Eten*, d'un poète péruvien. Quel était son nom ? Il fallait qu'il le lise, peut-être qu'on y parlait de Lalo Molfino. Peut-être aussi qu'à son retour il pourrait déguster ce fameux canard au riz. On en servirait sûrement dans l'un de ces restaurants.

VIII

Comme je vous l'ai déjà raconté, l'un des personnages les plus pittoresques de La Palizada était Toni Lagarde, de Miraflores, un de ces Blancs qui rêvaient de s'encanailler et que j'ai connu à son âge mûr. Nous sommes encore aujourd'hui de bons amis, puisqu'il est toujours en vie à quatre-vingt-dix ans, et je l'espère pour longtemps encore. Il m'a raconté lui-même son histoire, une histoire, soit dit en passant, peu fréquente dans notre Lima où dominent les préjugés raciaux (et maintenant, grâce au Sentier lumineux, les balles, les coupures de courant et les chiens pendus aux réverbères).

Ce Miraflorin était entré à l'université de La Molina pour étudier l'agronomie et avait rejoint cette bande de crapules, dirigée par le fameux Karamanduka, qui prétendait jouer de la guitare, chanter, danser toutes les valses et les marineras des callejones liméniens, et qui, les nuits de bringue, s'incrustait avec sa troupe à toutes les fêtes qu'il trouvait sur son chemin.

Toni était l'un des plus jeunes, toujours bien coiffé, avec un pull-over à col rond, un pantalon ajusté, de grosses chaussures sur des chaussettes rouges et un petit foulard blanc qu'il ôtait chaque fois qu'on jouait une marinera. (J'ai vu des photos de lui jeune où il avait un air précieux.) Il s'était laissé pousser les cheveux qui lui tombaient en boucles blondes sur les épaules. Il avait la peau d'un blanc rose et de grands yeux bleus qui se plissaient quand il voulait chanter ou danser.

Les membres de La Palizada découvrirent un jour que Toni Lagarde voulait constamment se rendre dans un callejón de Morones où l'on organisait presque tous les samedis une de ces fêtes à tout casser et où La Palizada, après de nombreux incidents, avait fini par être bien reçue. Pourquoi Toni voulait-il toujours revenir à ce callejón ?

Ses amis et ses copains s'aperçurent qu'il courait après Lala, une Noire mince, bien faite, vive et pleine de fraîcheur, qui dansait avec beaucoup de grâce la valse, la marinera et le huayno. Avec ses grands yeux brillants et rieurs, elle flirtait comme une Liménienne aguerrie alors qu'elle n'avait pas plus de seize ou dix-sept ans. Karamanduka et ses amis taquinaient lourdement Toni à ce sujet.

Jusqu'à ce qu'un jour Toni Lagarde leur avoue que, oui, Lala Solórzano était son amoureuse, et les mette en garde pour qu'aucun d'eux ne la drague parce qu'elle était à lui, à lui seul, et que personne ne s'avise même de lui faire un compliment ni de l'inviter à danser sinon ils auraient affaire à lui, il ne supportait pas les blagues. Il était à moitié soûl et ils n'y prêtèrent pas attention. Mais ils finirent par le croire à mesure qu'ils les voyaient tous les deux main dans la main, dansant toutes les nuits de fête, ensemble, inséparables, la jeune Noire résignée à danser seulement avec lui, échangeant des regards et des baisers de couple complètement amoureux.

Les membres de La Palizada tirèrent les vers du nez à Toni Lagarde. C'était sérieux, ces amourettes dans le callejón de Morones ? Il se rendait compte qu'il était un Miraflorin de la haute et elle, une Noire du quartier le plus pauvre et le plus marginal de Lima ? Qu'est-ce que ça signifiait ? Toni avait-il l'intention de la sauter ou voulait-il autre chose ? Il souriait, évitait de répondre, jusqu'à ce qu'il prenne une mine grave et avoue qu'avec Lala Solórzano « il y avait quelque chose de plus », qu'il « l'aimait » et que c'était sérieux. Toute la bande se moqua de lui : « Allez, laisse tomber, Toni, ne nous dis pas que tu vas te marier avec cette Noire de Morones parce qu'on ne te croit pas, et tes parents le croiront encore moins quand tu leur diras, si tu en as le cran. »

Mais Toni était de ceux qu'on ne fait pas plier et quand il annonça à ses parents qu'il allait se marier avec une jeune Noire de Morones, ils levèrent les bras au ciel et son père le menaça de le mettre à la porte. Alors Toni, qui ne manquait pas de répondant, fit sa valise, quitta la maison familiale pour une pension et ne revint jamais vivre avec eux. Il abandonna ses études d'agronomie et se chercha un travail à la mairie de Lima, auquel il consacra toute sa vie jusqu'à la retraite. De leur côté, les parents de Lala, évidemment, finirent aussi par la rejeter parce qu'au lieu de se marier à l'église elle s'était mise en ménage avec Toni et ça, ce n'était pas un vrai mariage chrétien. Ils dirent à Toni qu'il revienne faire sa demande quand il aurait vingt et un ans – il en avait à peine dix-huit –, car ils ne le recevraient pas avant.

Toute La Palizada pensait que ces amourettes entre le jeune Blanc de Miraflores et la jeune Noire de Morones ne dureraient pas et que très vite le couple se séparerait, comme il se doit : parce que Toni Lagarde était un fils de bonne famille et que Lala Solórzano n'était qu'une Noire qui savait à peine lire ; ses parents vivaient dans un callejón et mouraient de faim bien que le père travaillât (de temps en temps) dans le bâtiment, pour une société qui construisait des maisons pour les riches, et que la mère fût lavandière et couturière à la demande. De plus, le père était un bon joueur de cajón qui donnait des cours de musique péruvienne dans le callejón où il habitait.

Insensibles aux commérages, les jeunes persistèrent dans ces amourettes et la surprise de tous fut de taille quand ils apprirent que Lala était enceinte et que, au lieu d'avoir recours à une avorteuse parmi toutes celles qu'il y avait à Lima et qui faisaient tout ce qu'il fallait pour délivrer un couple de la charge d'un enfant, Toni et Lala voulurent le garder. Ils étaient très amoureux, et parfois se rendaient à Morones pour participer aux fêtes où brillait La Palizada. Toujours main dans la main, ils semblaient aussi heureux qu'au début de leur histoire.

Le ventre de Lala et le bonheur du couple grandirent à l'unisson. Le moment venu, elle se rendit à la maternité du centre de Lima et donna le jour à une petite fille. Il devait être amusant de voir se promener main dans la main dans les rues de Lima ce Blanc à moitié blond et cette Noire originale poussant un landau où dormait la fillette emmaillotée, la peau chocolat et les cheveux crépus comme sa mère. Mais il semble que Toni Lagarde n'ait jamais regretté son caprice de jeunesse puisque, tant bien que mal, son mariage avec Lala resta inébranlable, y compris lorsqu'il prit sa retraite de la mairie de Lima.

Je les ai connus tous les deux à cette époque ; ils avaient déjà des cheveux blancs. Je suis allé les interviewer en inventant un reportage pour une des revues pour lesquelles j'écris d'habitude, et nous sommes devenus amis. Je les retrouve parfois chez eux pour manger un bout, parce que Lala fait une confiture de coings à tomber par terre. J'allais surtout leur rendre visite quand ils habitaient à Surquillo. On pouvait toujours les voir se promener dans le centre de Lima, ou dans les parcs de Miraflores, ou se diriger vers le callejón de Morones où vivaient les parents de Lala qui, lorsque naquit la fillette qu'ils baptisèrent Carmencita Carlota, leur rouvrirent leur porte.

Toni et Lala finirent par se marier dans les règles. Et, bien sûr, ce qui restait de La Palizada assista au mariage. Inutile de dire qu'ils dansèrent moult valses et plusieurs marineras.

Mais les parents de Toni ne lui pardonnèrent jamais. Ils étaient durs et gardèrent leurs rancœurs jusqu'à la fin, lui fermant pour toujours les portes de leur maison. Il semble que seule sa mère le voyait certains dimanches à l'église de Miraflores avant midi, heure de la messe. Toni était devenu très sérieux. Il sortait dire bonjour aux derniers membres de La Palizada, mais il dansait rarement ; elle aussi. Lors des soirées qu'ils passaient ensemble, ils ne pouvaient croire que cette romance ait pu survivre tant d'années et que, à leur manière, Toni et Lala fussent heureux, bien qu'en privé les époux, comme tous les couples, aient eu leurs conflits, mais ils n'en arrivèrent jamais à la rupture définitive. Ils vieillissaient assez bien, ayant conservé leur beauté et leur charme.

Ce fut le seul couple durable issu de La Palizada, les marginaux et aventuriers restants moururent vite ou restèrent célibataires, dégringolant vers la vieillesse jusqu'à, pour certains, tomber dans la pauvreté, voire la mendicité.

Mais pas le grand Karamanduka, évidemment, qui non seulement se rendit célèbre, mais gagna aussi un paquet d'argent grâce à sa notoriété, ses adaptations pour le théâtre et sans doute les excellentes valses et marineras qu'il composa. Il devint populaire à Lima et la revue *Variétés* publia même une photo de lui en costume-cravate. Car il est vrai qu'il avait l'oreille pour la musique criolla.

Toni et Lala habitent aujourd'hui à Breña, près du collège La Salle où j'ai étudié, et chaque fois que je vais les voir, ils m'offrent une tasse de thé ou un café bien chaud avec des chancays grillés et tartinés de la fameuse gelée confectionnée par Lala, qu'elle réussit de mieux en mieux. C'est toujours un plaisir de les entendre parler du bon vieux temps et des mauvais coups de La Palizada. Carmencita Carlota est une femme déjà âgée ; elle a eu plusieurs fiancés, mais ne s'est jamais mariée. Elle travaille pour une firme qui propose des services hôteliers à quantité d'entreprises. Elle aime beaucoup ses parents et elle est très jolie. Elle a de grands yeux calmes et ensorcelants, et elle a conservé son corps de nageuse. Elle est très sympathique et n'oublie jamais de me demander pourquoi je ne leur rends pas visite plus souvent parce que ses parents ne lui racontent jamais les histoires qu'ils me racontent à moi. Je leur tire les vers du nez étant donné que rien ne me plaît autant que d'entendre ces vieilles anecdotes.

Et maintenant, pour souligner l'importance du sujet abordé ici, un brin d'actualité sociale et politique, une dose de fusillades et de coupures de courant que nous subissons à Villa El Salvador, pour que mon histoire trouve un ancrage dans le présent et qu'on en ressente mieux l'urgence. Un jour où je rentrais chez moi assez tard, j'ai trouvé Matilde et mes deux filles effrayées, car une femme s'était cachée dans une des chambres. Elle sanglotait parce que, nous a-t-elle dit, il y avait au-dehors deux sentiéristes qui voulaient la tuer. Je les avais croisés devant ma porte et ils m'avaient salué très correctement. Ils étaient loin d'avoir l'air de tueurs, mais elle affirmait le contraire. Je suis ressorti, mais ils n'étaient plus là. Ils s'étaient évanouis dans l'ombre de la nuit. Nous avons offert à la femme qui s'était cachée chez nous un café qu'elle a bu en tremblant. Elle s'appelait María Elena Moyano, elle habitait Pachácamac, l'un des quartiers de Villa El Salvador, et les sentiéristes, qui tentaient d'en prendre le contrôle en s'imposant à d'autres groupes, voulaient la tuer parce qu'elle s'y opposait et les dénonçait à grands cris.

Et, bien entendu, ils ont fini par la tuer peu après cette histoire. C'est comme ça dans notre pays. Versons quelques larmes sur cette femme courageuse et invoquons la grâce et le bonheur de la musique péruvienne pour que se terminent bientôt les divisions et les haines entre frères.

IX

Il arriva à Puerto Eten environ trente minutes plus tard, ainsi qu'on le lui avait dit. Le charme de l'endroit venait du quai surplombant la mer, de la petite plage de sable qui, près d'une longue jetée des années cinquante, s'étirait en forme de coquille, et de la gare de chemin de fer, qui était alors très tranquille. Il y avait de nombreuses usines et boutiques dans la ville voisine, appelée Ciudad Eten, qui avait l'air assez prospère. Une multitude d'enfants se baignaient dans la mer, poussant des cris et se courant après. Sur la plage, d'anciens cabanons de pêche tout en bois avaient été fort bien aménagés avec un petit patio à l'entrée, sous l'auvent. C'étaient pour la plupart des chambres d'hôtes.

Toño parcourut le patelin et ses pas le menèrent à une petite place, pleine d'ouvriers, baptisée Juan Mejía Baca en mémoire du libraire et éditeur de Lima dont la librairie se trouvait à quelques pas de l'université de San Marcos, avenue Azángaro. La chaleur était terrible, bien sûr, les nuages de moustiques également. Il n'avait pas envie de traîner ses deux valises dans toute la ville, si bien qu'il prit la première chambre d'hôtes qu'il trouva sur son passage – El Rincón del Norte (« Le Coin du Nord ») –, sur la même petite place où l'avait déposé le bus. Sa chambre, minuscule, se composait d'un lit et d'un guéridon. Mais au moins, de sa fenêtre, on apercevait la mer. Elle ne semblait pas non plus avoir de recoins susceptibles d'attirer les maudits rongeurs. Les deux petites places du centre de Puerto Eten étaient très sympathiques. Sur celle où il s'était arrêté, il y avait un grand local du parti de Belaúnde Terry – Action populaire – et une photo de ce dernier était déployée sur toute la porte. On y trouvait aussi l'église de Puerto Eten, fermée à cette heure. Toño s'assit pour prendre une bière ; il était en nage, le front et les mains en feu.

Il pensait que son travail se révélerait facile, mais deux jours plus tard il n'avait trouvé personne à Puerto Eten qui n'avait ne serait-ce qu'entendu parler de Lalo Molfino. Alors qu'il avait entrepris ce voyage convaincu que celui-ci était la célébrité du coin, un personnage immensément populaire dont la guitare devait être admirée de tous, même des pierres, force était de reconnaître qu'il n'en était rien. Il s'était renseigné sur lui dans les pharmacies, les cafés et les usines, avait interrogé les commerçants de Ciudad Eten, les travailleurs des deux petites places et les piétons, et voilà : personne n'avait entendu parler du personnage le plus important qui soit né, et qui naîtrait jamais, dans ce pays. Comment était-ce possible ? Dans son angoisse, Toño s'était rendu au commissariat, un bâtiment à moitié construit où il tomba sur un policier aimable qui haussa les épaules et lui parla avec cet accent chantant quelque peu mexicain propre à tous les habitants du nord du Pérou.

« Lalo Molfino, vous dites ? Non, je ne le connais absolument pas. Je crois qu'il y avait un curé italien qui portait ce nom. Un Italien, oui, ou en tout cas un Européen, me semble-t-il. Mais quand je suis arrivé ici il était déjà mort. Ou du moins il avait quitté Puerto Eten. Je crois qu'il était retourné en Italie, je me rappelle maintenant. Les gens d'ici l'aimaient bien, il me semble. Ils lui avaient même remis un diplôme à son départ. Je suis de Tumbes, monsieur, à votre service. »

Éclusant une bière fraîche sur la terrasse de la chambre d'hôtes, Toño contempla la mer écumeuse et la plage semi-circulaire, vide à cette heure des gamins qui avaient barboté tout le jour dans ses eaux couleur chocolat. Épuisé, il pensa qu'il s'était trompé. Il était à la limite du désespoir et prêt à jeter l'éponge quand le garçon d'hôtel vint le prévenir qu'on demandait après lui. Derrière lui surgit un ex-policier qui se présenta cérémonieusement comme Pedro Caballero et lui expliqua qu'au commissariat on lui avait dit qu'un monsieur de Lima recherchait Lalo Molfino.

C'était un homme au visage enfantin, malgré un semblant de barbe, d'un âge indéfinissable, il boitait et s'aidait d'une canne. Il était habillé moitié en militaire, moitié en civil, portait ainsi des bottes et une casquette à visière. Il raconta à Toño Azpilcueta que la Garde civile lui avait permis de rester lié à l'institution, bien qu'il se soit cassé une jambe en jouant au football – elle était encore bandée –, vu le petit nombre de policiers restants au commissariat.

La première chose qu'il dit pour retenir l'attention de Toño c'est que Lalo était son meilleur ami depuis le collège de Santa Margarita. Ils s'étaient retrouvés ensemble dans la modeste école ouverte à Puerto Eten par un petit curé italien exceptionnel, le père Molfino.

Toño l'invita à boire une bonne bière fraîche. Il avait enfin trouvé quelqu'un capable de le renseigner sur le guitariste. Celui-ci n'était donc pas un pur fantôme, comme il commençait à le craindre. Il avait vraiment existé et Pedro Caballero lui disait – lui répétait – que Lalo était bien né à Puerto Eten et qu'ils avaient été inséparables toute leur enfance. Puis, à l'adolescence, dans un de ces élans dont il était coutumier, Lalo était parti à Piura ou à Chiclayo pour gagner sa vie en entrant dans un petit groupe criollo qui s'appelait Los Trovadores del Norte (« Les Troubadours du Nord »), ou un truc du genre, et il ne lui avait plus écrit la moindre lettre. Jamais. Parce que c'étaient là les manières de Lalo Molfino et il fallait l'accepter. Au bout du compte, c'était un artiste capricieux et difficile, comme ils le sont tous.

Toño lui demanda de l'attendre et courut chercher son carnet de notes. Il ne voulait laisser échapper aucune information. Il revint en sueur, prêt à commander une autre bière malgré l'état de ses finances, mais il se contenta de bombarder Pedro Caballero de questions. Il voulut commencer par le commencement, ses origines. Il supposait que quelqu'un de son entourage, peut-être son père ou sa mère, un oncle ou une cousine, peu importe !, l'avait initié à la guitare, mais Pedro Caballero réfuta cette hypothèse. Lalo Molfino était orphelin et n'avait jamais connu ses véritables parents.

« Il ne savait pas d'où il venait, dit Toño Azpilcueta en écrivant fiévreusement.

— Non, pour autant que je sache, dit Pedro Caballero en haussant les épaules. Personne ne le savait, pas même le père Molfino, l'homme qui l'avait élevé. Du moins, c'est ce qu'il m'avait raconté. "C'est un souvenir qui ne me sort pas de la tête", il m'a dit en se pinçant les lèvres sur sa bouche à moitié édentée. "Brrr ! Quel froid il faisait cette nuit-là à Puerto Eten, mon petit monsieur !" Il m'appelait toujours comme ça. »

Il avait très froid, lui avait-il rapporté, et s'était couché après avoir éteint les lumières de sa maison, un de ces cabanons de pêcheur transformés en paroisse, quand il avait entendu frapper à la porte. Une voix enfantine l'appelait : « Père Molfino, père Molfino. » Bien que déjà à moitié endormi, il s'était levé, avait jeté une couverture sur ses épaules et était allé ouvrir. Le gamin qui frappait à la porte avait un regard effrayé, autant que sa voix, et semblait épuisé. Le père Molfino le connaissait très bien. Ce petit l'aidait souvent, le dimanche à la messe, comme enfant de chœur.

« Mme Domitila est en train de mourir, mon père, et elle vous réclame l'extrême-onction.

— Elle ne peut pas attendre jusqu'à demain pour mourir ? » avait rétorqué le père Molfino, mi-sérieux, mi-blagueur.

Ils tremblaient de froid tous les deux parce que la nuit, à Puerto Eten, la température baissait drastiquement.

« Elle ne peut pas, avait dit le gosse. Elle est très mal et je crois qu'elle va mourir. Quand on arrivera, peut-être bien qu'elle sera déjà morte.

— Et où elle habite, Domitila ? » avait demandé le père Molfino en se couvrant.

« Elle vivait très loin, expliqua Pedro Caballero à Toño Azpilcueta en indiquant une vague direction. Par là-bas. Après l'une des décharges de Puerto Eten. C'est la plus ancienne. Car il y en a plusieurs. J'en connais trois. La plus importante se trouve à l'extérieur. C'est celle de

Reque : des kilomètres et des kilomètres d'ordures. Des mouches et des rats partout. »

Finalement, le père Molfino avait enfilé sa soutane et empli son panier de tous les ingrédients nécessaires pour administrer l'extrême-onction à cette Domitila. Pauvre femme. Il l'avait confessée plusieurs fois les dernières semaines, et tout en sachant qu'elle souffrait de vomissements et de maux de gorge, il ne pensait pas qu'elle fût si mal. Il avait juché le petit sur la moto qu'il utilisait pour se déplacer dans Puerto Eten et ils avaient traversé la corniche. Il y avait dans le ciel une lune ronde et une mer d'étoiles. L'enfant avait guidé le prêtre sur une route qui s'éloignait de la zone urbaine et, après dix minutes de conduite, lui avait indiqué où s'arrêter. Le curé avait senti l'odeur nauséabonde s'introduire dans son nez et l'inquiétude l'avait saisi en voyant le gosse aller dans cette direction.

« Domitila vit dans ce dépotoir ? avait-il demandé.

— Juste après, avait répondu le gosse. On n'est pas loin de chez elle, mon père.

— C'est plein de rats et de cafards, avait protesté le père Molfino.

— Je sais bien, avait répliqué le gamin. Moi, ils m'ont mordu quand je venais vous chercher.

— C'est arrivé au retour, avait précisé le père Molfino. Je crois que la pauvre Domitila était déjà morte. Elle vivait seule, dans une baraque misérable, après l'une des décharges de Puerto Eten, tout là-haut. Il y a là un quartier de gens très pauvres. Le gosse était un voisin ; il n'était pas parent de cette femme, mais il était serviable et s'occupait d'elle.

— Au retour ? En traversant la décharge ? demanda Toño Azpilcueta.

— Je ne pouvais faire autrement que de la traverser, avait dit le père Molfino. Domitila vivait là-haut. La pauvre s'alimentait grâce à la décharge. Parce que, disait-elle, on trouve toujours quelque chose à manger parmi les ordures. Des restes, des déchets. Il faut les récupérer très vite, avant que les rats et les cafards ne les mangent, et puis les mouches et les moustiques. Et les milliers d'insectes. Même les chauves-souris venaient s'y approvisionner, d'après elle. C'est alors que j'ai entendu ce petit bruit, comme...

— Comme quoi, mon père ? » avait demandé Pedro Caballero.

À cette époque sa jambe était intacte et il portait fièrement son uniforme et son revolver de la Garde civile.

« Comme ce que c'était, tout simplement : les pleurs d'un bébé, avait répondu le père Molfino en ouvrant grands ses yeux humides et en agitant ses mains osseuses. La pauvre Domitila était déjà morte et je lui avais donné l'extrême-onction. Le gosse, je ne sais plus comment il s'appelait, allait rester là, à côté de la morte, à prier pour son âme. Je suis retourné chez moi en traversant la décharge. De mes mains je chassais mouches et moustiques, et des pieds les rats et les cafards. Maudit dépotoir ! Il n'y avait d'autre façon de revenir à Puerto Eten qu'en traversant ce terrain repoussant, qui sentait toute la crasse du monde. C'est alors que je l'ai entendu. Tout bas. Était-ce cela ou pas ? Oui, c'étaient les pleurs d'un nouveau-né. Bien sûr que si.

— Il parlait très bien l'espagnol, dit Pedro Caballero. Mais à l'entendre, on se rendait tout de suite compte qu'il était italien. Parce qu'il ne parlait pas, il chantait les mots. À votre santé, l'ami ! »

Toño Azpilcueta trinqua avec Caballero : eh bien, à votre santé !

« Vous voulez dire que la mère l'a abandonné là, au milieu des ordures ? Pour être mangé par les rats ? Qu'est-ce que vous me racontez là, père Molfino ! s'était écrié Pedro Caballero, épouvanté.

— Cela fait bien des années que je rêve de cette nuit, avait dit le père Molfino. Vingt-deux ans, sans dire à personne ce qui s'est passé. Tu es le premier à l'entendre de ma bouche. À l'exception du juge de paix qui m'a accordé la délégation de prendre soin de cet enfant. À lui, oui, je l'ai raconté et sa question a été la même que je me suis posée à moi-même : comment se fait-il que les rats ne l'aient pas encore mangé ? Ce sont probablement ses pleurs qui les faisaient fuir. Les rats ont une ouïe très délicate. C'était un faible vagissement, mais je l'ai perçu. J'avais, je crois, une très bonne audition en ce temps-là. Alors qu'avec les années la vue et l'ouïe me lâchent, maintenant. Mais en traversant la décharge, je l'ai entendu. Qu'était-ce là ? Le sanglot d'un enfant. Allais-je continuer, passer mon chemin, en sachant qu'on avait abandonné là un nouveau-né au milieu des ordures ? Non, bien sûr que non, pas question. Et prenant mon courage à deux mains, chassant du pied les rats et les cafards, j'ai commencé à tâtonner dans l'obscurité en direction de ce vagissement étouffé, sans force.

— Cela veut dire que la mère n'avait pas eu le courage de le tuer, avait balbutié Pedro Caballero. Elle l'avait abandonné là, dans la décharge. Avez-vous pu savoir qui elle était ?

— Non, jamais, avait répondu le père Molfino en secouant la tête. Une femme que la misère avait sans doute conduite au désespoir. Un de ces êtres démolis, comme il y en a tant ici. Et la faim avait aussi anéanti tous ses sentiments. Pauvre petite. Il faut avoir du courage, après tout, pour abandonner un nouveau-né, ne pas parvenir à le tuer, et s'en remettre aux rongeurs pour s'en occuper.

— Et finalement, vous avez trouvé l'enfant ?

— Finalement, oui, avait confirmé le père Molfino, dont la voix tremblait à nouveau à ce souvenir. Après un bon bout de temps. Après avoir tourné à droite et à gauche en donnant des coups de pied pour éloigner les rats et les sales cafards, ainsi que les milliers de bestioles qui, la nuit, peuplent les dépotoirs à la recherche de nourriture. Je ne sais pas combien de temps je suis resté là, et puis soudain je l'ai trouvé. Enveloppé dans une petite couverture. Je l'ai ramassé et il pleurait encore. Il réclamait le sein, bien sûr. Le sein de sa mère. Il était squelettique, ce pauvre petit. Je m'en souviens très bien : je sentais tous ses os sous mes doigts. Une fois hors de la décharge, le bébé dans mes bras, mon visage était baigné de larmes. Je croyais avoir oublié ce que c'était de pleurer, et puis voilà. J'ai su là que j'en étais encore capable.

— Est-ce qu'il a su tout ça ? » demanda Toño Azpilcueta en cessant d'écrire.

Grâce à cette histoire de rats, il se rapprochait encore davantage de Lalo Molfino. Aurait-il de nouveaux cauchemars par la suite ?

« Bien sûr que non, avait répondu le père Molfino d'un ton cassant. Je ne le lui ai jamais dit.

— A-t-il su que sa mère l'avait abandonné, à la naissance, dans cette décharge des faubourgs ? insista Toño Azpilcueta.

— Je l'ignore, dit Pedro Caballero. Cette conversation

a eu lieu quand Lalo, devenu un homme, était parti un beau matin à Chiclayo ou à Piura, sans dire au revoir à personne, pas même au père Molfino qui l'avait sauvé et adopté, et qui l'avait fait étudier dans la petite école que nous avions alors ici. Elle s'appelait Santa Margarita, j'y avais moi-même suivi ma scolarité. Il lui avait donné ce nom à cause d'une Vierge de là-bas, en Italie, à qui il était grandement dévoué. Je n'ai jamais su si Lalo avait découvert que le petit curé italien qui, Dieu sait comment, avait atterri ici l'avait ramassé dans une décharge. Il y avait des rumeurs à l'école, mais personne n'osait le lui dire. C'est du moins ce que je crois.

— Est-ce qu'il est encore vivant, ce curé italien ? demanda Toño Azpilcueta à Pedro Caballero, en reposant sa plume pour boire une gorgée de bière, qui n'était plus bien fraîche.

— Non, non, quand il a senti qu'il allait mourir, il est retourné en Italie, dit Pedro Caballero. Puerto Eten lui a organisé une grande fête d'adieu et le maire lui a même épinglé une médaille à la poitrine. Qu'a-t-il pu devenir ? Je veux dire, le père Molfino ? Il est sûrement mort, aujourd'hui.

— Cela remonte à combien de temps ? » demanda Toño Azpilcueta.

Il avait un mauvais goût dans la bouche et il voyait des rats et des cafards partout.

« Un paquet d'années, dit Pedro Caballero. Autrement dit, si le curé ne l'a jamais avoué à Lalo, je dois être la seule personne de cette ville à savoir que la mère, ou le grand-père, ou allez savoir qui, a abandonné Lalo Molfino, nouveau-né, dans une des décharges de Puerto Eten, pour qu'il soit dévoré par les cafards et les rats. »

Tous deux avaient perdu l'appétit et repoussèrent les pommes de terre farcies que leur proposait le garçon d'El Rincón del Norte. En revanche, une autre tournée de bière devenait indispensable pour survivre à cette conversation si pleine d'ordures et de rongeurs.

« Quand je suis né, le père Molfino était déjà là, car, à ce que m'a dit ma mère, c'est lui qui m'a baptisé, poursuivit Pedro Caballero. Lalo, il l'avait adopté en lui donnant son nom. Un brave homme, ce curé. Il avait fondé Santa Margarita, qui fonctionnait comme une école publique dans le village, alors que c'était un établissement privé. C'est-à-dire que personne ne payait un centime, je crois. Ou, du moins, ils étaient très peu à payer une mensualité. C'est là que nous sommes allés à l'école, pas mal de garçons et de filles de Puerto Eten. Il a aussi été un pionnier, car c'était une école mixte, garçons et filles mélangés. Mais Lalo n'a pas suivi l'enseignement secondaire au Colegio Nacional, où la plupart des anciens élèves allaient s'inscrire, car il a découvert la guitare. Et dès ce moment, pour lui, cet instrument est devenu toute sa vie.

— Sa vie ? s'étonna Toño Azpilcueta, tout en savourant la seconde bière que le garçon venait de poser sur la table et qui, heureusement, était fraîche, mais elle se réchauffait vite.

— Je ne sais pas où il se l'était dégottée. Peut-être bien dans une de ces décharges de Puerto Eten. C'était une vieille guitare sans cordes, que quelqu'un avait jetée aux ordures. Sans cordes, je vous dis. Il l'avait ramassée et ressuscitée. Et dès lors cette guitare est devenue toute sa vie. Je n'exagère pas. Il y a mis des cordes, a installé les clés, l'a repeinte. Ou plutôt, il y a mis de l'huile. Après quoi, il n'a eu d'autre occupation que cet instrument de musique. Il passait sa vie la guitare sur le dos. Et je crois même qu'il a appris tout seul à en jouer. Oui, tout seul. Que je sache, personne ne le lui avait appris. Mais pour se consacrer jour et nuit à sa guitare, il a aussi quitté l'école. Le père Molfino était au désespoir. Il voulait le faire entrer au Colegio Nacional pour qu'il achève ses études secondaires, mais Lalo ne l'écoutait pas. Comme je vous le dis, il n'avait rien d'autre dans sa vie. Et que demander de plus ? Il jouait super bien.

— Super bien, reprit en écho Toño Azpilcueta. Je n'oublierai jamais le soir où je l'ai entendu. C'est pour cela que je suis ici. Mais ne changeons pas de sujet. Quelle relation entretenaient Lalo et le père Molfino ?

— Bizarre, dit Pedro Caballero. Tout était bizarre dans cette relation, comme tant d'autres choses dans la vie de Lalo Molfino. Il ne l'appelait jamais papa, mais le traitait plutôt comme un père, un curé. Il le respectait, mais je ne sais pas s'il a réussi à l'aimer.

— Et ses rapports avec les autres élèves de l'école ? demanda Toño Azpilcueta. Avait-il un ami ? Une petite copine ?

— Ah, ça non, dit Pedro Caballero en faisant de grands gestes. Il s'entendait plutôt mal avec les autres enfants, vu sa façon d'être. Il était sauvage et méfiant. Et l'on disait aussi que ce n'était pas normal de vivre avec un curé. On trouvait cela curieux. Mais on ne pouvait rien lui dire, parce qu'à la moindre allusion Lalo y allait de son coup de tête. Il était bagarreur et ne se laissait pas faire, bien qu'il soit si maigrichon. Moi, par exemple, j'ai eu beaucoup de mal à devenir son ami. J'ai été très en colère quand j'ai su qu'il était parti à Chiclayo, ou à Piura, sans me dire au revoir. Et j'imagine que cela a dû être pire pour le père Molfino. Lalo, je vous le dis, était très bizarre.

— Mais quelqu'un avait dû lui apprendre à jouer de la guitare, insista Toño Azpilcueta. Parce que personne n'apprend tout seul, surtout vu sa façon de jouer.

— Et qui ici aurait pu lui donner des cours ? s'écria Pedro Caballero. Ici, à Puerto Eten, il n'y a pas, que je sache, de professeurs de guitare. Et en outre, Lalo était l'être le plus antipathique du monde. Il ne parlait qu'avec moi.

— Autrement dit, quand il a quitté la petite école du père Molfino, il n'a plus fait d'études, dit Toño Azpilcueta.

— Je crois bien que non, dit Caballero. Après cela, je l'ai très peu vu, à cause de cette maudite guitare. Pourquoi aurait-il fait des études s'il ne voulait être que guitariste ? Cela n'avait pas de sens de rester au collège, si ? Vous devez le savoir, vous : est-ce que Lalo était vraiment un grand guitariste ?

— Je vous l'ai déjà dit, le meilleur que j'aie entendu de ma vie, répondit Toño Azpilcueta. Et je peux vous assurer que je m'y connais. Croyez-moi, j'ai peut-être entendu des centaines de guitaristes, aussi bien péruviens qu'étrangers.

— Moi, jc l'ai entendu bien souvent, mais je n'ai jamais imaginé qu'il ait été ce que vous dites, dit Pedro Caballero, que Lalo Molfino était si exceptionnel.

— Il était plus que génial, affirma Toño Azpilcueta. Il était divin, sublime, tout ce que vous voudrez.

— Tout ce que vous me dites de mon ami m'étonne, vraiment, dit Pedro Caballero, en se grattant la tête. Ainsi donc vous êtes en train d'écrire un livre sur lui. J'espère que vous allez me citer dans ces pages. Après tout, c'est moi qui vous ai donné toutes ces informations sur Lalo, n'est-ce pas, monsieur ? »

Toño Azpilcueta resta à Puerto Eten trois jours de plus que ce qu'il avait prévu, autrement dit cinq en tout. Il en avait compté seulement deux pour faire ses recherches. Pendant ces trois jours additionnels, accompagné matin, midi et soir par le très serviable Pedro Caballero, il avait siroté des bières au bistrot El Rincón del Norte avec des dizaines d'amis de ce dernier qui étaient allés avec Lalo Molfino à l'école Santa Margarita. Toño remarqua que beaucoup des amis de Pedro Caballero se souvenaient à peine de Lalo, ou même qu'ils n'en avaient aucun souvenir et qu'ils disaient n'importe quoi pour se donner de l'importance aux yeux de ce Liménien qui prenait la peine d'écrire un livre sur ce corniaud de Puerto Eten qu'il qualifiait de génie.

Mais la contribution la plus importante pendant ces trois jours d'enquête supplémentaires fut celle d'un avocat, Juan Quiroga, qui n'avait pas fréquenté cette école et encore moins connu Lalo Molfino, mais qui ne lui fournit rien de moins que la déposition à la police par le père Molfino de la découverte de ce bébé vivant au milieu d'une décharge et de son intention de l'adopter si personne ne le réclamait. C'était un document précieux que l'avocat avait eu l'amabilité de photocopier et de lui remettre. Toño le rangea soigneusement dans sa serviette.

Il passa toute une nuit à penser à ces notes maladroites qui avaient dû être les premières que le petit Lalo Molfino avait arrachées à cette guitare rafistolée, et à leur résonance dans la nuit de Puerto Eten. Il sentit ses larmes couler dans la solitude de sa petite chambre d'hôtes, envahie par le bruit des vagues quand il y avait du vent et que le courant marin s'agitait. Passé la cinquantaine, il était devenu assez geignard. Pourquoi pleurnichait-il autant dans sa solitude en se rappelant ce petit métis de Puerto Eten qui avait interprété cette musique magistrale ? Tous deux avaient été élevés par un père italien, même si le sien avait un nom basque. Tous deux étaient nés avec cette tare, à défaut d'un autre mot pour le dire, cette légère déconnexion avec le Pérou qu'ils avaient cependant su pallier en se livrant à l'art le plus péruvien, la musique criolla. Les valses péruviennes avaient rempli ce vide, comblé cette carence. Maintenant qu'il enquêtait sur l'affaire Lalo Molfino, Toño reconnaissait qu'il avait éprouvé par moments la même peur panique, celle d'avoir été recueilli dans la rue, peut-être dans quelque dépotoir, pourquoi pas ? Et d'avoir fini par vivre avec un père étranger, tout comme Lalo. Ce soupçon l'horrifiait, ne pas avoir de certitude sur son origine, d'être un déraciné. L'être humain n'était pas un atome, se disait-il, il n'était pas fait pour naviguer en solitaire, il avait besoin de faire partie de quelque chose de plus grand, d'une communauté, d'une patrie qui lui donne du sens et le protège. Sans cette tribu, qu'était-ce donc que l'homme ? Rien d'autre qu'un enfant abandonné dans une décharge à la merci des rats. Toño essuya les larmes de ses doigts, après quoi, au mépris de la chaleur, il se glissa complètement entre les draps. Il craignait qu'une petite souris, si petite fût-elle, ne se soit infiltrée dans le plancher de sa chambre. Une seule idée l'apaisa, il s'y accrocha jusqu'à trouver le sommeil. Il avait trouvé à quoi consacrer sa vie : écrire ce livre sur Lalo Molfino, et il avait des choses importantes à dire.

X

La valse péruvienne est une institution sociale : elle n'a pas été créée pour être interprétée ou écoutée en solitaire, comme d'autres musiques. Pas du tout. La valse exige un ensemble de trois, quatre personnes ou plus pour la jouer et lui donner son rythme : c'est pourquoi dès le début, à sa naissance au XIXe siècle, puis dans les premières décennies du XXe, plusieurs groupes se sont formés. Parmi les plus célèbres figurent Los Morochucos, bien sûr, un ensemble composé d'Óscar Avilés, Augusto Ego-Aguirre et Alejandro Cortez, ainsi que le duo légendaire de Montes et Manrique et le trio Abancay avec César Santa Cruz, José Moreno et Pablo Casas. César Santa Cruz Gamarra rapporte que José Moreno a été un grand ami de Felipe Pinglo Alva et qu'il l'a accompagné par abnégation « jusqu'à son dernier souffle ».

Ces groupes étaient toujours composés d'un chanteur et de plusieurs musiciens, des guitaristes en général, mais, à mesure qu'ils touchaient les différentes sphères de la société, ils ont incorporé divers instruments pour accompagner les guitares, par exemple le piano et le violon des classes supérieures et d'autres plus humbles comme le luth, le cajón, les castagnettes, la trompe, l'harmonica et même la crécelle, apparue très récemment. Et il ne faut pas oublier de remercier Eduardo Montes et César Augusto Manrique qui, à une époque où l'on n'enregistrait pas encore de disques au Pérou, ont emporté à New York au début du XXe siècle cent quatre-vingt-deux titres péruviens qui sont devenus quatre-vingt-onze disques et qui, selon les auteurs d'où ont été tirés ces renseignements – José Antonio Lloréns Amico et Rodrigo Chocano Paredes –, prouvent qu'en 1911 « un répertoire criollo d'un volume considérable et de large réception populaire avait déjà été constitué » dans le pays.

Par ailleurs, on a vu apparaître les premiers recueils de chansons et centres musicaux consacrés à la célébration de compositeurs et d'artistes renommés. Le premier à être fondé a été le Carlos A. Saco, suivi de celui qu'on a dédié à la mémoire de Felipe Pinglo Alva à sa mort. Les deux centres sont devenus des peñas où l'on célébrait les artistes nationaux, contribuant ainsi à la diffusion de la musique péruvienne. Jesús Vasquez, par exemple, de même que La Limeñita y Ascoy, duo formé par les frère et sœur Ascoy, étaient de grands promoteurs du centre érigé à la mémoire de Carlos A. Saco, et le Centre Felipe Pinglo Alva avait une grande étoile, María Jesús Jiménez, et de nombreux membres.

J'ai toujours éprouvé une grande admiration pour ces groupes nés avec la valse. Ils étaient plus que des ensembles musicaux : leurs membres devenaient très amis et partageaient beaucoup de choses, au-delà de leur amour de la musique criolla. Leur enthousiasme pour les mélodies nationales faisait naître en eux une conscience collective, l'idée qu'ils appartenaient à un même pays dont ils devaient se sentir fiers. Dommage que personne ne se souvienne des plus anciens, de ces groupes pionniers et de ces voix parmi lesquelles se détachaient celles de nombreuses femmes, évidemment.

À cette époque, les recueils de chansons n'existaient même pas, c'est pourquoi nous ne nous souvenons pas des groupes les plus anciens, en dépit des chercheurs qui, dans leurs travaux, les mentionnent sans exception, et parmi eux un Français, Gérard Borras, avec sa magnifique recherche sur la valse péruvienne. Il faudrait les réunir, les écouter et conserver ces récits qui composent la véritable histoire du Pérou.

Mais il ne fait aucun doute que la valse, à mesure qu'elle s'enracinait dans notre pays, a stimulé la création de groupes, d'abord parmi les plus humbles et ensuite, montant les échelons de la société, la classe moyenne jusqu'à l'aristocratie. Je me souviens d'une chronique de Ruperto Castillo, dans la revue *Folklore nacional*, dans laquelle il racontait sa surprise, en visitant un hameau perdu en Amazonie où il croyait que jamais la civilisation n'était parvenue, d'entendre une valse péruvienne chantée par les indigènes dans leur propre langue. Cette musique, véritablement nationale, était arrivée aussi en Amazonie.

Quand je dis que la valse inspire la sociabilité, c'est la vérité la plus stricte. Qui joue ou jouait tout seul la valse péruvienne ? Personne, à l'exception de Lalo Molfino. Mais c'était un cas absolument exceptionnel et pardonnable. Il fallait jouer de la guitare comme lui pour détester toute autre compagnie sur scène. Les ensembles ont toujours poussé vers un monde collectif et amical. Ils sont un remède à l'individualisme et à toute tendance égoïste, incompatible avec le divertissement que l'on trouve seulement en groupe ou dans la catharsis de la danse ou de la jarana. Des centaines, des milliers d'orchestres sont nés dans la capitale et en province grâce à la valse péruvienne, qui a favorisé l'amitié et ces fêtes qui scellent les bonnes relations entre les groupes humains, ce dont le Pérou est un magnifique exemple. La valse a aussi donné lieu à la constitution de nombreux couples, et sans doute d'innombrables mariages.

Je ne dis pas que nous sommes un pays d'allégresse comme le Brésil par exemple, où les gens dansent dans la rue à moitié nus lors du fameux carnaval, mais il est vrai que nous sommes un pays où l'amitié est fréquente et indispensable pour rire, fêter les anniversaires ou même pleurer les deuils ensemble. N'est-ce pas cela, la camaraderie ? Une autre manière d'établir des relations et de lancer des ponts de parentèle avec les autres. Et la valse péruvienne, quand elle n'exalte pas la nostalgie, favorise l'amitié, le compagnonnage et bien sûr l'amour.

Il faut parler de l'érotisme avec beaucoup de délicatesse pour n'offenser ni les vieilles dames ni les curés. Mais je suis convaincu que, à écouter les valses péruviennes, et surtout à les danser, la passion apparaît tôt ou tard, s'impose et arrive même, dans de nombreux cas, à son point culminant.

Les couples qu'elle entraîne et qui dansent ensemble finissent par s'exciter et se désirer. Qu'ensuite ils aillent coucher ensemble ou s'en abstiennent, c'est leur affaire. Mais la valse a accompli sa mission et, en ce sens, le mariage de Toni Lagarde avec Lala Solórzano a été une grande réussite parce qu'on ne vit tant d'années ensemble que par la grâce de l'amour. (J'allais dire « et du lit » mais je me tais par respect pour la sainte mère l'Église.)

À cause de l'Église, la valse a rencontré quelques difficultés au XIXe siècle quand les évêques l'ont condamnée, au prétexte qu'elle portait atteinte à la morale et à la décence. Il semblait qu'il leur déplaisait que le doigt de l'homme frôle le dos de la femme – c'est comme ça que l'on dansait à l'époque, à cette distance – et c'est la raison pour laquelle ils ne sont pas passés loin de l'interdire. J'ai étudié ce point et je le maintiens. Seulement, comme l'Église catholique – si astucieuse et pleine de sagesse – s'est rendu compte que la valse s'était convertie à la chanson et que la danse était la plus demandée par tous les secteurs du pays, elle a suspendu l'interdiction.

Toutes les musiques n'ont pas l'effet provoqué par la valse criolla sur la société. Cela n'arrive pas avec le *yaraví** par exemple, ni avec le *triste** du Nord, qui sont des musiques mélancoliques et émouvantes chantées par des solistes, comme Mariano Melgar l'Aréquipénien, bien que certains de leurs auteurs aient essayé de donner au yaraví une tonalité plus rieuse et collective. Mais tout cela, je n'en ai cure. En particulier quand j'ai le bourdon, j'aime le yaraví, surtout ceux de Mariano Melgar, notre héros, compositeur romantique mort en luttant pour l'indépendance du Pérou lors du soulèvement du général Pumacahua.

La valse, elle, réjouit tous les moments de la vie et je l'écoute comme ça : à l'aurore entre mes bâillements ; à midi en déjeunant ; l'après-midi et le soir en travaillant parce que la valse inspire aussi et pousse à l'action.

Qui ne s'est aperçu que la musique de la valse criolla éveille une secrète effervescence sexuelle aussi bien chez les hommes que chez les dames ? Et qu'elle nous donne de « mauvaises pensées » ? À mesure que l'on danse, les corps s'attirent et se frôlent ou, alors que la nuit avance, la valse favorise les confidences et les secrets. Les corps se rapprochent et se tentent jusqu'à éveiller des envies à l'extrême, disons-le ainsi pour faire référence à ces pensées mauvaises qui résultent de l'attraction mutuelle dont la musique et les textes de notre valse sont souvent d'irrésistibles inspirateurs. Quand je soutenais que la valse comme institution sociale promeut l'amitié et le désir qui favorise l'amour, c'est bien cela que je voulais dire, bien que j'aie été un peu plus cru.

Est-ce le cas de toutes les musiques qui se dansent ? Certainement pas. Qui oserait dire la même chose du *zapateo* argentin ou de la populaire samba, par exemple ? Le zapateo se danse seul, s'il s'agit d'un homme, ou seule, si la danseuse est une femme. Ici le couple n'existe pas, et quand il existe, les danseurs dansent seuls, chacun concentré sur les pas qu'il exécute en fonction de la musique, cette musique qui isole et met une distance entre les gens au lieu de les rapprocher et de les enflammer comme le fait la valse. Le zapateo a été fait pour être contemplé de loin et la valse pour la vivre dans sa chair.

C'est pourquoi elle a été si bien accueillie dans notre pays, pour rapprocher les gens et combattre les préjugés et le racisme. Parmi les vertus de la valse péruvienne, il ne faut pas oublier celles-ci, qui font aussi partie de sa magie.

XI

Toño Azpilcueta se leva en pensant à Lucha Reyes. C'était, croyait-il, la chanteuse qui ressemblait le plus à Lalo Molfino tant sa vie avait été malheureuse et sa mort précoce. Il se rappelait les paroles de l'auteur d'un documentaire qui lui était consacré, expliquant que Lucha, grâce à son caractère opiniâtre, avait survécu à quatre malédictions : être femme, noire, chanteuse et laide.

Elle avait vu le jour en 1936 dans une immense famille, tout un peuple de Noirs, dans les Bas Quartiers, où étaient nés les plus pauvres des pauvres du Pérou, et elle avait passé plusieurs années dans un couvent, sûrement dans l'idée de devenir nonne, une façon de survivre au Pérou quand on était femme, noire et laide. Mais Lucha avait surmonté de nombreux malheurs outre celui de mourir de faim. Elle avait eu la chance de rencontrer Augusto Ferrando, le « Noir », qui l'avait fait chanter dans son émission sur Radio América consacrée aux courses de chevaux à l'hippodrome. Bien que Ferrando, le *zambo**, fût surtout un commentateur hippique, Toño Azpilcueta faisait grand cas de tout ce qu'il avait fait pour la musique criolla, et combien d'artistes il avait découverts, dont Cecilia Barraza, en leur permettant de chanter, de jouer de la guitare, du *güiro** ou du cajón, et en les rendant célèbres. Lucha Reyes fut l'une de ces découvertes.

Toño Azpilcueta se rappelait les perruques blondes, rousses ou blanches dont elle se coiffait pour chanter, avec cette voix si puissante et si caractéristique, ses valses criollas profondément marquées par l'humilité et la pauvreté du Pérou. Et la huachafería, bien sûr, avec leurs histoires passionnées et sanglantes, pleines de sentimentalisme exacerbé et de maniérisme infini qu'elle modelait et éternisait en ajoutant à la valse péruvienne un accent spécial, une vigueur et une force inédites. Elle avait fait de cette valse, chantée à voix basse, feutrée et langoureuse, quelque chose de provocant et, en même temps, de très raffiné. Toño l'avait dit dans d'innombrables articles, toujours élogieux, sur la chanteuse.

Quel dommage que Ferrando le zambo n'ait pas découvert cet autre métis, Lalo Molfino, parce qu'il l'aurait sûrement rendu célèbre et populaire. C'est lui et non Óscar Avilés qu'il aurait baptisé « la Guitare du Pérou », il lui aurait fait enregistrer des disques et l'aurait emmené en tournée dans tout le pays pour que les masses péruviennes le découvrent et l'applaudissent. C'est ce destin que méritait Lalo Molfino. Et c'était peut-être à lui, Toño, puisque Ferrando le zambo ne l'avait pas fait, de lui assurer avec son livre une gloire posthume.

Toño évoquait Lucha Reyes pour ne pas penser à la dernière mission qu'il devait remplir à Puerto Eten avant de rentrer à Lima. Il ne le voulait pas, cela le dégoûtait et cette seule pensée lui hérissait la peau, mais il savait que pour écrire son livre il devait se rendre à Reque, cet océan de détritus qui s'étendait à perte de vue où le père Molfino avait trouvé le petit Lalo.

Avant son petit déjeuner, il prit un taxi et expliqua au chauffeur que, pour les besoins d'un livre qu'il était en train d'écrire, il lui fallait voir le terrible dépotoir. Le taxi le comprit fort bien et, une demi-heure plus tard, Toño Azpilcueta avait traversé le pont et se trouvait face à cette gigantesque montagne de déchets qui s'étendait à perte de vue et attirait une myriade de mouches venant frapper son visage, ses mains et ses bras dès sa sortie du véhicule. Tout en se bouchant le nez, il pénétra dans cette immense décharge infinie et vit les sacs d'ordures que déposaient les camions en pleine matinée, après avoir ramassé les immondices des zones alentour.

Ce qui était incroyable, c'est qu'au milieu de ces ordures repoussantes il y avait une cabane bricolée avec des cartons, des chiffons, du bois et de la ferraille, où vivait un homme, sûrement un vieux. Tandis qu'il s'approchait de lui pour l'interviewer, il le vit plonger le haut de son corps dans ces détritus, comme s'il cherchait un trésor, et réapparaître en se débarrassant le cou et la tête de quelque bestiole qui y avait grimpé. Il le fit avec un naturel qui accrut les haut-le-cœur de Toño, qui ne put s'empêcher de se gratter. Il vit les petites pattes humides et répugnantes sur tout son corps, et sa peau irritée. Tandis que le vieillard chassait à coups de pelle un charognard qui lui dérobait quelque trésor trouvé parmi ces déchets, Toño sentit qu'il tournait de l'œil. Il essaya de s'imaginer ce qu'avait pu sentir Lalo Molfino abandonné là, entouré de ces odeurs nauséabondes, de ces bestioles gluantes qui lui grimpaient sur le corps, et il ne put en supporter davantage. Tout cela était trop sale, grouillant à coup sûr de rats et de souris au point qu'il éprouva un grand dégoût de lui-même. Poursuivi par des nuages de mouches et de puanteur, il regagna le taxi en courant. Il trouva le chauffeur se giflant le visage pour chasser les moustiques. « Alors, vous avez vu ce que vous vouliez voir ? » se moqua-t-il de lui. Toño, en secouant tout son corps, lui demanda de décamper au plus vite.

Il prit un grand bain à l'hôtel, changea de caleçon et de pantalon, et fut même tenté d'abandonner là les sous-vêtements avec lesquels il s'était rendu au dépotoir. Puis il y réfléchit à deux fois, et se souvint qu'il n'avait pas de linge de rechange, si bien qu'il rangea le tout dans sa grande valise et s'assura que l'autre contenait bien tous ses cahiers et carnets. Il alla payer sa chambre en traînant les deux valises et, à l'entrée de l'établissement, tomba nez à nez avec un homme qui l'attendait. Il mit du temps à le reconnaître. Il était grand, voûté et portait, comme beaucoup de gens à Puerto Eten, un bleu de travail, un débardeur et des tennis.

« Heureusement que je vous trouve avant votre départ, lui dit-il en lui tendant la main. Je suis Jacobo Machado. On s'est vus hier, mais on était si nombreux que vous ne vous souvenez sûrement pas de moi.

— Je me souviens très bien de vous, dit Toño Azpilcueta. Bien sûr que si. Vous êtes un ami de Pedrito Caballero, n'est-ce pas ?

— C'est cela même, confirma Machado. Je suis venu parce que hier j'avais forcé sur le pisco et ma mémoire a flanché. Cela m'arrive quelquefois. Lalo n'était pas mon ami, mais j'ai appris par hasard quelque chose qui peut vous aider. L'homme qui l'a emmené à Chiclayo et peut-être aussi à Lima, pour faire partie d'un groupe criollo, s'appelait Abanto.

— Luis Abanto Morales ? Le chanteur ? demanda Toño Azpilcueta, surpris. J'allais déjeuner quelque part, voulez-vous m'accompagner ? Je vous invite. Autrement dit, Abanto Morales…

— Morales je ne sais pas, dit Machado en retroussant son large nez. Mais il s'appelait Abanto, ça je m'en souviens très bien. Je l'ai connu à Chiclayo, je crois qu'il n'est jamais venu à Puerto Eten. Je me rappelle même avoir bu quelques bières avec lui, c'est lui qui payait. »

Ils allèrent déjeuner dans une cafétéria qui se trouvait près de la chambre d'hôtes. Ils commandèrent du café au lait, des toasts et du beurre, et ils bavardèrent un bon moment.

Jacobo Machado était alors camionneur et faisait la route de Puerto Eten à Chiclayo et dans tout le Pérou comme chauffeur et parfois comme manutentionnaire, dans un camion flambant neuf baptisé Le Ratisseur. Il avait assuré ce travail, assez bien payé, pendant deux ou trois ans. Et un soir, à Chiclayo, en prenant une bière avec un monsieur qui venait de Lima et qui s'appelait Abanto, ils avaient parlé de Puerto Eten. « C'est de là-bas que vient le meilleur guitariste du Pérou, Lalo Molfino », avait-il dit et il s'était vanté ensuite de l'avoir engagé pour faire partie d'un groupe.

« Êtes-vous certain que c'était Abanto Morales ? demanda Toño Azpilcueta.

— Je vous ai déjà dit que je ne sais pas s'il s'appelait Morales. Mais Abanto, oui. Un nom si bizarre.

— C'est un bon chanteur. Oui, monsieur, dit Toño. Je l'ai beaucoup fréquenté il y a quelques années. Si Lalo

Molfino avait joué avec lui, je l'aurais su. Cela m'étonne beaucoup.

— Je ne sais pas s'il a joué avec lui, dit Jacobo Machado. Ce dont je suis sûr, c'est que ce monsieur s'appelait Abanto. Il était assez gros et pas tout jeune. Il portait une cravate, une grosse montre au poignet et venait de Lima. Un homme élégant. Je ne sais pas ce qu'il faisait à Chiclayo, c'est seulement quand il a prononcé le nom de Lalo Molfino que j'ai bondi de ma chaise et j'ai dit à tout le groupe que nous étions à la même école à Puerto Eten, à Santa Margarita.

— Mais est-ce qu'il vous a dit ce qu'il est devenu, Lalo, à Chiclayo ou à Lima ?

— Non, parce qu'on a aussitôt changé de sujet, dit Machado. Personne à cette table ne connaissait Lalo, sauf M. Abanto et moi. Je crois me souvenir qu'on a ensuite parlé de football. »

Plus tard, dans le car qui le conduisait de Puerto Eten à Chiclayo, Toño Azpilcueta pensait encore à Abanto Morales. À ce qu'on lui avait dit, il était malade. Il le vérifierait à Lima. Il aurait un prétexte pour redonner rendez-vous à Cecilia Barraza au Bransa, parce qu'elle pourrait sûrement lui indiquer comment trouver le compositeur. Son enquête était terminée et il n'avait plus rien à faire à Chiclayo. Il valait mieux prendre le car de la Roggero ce même jour, de Chiclayo à Lima, et tant pis s'il faisait l'impasse sur le canard au riz, la spécialité locale.

Toño, qui ne pouvait pas fermer l'œil – il voyageait cette fois de nuit et n'aurait pas l'occasion de voir les déserts sauvages ou, de temps en temps, la mer et ses vagues rugissantes –, se mit à penser à son livre. Sa visite à Puerto Eten n'avait pas été aussi utile qu'il se l'imaginait, mais il avait au moins recueilli des éléments importants qui lui permettraient de se plonger dans la psychologie de Lalo Molfino. Il y avait beaucoup de vides à combler en recherchant et interrogeant plus de personnes, à commencer par Abanto Morales. À moins d'inventer tout ce qu'il ignorait de Lalo Molfino ? Auquel cas, son livre ressemblerait davantage à un roman, une fiction sur la vie supposée de Lalo Molfino, et cela non, il s'y refusait. Il voulait que son livre s'appuie sur une recherche rigoureuse, où ne figureraient que des choses avérées et vérifiées par lui. Un livre sur la huachafería, sur la valse criolla et sur cette figure inconnue qui avait décidé d'elle-même de se fabriquer et de jouer cette guitare, ce grand instrument de la valse qui avait fini par personnifier la musique péruvienne. Un livre où il expliquerait que la valse péruvienne n'avait pas existé pendant les trois siècles coloniaux, une époque où les Péruviens blancs de la bonne société avaient leur propre musique, importée d'Espagne, et les Péruviens humbles, à commencer par les esclaves, avaient aussi la leur et leurs propres danses, d'origine africaine, bien différentes de celles des Blancs.

Que s'était-il passé dans la dernière décennie pour que le Pérou se soit livré à cette guerre fratricide qui faisait chaque jour quantité de morts ? Pourquoi le Sentier lumineux s'emparait-il des villages perdus dans les montagnes ou faisait-il exploser des bombes dans les villes de la Sierra, voire à Lima, si toutes ses victimes étaient péruviennes ? À quel moment le pays s'était-il fracturé et brisé tout à fait, séparant la Sierra de la côte et un frère d'un autre frère ? N'avait-on pas besoin maintenant, plus que jamais, d'un livre qui unisse à nouveau le Pérou ? Pourrait-il écrire ce livre sur l'âme péruvienne, où chacun de ses compatriotes pût se reconnaître et se rappeler ce qui les rassemblait ? Dans l'obscurité du car, Toño Azpilcueta se mit à sourire, honteux de lui-même, et il se rappela cette habitude si péruvienne de croire que les choses auxquelles on pensait étaient déjà réalisées. Lui arriverait-il la même chose ? En resterait-il au rêve, à l'imaginaire, ou traduirait-il toutes ses idées dans une œuvre capable de revitaliser sa patrie ? Non ! se dit-il. Toño était sûr que ce livre sur Lalo Molfino, il l'écrirait. Il avait la volonté de le mener à bien. Et son ami, compère et voisin, Collau le Chinois, lui avait prêté ces cinq mille soles pour qu'il le fasse. Il n'avait pas le droit de le décevoir.

XII

Je voudrais maintenant vous parler de Gérard Borras, un jeune étranger, bien que spécialiste de ce qui concerne notre patrie, dont j'ai déjà parlé et qui a publié une étude intitulée *Lima, el vals y la canción criolla (1900-1936)*[1]. Cet auteur, de l'Institut français d'études andines, a mené de manière rigoureusement académique son étude qui, comme son titre complet le laisse entrevoir, couvre à peine trente-six années, celles des recueils de chansons, qu'il a étudiés à fond. Grâce aux recueils, qui étaient publiés à Lima, et à la revue *Variétés*, qu'il a dépouillée avec une curiosité d'érudit, sa recherche nous donne une perception parfaitement détaillée de l'influence de la valse péruvienne en ces années-là, où elle a connu une grande diffusion dans les classes moyenne et basse. La presse, tout comme le peuple liménien, s'est servie de la valse (ou de la musique péruvienne en général) pour rappeler les événements journalistiques, politiques ou criminels qui retenaient l'attention populaire. L'essai nous montre

1. Publié en français sous le titre *Chansonniers de Lima, le Vals et la chanson criolla (1900-1936)*, Presses universitaires de Rennes, 2009.

par exemple le choc qu'a provoqué à Lima la mort de deux célèbres aviateurs, Octavio Espinoza et Walter Pack (ce dernier étant un Américain), qui se sont heurtés en plein vol accidentellement et sont tombés tous les deux, morts, ainsi que leurs mécaniciens. Cet événement a déclenché une vive émotion et a donné lieu, bien entendu, à une série de valses et de chansons criollas qui célébraient (déploraient pour mieux dire) ce drame. La valse péruvienne n'était pas seulement de la musique, elle transmettait également des nouvelles. Ces premiers pas de l'aviation péruvienne, que le chercheur rappelle avec précision, ont fait connaître au public les noms de Carlos Tenaud, Juan Bielovucic et Octavio Ezpinoza, qui ont ainsi joui d'une éphémère publicité. La mort d'Octavio Espinoza et de Walter Pack a ému la ville et plusieurs valses en leur honneur ont été produites, ce qui signifie que la valse péruvienne n'était pas seulement de la musique, mais qu'elle transmettait également des nouvelles.

La valse péruvienne se répandait, elle attirait de plus en plus l'attention de la nation, car ce n'était pas un phénomène circonscrit à Lima, il touchait aussi la province, et il ne fait aucun doute qu'il s'agissait d'une musique nationale et profondément populaire. Par le biais de ses adeptes avant tout : des gens humbles, parfois misérables, ouvriers, marbriers, maçons, balayeurs, allumeurs de réverbères, terrassiers qui économisaient pour s'acheter une guitare ou se l'offrir entre eux. Dans cette diffusion de la valse péruvienne, Felipe Pinglo Alva a joué un rôle capital, et sa mort, en 1936, a laissé un vide que des milliers de Péruviens, à travers tout le territoire national, ont essayé de combler. Personne n'a réussi, évidemment, et il a continué à incarner l'astre de la musique péruvienne. Mais la valse et d'autres chansons – comme les polkas et les tonderos – se sont répandues dans toutes les directions jusqu'à occuper tous les espaces, du plus humble au plus prospère, et constituer, pour la première fois, une musique nationale dans laquelle tous les Péruviens, quelle que soit leur origine, se reconnaissaient. D'où sa popularité, dont la presse a fait son miel. On a même composé des chansons d'humour macabre, voire masochiste, comme *La souris* : « J'ai une grosse trouille / de la souris et du cancrelat / car ce sont des bestioles / qui se mettent dans le matelas. » Et celle-ci : « De Lambayeque à Chiclayo / ils tuèrent un *huerequeque** / et du bide ils lui tirèrent, ma chère / un métis de Lambayeque. »

À la mort de Felipe Pinglo Alva est apparue une belle chanteuse à la voix superbe : Jesús Vásquez. Elle avait une jolie conception de la valse qui lui a permis de faire connaître comme personne la musique criolla dans des pans de la société qui lui résistaient encore. Beaucoup de jeunes lui transmettaient leurs chansons et elle, par la radio et les premiers films péruviens, aidait à les faire connaître. Jesús Vásquez a parcouru le monde entier et a rencontré partout un grand succès. Elle était née à Rímac et elle a été une icône de la musique nationale. Il est vrai qu'à cette époque le milieu artistique a vu surgir une foule de voix féminines et de chanteuses comme Serafina Quinteras, Amparo Baluarte, Alicia Lizárraga, Estela Alva, La Limeñita et beaucoup d'autres. Mais seule Chabuca Granda est parvenue à les supplanter toutes et à s'imposer internationalement en portant la musique péruvienne au-delà de nos frontières et en lui donnant une audience universelle.

Des dizaines, des centaines, voire des milliers de compositeurs ont vu le jour dans les années qui ont suivi la mort de Felipe Pinglo Alva et ont rendu fameuses plusieurs chanteuses comme Jesús Vásquez, dont la célébrité s'est amplifiée grâce au cinéma et qui a contribué de manière décisive à donner une représentation nationale à la valse péruvienne.

Une fois, par exemple, la revue *Variétés* a raconté la lutte à mort entre deux bandits, Tirifilo et Carita, que ce dernier a gagnée. Non seulement l'article en question a rapporté l'événement de manière héroïque et chevaleresque, mais l'on a aussi composé de nombreuses valses pour le commémorer. On trouve dans la valse des thèmes politiques, comme les campagnes en faveur du retour des villes de Tacna et Arica – toujours pleurées – dans le giron du Pérou, et comme la triste affaire de la guerre avec la Colombie, là-bas en Amazonie, des faits historiques qui ont donné lieu à un grand nombre de compositions musicales, imprégnées du plus noble patriotisme, que le chercheur français compile soigneusement bien qu'il ne parle jamais – pour n'avoir eu l'occasion de l'écouter – de Lalo Molfino et d'autres grands interprètes de la musique criolla.

XIII

En rentrant à Lima, Toño Azpilcueta éprouva le besoin de rendre visite à ses amis Toni Lagarde et Lala Solórzano pour manger un morceau avec eux et les entretenir de son projet. Le couple avait coutume, tous les après-midi, de se promener dans leur quartier. Ils étaient déjà assez âgés et allaient sur leurs quatre-vingt-dix ans, mais ils ne perdaient pas pour autant leurs bonnes habitudes.

Lecteur accompli, plus encore depuis qu'il avait pris sa retraite, Toni s'intéressait surtout à l'histoire du Pérou. Il avait dévoré les ouvrages de grands historiens comme Porras Barrenechea, Jorge Basadre et Luis E. Valcárcel, ce qui lui avait laissé l'esprit totalement embrouillé, car il ne pouvait toujours pas choisir entre les « hispanistes » et les « indigénistes ». Quand il lisait José de la Riva Agüero, enchanté par sa prose fin de siècle, il devenait hispaniste, mais quand il lisait les Cusquéniens, surtout Uriel García, il se transformait irrémédiablement en indigéniste. Ces changements d'idéologie l'amusaient beaucoup et énervaient tous les autres.

Tandis qu'ils dégustaient leurs biscuits à la gelée de coing, Toño leur raconta le prêt incroyable que lui avait consenti son ami Collau et leur rapporta le voyage qu'il venait d'effectuer à Chiclayo et à Puerto Eten. Il était décidé à écrire ce livre sur Lalo Molfino et à coucher sur le papier ses idées sur la huachafería. Ses amis s'esclaffaient, incapables de prendre ses paroles au sérieux. Faisant comme si de rien n'était, Toño abordait son sujet. Il voulait les interroger sur les survivants de La Palizada, si tant est qu'il restât quelque rescapé. Toni et Lala, depuis bien longtemps, ne voyaient plus personne, et ils ne savaient même pas qui était encore en vie et qui ne l'était plus. Ils lui avouèrent qu'ils n'écoutaient plus autant la musique péruvienne à la radio. Ils étaient maintenant accros aux séries radiophoniques, et quand ils étaient chez eux, s'ils n'avaient pas un livre sous la main, ils prenaient place ensemble devant l'appareil pour rire et pleurer en écoutant les vieilles histoires aussi rocambolesques que dantesques qu'une station rediffusait. Si Toño voulait écrire sur la huachafería, lui dit Lala, il ne pouvait faire l'impasse sur ces récits si amusants qui leur rappelaient leur propre histoire d'amour. Toño se vexa. Il doutait que le théâtre radiophonique fût un produit strictement péruvien, et il lui semblait en outre blessant de comparer le génie de Felipe Pinglo ou de Lalo Molfino, leur habileté à aller jusqu'au fond de l'âme, aux billevesées imaginées par des scribouillards qui produisaient à la chaîne, sans rien savoir du pays ni de la sensibilité péruvienne.

Toni partit d'un grand éclat de rire et lui dit que ces sujets, indépendamment de celui qui les écrivait, rendaient bien compte de la réalité péruvienne. Sans aller bien loin, ajouta-t-il, prenons le thème de l'héritage. Il y a des années que la chose avait été réglée et Toni avait largement impressionné sa famille quand, lors de la rencontre chez le notaire, il avait annoncé qu'il ne toucherait pas un centime, bien que la loi soit de son côté, parce qu'il respectait la décision de ses parents de l'avoir déshérité à l'annonce de ses fiançailles avec Lala Solórzano. Ses frères avaient protesté et dit qu'ils s'étaient mis d'accord entre eux pour qu'il puisse prétendre à l'héritage, mais lui, qui était des plus entêtés, n'en avait pas démordu, il respecterait la décision paternelle de le déshériter pour s'être marié à une femme noire et pauvre, ajoutant qu'ils pouvaient se partager sa part, tout en restant amis comme devant. (À vrai dire, ils ne se voyaient jamais, ou seulement tous les trente-six du mois.) Finalement, le notaire avait arrangé la chose pour que la loi soit respectée en théorie, mais qu'en pratique la fratrie se partage ce qui devait revenir à Toni. Et ils s'étaient séparés, naturellement, en s'embrassant.

« Voilà qui ferait un bon thème pour une valse, pas pour un feuilleton radio », dit Toño Azpilcueta d'un air doctoral.

Toni avait deux frères et une sœur, son frère aîné avait été avocat, l'autre, banquier, et sa sœur avait épousé en secondes noces un riche Chilien établi au Pérou ; il possédait de grandes exploitations agricoles, semble-t-il, bien que le général Velasco, le président du Pérou, lui en ait chapardé une partie grâce à la réforme agraire. Jusqu'à peu ils les invitaient parfois, Lala et lui, et ils acceptaient pour ne pas les vexer, mais en réalité ils s'ennuyaient à mourir avec ces grands messieurs et leurs dames qui ne parlaient qu'affaires et ne s'intéressaient en rien, ou si peu, à l'histoire du Pérou. Pour prouver qu'ils n'avaient pas de préjugés raciaux (à dire vrai, ils en avaient), ils manifestaient à Lala beaucoup ou trop de tendresse et, quelques années plus tôt, ils avaient même proposé de l'associer à leurs clubs de musique, de lecture ou de danse, et elle acquiesçait de bon cœur, tout en sachant bien qu'après cette fête ils oublieraient leur promesse. Ils avaient donc de bonnes relations avec ces parents, mais seulement de loin.

Carmencita Carlota, en revanche, semblait s'entendre le mieux du monde avec ses cousines, ou ses nièces, et elle était très amie avec l'une d'elles qu'elle invitait fréquemment à goûter les savoureux chancays à la gelée de coing de sa mère. Toni et Lala formaient un couple que Toño enviait. Comment expliquer sa réussite ? Sûrement, pensait Toño, grâce aux nombreuses difficultés qu'ils avaient connues dans leur jeunesse. Leur obstination les avait sauvés. Ils avaient su se défendre à force d'amour, et de leur grand amour pour Carmencita Carlota. Toño se comparait à eux et faisait grise mine. Matilde et lui, qui venaient du même quartier, La Perla, et qui s'étaient unis sans susciter l'inimitié ou le qu'en-dira-t-on de personne, moins encore le rejet de la part de leurs familles, s'éloignaient de plus en plus. Entre eux s'interposaient ces petites misères qui finissaient par fissurer leur couple. Leurs amis, en revanche, bien que provenant de milieux fort différents, avaient trouvé dans la musique criolla le liant qui effaçait toutes les différences sociales et raciales. Et ils étaient là, contents, ces petits vieux se soutenant mutuellement. Lala et Toni étaient un modèle. Il n'y avait pas entre eux cette détestation qui couve chez ceux qui ont vécu ensemble si longtemps, et qui condamne à l'amertume. Il suffisait de regarder autour de soi pour se rendre compte que la plupart des gens étaient malheureux, luttant toujours pour quelque chose qu'ils n'atteindraient jamais – le bonheur ou la fortune –, contrairement à Toni et Lala qui semblaient contents de leur sort malgré leur pauvreté qui les avait empêchés de voyager à travers le monde, voire à l'intérieur du pays. Ils regrettaient, par exemple, de ne pas connaître Cuzco, parce qu'ils n'avaient jamais eu assez d'argent pour s'y rendre en vacances. Mais ils n'en étaient pas amers pour autant, car il y avait d'autres choses pour compenser. Au premier rang desquelles leur grand amour, ce qui leur permettait de profiter ensemble d'un livre, d'un film ou des émissions à la radio, voire des feuilletons radiophoniques qui, disaient-ils pour le plus grand malheur de Toño, leur procurait tant d'émotions, et assez de rêves pour leur donner encore envie de vivre en leurs quatre-vingt-dix ans. Tout comme la musique, évidemment. Au lit, excités par les valses et les marineras, ils devaient, Toño en était sûr, s'entendre à merveille. En tout cas, mieux que Matilde et lui. Cela faisait combien de temps qu'il n'y avait plus de parties de jambes en l'air ? La réponse le laissait dévasté. Des mois, des années peut-être, il en avait perdu le compte. Des comme Toni et Lala, il n'y en avait pas.

Toño croyait que ses amis étaient la preuve évidente que ses idées étaient justes. Dans leur existence, la valse avait provoqué une révolution qui devait retentir en long et en large dans la société péruvienne, en l'unifiant, en triomphant des préjugés et des abîmes sociaux. Telle serait la thèse centrale de son livre, leur avoua-t-il. On pensait d'ordinaire que c'étaient la religion, la langue ou les guerres qui constituaient un pays et créaient une société, mais jamais personne n'avait pensé qu'une chanson, une musique puisse prendre leur place. La musique, il suffisait d'y penser un peu pour s'en apercevoir, était l'expression artistique capable d'éveiller la fraternité, voire l'érotisme, entre personnes différentes. C'est ce que Toño leur faisait valoir. Là se trouvait la preuve, à ses yeux, et rien ne pouvait l'en faire démordre. L'enthousiasme le faisait pérorer à voix haute, en criant presque. Il gesticulait avec une telle énergie que la chaise en bois sur laquelle il était assis craquait comme si elle allait se casser.

Toni et Lala se regardaient du coin de l'œil, quelque peu surpris par la véhémence de leur ami. À un certain moment, Toni se permit de dire que tout dans leur vie n'était pas aussi rose qu'il le semblait, mais Toño serra les dents et le reprit vivement.

« Jamais de la vie, mon ami, rétorqua-t-il d'un doigt dénégateur. Vous êtes un exemple pour moi et pour tout le Pérou. »

Ils finirent les chancays à la gelée de coing et Toño prit congé en leur promettant un exemplaire de son livre : « À deux âmes que la valse a unies, exemple et orgueil de cette terre métisse, mon Pérou », dirait la dédicace.

XIV

La grande invention de la musique péruvienne est le cajón, dont l'origine se perd dans la nuit des siècles bien qu'il soit probablement né aux temps de la Conquête, car avec les Espagnols débarquèrent quantité de Noirs et de métis – esclaves ou affranchis. Les livres d'histoire font silence sur cette population de couleur qui a accompagné les conquistadors, à commencer par Christophe Colomb, depuis la fin du XVe siècle, et a participé activement à la prise du Tahuantinsuyo. Dans ces lointains commencements, les Noirs et les métis ont représenté, à certaines époques, le tiers des expéditions espagnoles vers le Pérou, et nombre d'esclaves se voyaient affranchis en récompense de leur vaillance et des services rendus durant la Conquête. L'historien Raúl Porras Barrenechea remarque, n'en déplaise à l'Inquisition, que beaucoup de musiques, de chansons et de danses africaines se sont infiltrées dans la population depuis ces débuts prometteurs du Pérou où la population noire venue d'Espagne a joué un rôle substantiel. Beaucoup de ces Noirs et métis étaient des musulmans qui s'étaient convertis au catholicisme dans la mère patrie, de sorte que l'islam a aussi laissé son empreinte sur les intenses mélanges raciaux d'où sont nés les Péruviens. Dans nos photographies les plus anciennes, il existe des ensembles musicaux où, de manière bien visible, apparaissent le cajón et le batteur.

Le cajón est inséparable de la pauvreté et de l'ingéniosité de ceux qui n'avaient pas le moindre sou pour s'acheter un harmonica, une vielle et encore moins une guitare. C'est pourquoi ils ont inventé cet instrument qui accompagne comme son ombre la marinera, la valse, le huayno et, en général, toutes les musiques qui ont été créées à travers tout le pays après que l'indépendance a vu culminer toutes les conspirations des Péruviens pour se libérer de la tutelle étrangère et a été consacrée quand l'armée du général San Martín est arrivée du Chili.

C'est ainsi qu'est né le cajón comme instrument de musique péruvien. Qui l'a inventé ? Les historiens avancent le nom des ensembles musicaux les plus anciens – principalement les Noirs – qui en avaient déjà l'usage. Mais, malgré les nombreux noms cités, personne ne le sait de source sûre. J'ai l'impression que, dans le doute, il faut désigner le cajón pour ce qu'il est vraiment : un symbole pour les Péruviens les plus démunis et épris de musique qui, faute de moyens, ne disposaient que du cajón comme instrument de percussion pour accompagner les chanteurs de musique criolla.

Bien entendu, n'importe quelle caisse fait l'affaire pour marquer le rythme, pourvu qu'elle soit de bois dur et vieilli, cèdre de la forêt, voire caroubier. Plus tard, de notre temps, les magasins de musique ont inventé les « cajones d'usine » qui, comme vous l'imaginerez bien, cher lecteur, ne sont pas les meilleurs et sont pires même que les autres, ceux de la rue. Leur son vous ensorcelle.

Il est arrivé que des chanteurs espagnols, venus à Lima depuis l'Andalousie, en tombent amoureux et l'emportent en Espagne où, au dire des vedettes internationales, il serait devenu un instrument emblématique, surtout dans le sud du pays, au même titre que les castagnettes et la guitare, fleurons du flamenco.

Pour être un bon batteur, il faut avoir des mains calleuses et une bonne oreille, rien d'autre. Et chanter à peu près juste. Maintenant, on enseigne aussi le cajón dans les conservatoires et les écoles de musique, mais on affirme que les meilleurs *cajoneros** sont toujours ceux des rues, jouant à l'oreille sans jamais se tromper. Et c'est merveilleux pour les yeux et les oreilles – j'en sais quelque chose – de voir ces musiciens des rues, parfois analphabètes, experts du cajón, libérer de leurs doigts des airs de valse. C'est pourquoi on dit que les chanteurs de valses et de marineras exigent toujours la présence d'un batteur pour les accompagner. S'il est vrai que les meilleurs batteurs et praticiens de cet instrument, adossés à la batterie, sont des hommes, quelques femmes en jouent, en particulier des Andalouses et des Liméniennes, et le font avec la même élégance et la même oreille que les hommes. Il vaudrait la peine de donner quelques exemples de célèbres batteuses à Lima ; toutes celles qui jouent dans des ensembles plus ou moins connus le sont.

On dit par exemple que M. Juanito Solórzano, le père de la fameuse Lala Solórzano, était un grand batteur et que, jusqu'à ce qu'il meure de vieillesse – il allait être centenaire –, il était une star de cet instrument dans le callejón de Morones, où il habitait avec sa ribambelle de petits-enfants, d'arrière-petits-enfants et de proches.

Aujourd'hui, le cajón a envahi le monde entier et de

nombreux pays s'en attribuent la découverte. Mais il est certain qu'il est péruvien. C'est au Pérou qu'il est né, pour la plus grande gloire de notre musique. Et nous sommes fiers d'avoir ici les meilleurs batteurs. Pas seulement à Lima. Il y en a dans toutes les provinces de la côte et de la cordillère, et même en Amazonie. La musique péruvienne ne serait pas ce qu'elle est sans le cajón. Il a un son d'une saveur spéciale, une âme de bois. Notre marinera, nos polkas, nos valses ne seraient pas les mêmes sans ce parfum d'arbres et de plantes de nos forêts et, surtout, de ceux d'Amazonie. Voilà ce qu'apportent les cajones. Plus ils sont vieux, meilleurs ils sont. C'est pourquoi nos batteurs conservent les leurs jusqu'à ce qu'ils se défassent, au sens propre.

Avez-vous déjà entendu Lañas le Boiteux jouer du cajón ? Lañas le Boiteux n'a jamais voulu s'associer à un groupe de musique en dépit de toutes les offres qu'il a reçues. Il déboule de temps à autre sur les scènes et dans les boîtes de nuit, avec l'irrégularité de la bohème, quand il apprend qu'il y a là un groupe qu'il apprécie. Et le voilà qui joue.

Mon Dieu, quelle oreille et quelles mains ! C'est un petit homme insignifiant, pour vous dire, il a contracté la poliomyélite enfant, mais quand il joue du cajón, il grandit et grossit, on dirait même qu'il pourrait se lever. C'est une sorte de Lalo Molfino du cajón. Aujourd'hui, personne ne veut l'embaucher, tous étant las de ses caprices. Les groupes attendent que tout simplement il apparaisse et les accompagne. Il existe beaucoup de magnifiques cajoneros. Parmi eux, celui qui accompagnait Chabuca Granda dans ses tournées internationales : Carlos *Caitro* Soto, majestueux avec son célèbre cajón.

Dans son livre passionnant sur la valse péruvienne, César Santa Cruz Gamarra, le frère de l'illustre folkloriste Victoria, raconte que, dans les années cinquante, il y avait trois grands batteurs au Pérou : Francisco Monserrate, Victor Arciniega, dit « el Gancho » (« le Crochet »), et Juan Manuel Córdova, surnommé « el Pibe » (« le Gamin ») de Piura, spécialiste du tondero. Et que ces « batteurs » intervenaient habituellement à la fin des émissions de radio qui se terminaient presque toujours par quelque marinera ou un tondero du Nord. Et que Yolanda Vigil, distinguée par le plus beau des sobriquets, la Peruana (« la Péruvienne »), lors de son show au club l'Embassy, a introduit la musique criolla à Lima dans l'espace national, et qu'elle l'a fait avec le piquant et la malice propres aux femmes de la côte. D'après lui, c'est seulement à partir de là que la musique criolla a brisé l'armure qui la cantonnait aux callejones et qu'elle s'est répandue à travers tout le territoire.

Sans dédaigner la sagesse de l'illustre Cruz Gamarra, je pense que la musique criolla a gagné du terrain un peu plus tôt et qu'elle s'est imposée dans tous les secteurs du pays, de sorte que les différents cercles de la société ont adopté le cajón et les batteurs comme un élément essentiel de la musique criolla, qu'on ne pourrait lui enlever, comme on le reconnaîtrait plus tard.

Par ailleurs, cette propagation de la musique criolla grâce aux émissions de radio dans les années cinquante ne semble guère trouver grâce aux yeux de César Santa Cruz Gamarra. Pire, elle le chagrine, comme si, en se répandant dans tous les secteurs de la vie sociale, elle avait perdu de sa qualité, de son originalité, qu'elle se serait plutôt appauvrie. Je ne suis pas d'accord avec lui, bien entendu. À mon sens, cette rupture du petit cercle dans lequel la musique péruvienne se trouvait enfermée a été la meilleure chose qui a touché le pays. C'est le grand mérite de cette musique, grâce à laquelle sont enfin nées des chansons que les Péruviens, quelle que soit leur classe sociale, reconnaissaient comme leurs.

César Santa Cruz Gamarra a eu beaucoup de succès au Pérou, d'abord comme interprète et compositeur de chansons, puis comme « dizainier », c'est-à-dire comme auteur de dizains qu'il improvisait avec une grande facilité devant les auditoires les plus divers, renouant ainsi avec une très ancienne tradition nationale dont l'origine se perd lors des années coloniales. Il a ressuscité cette tradition et est devenu très populaire en dépit des préjugés qui marginalisaient les Noirs dans le Pérou de l'époque. Bien qu'il fût un Noir excentrique, il n'appartenait pas aux secteurs les plus pauvres du Pérou. Il était né dans la classe moyenne, avait passé son enfance dans le quartier de La Victoria, à Lima, et plusieurs membres de sa famille – surtout sa sœur Victoria – ont contribué avec talent à enrichir le folklore national, soit par leurs articles, leurs conférences et leurs livres, soit par la pratique du chant et de la danse où tous les membres de la famille ont connu la gloire. Mais c'est César Santa Cruz Gamarra qui, avec ses dizains, s'est rendu célèbre nationalement. Puis il a voyagé en Espagne où, probablement avec moins de succès qu'au Pérou, il a diffusé la musique criolla et est parvenu à se faire connaître. Je crois qu'il est mort là-bas, où il aura sûrement laissé beaucoup d'admirateurs derrière lui.

Comme dizainier, il était irremplaçable, et il a été très aimé et respecté. Il est vrai qu'il connaissait par cœur la plupart des dizains et qu'il les réutilisait selon les circonstances, mais à d'autres occasions il improvisait en fonction des stimulations qu'il recevait et il le faisait à merveille. J'ai eu l'occasion de le voir à l'œuvre plusieurs fois, dans des concerts, ou de l'entendre à la radio, et il le faisait avec une extraordinaire facilité, d'une manière inoubliable, très personnelle, qui arrachait de formidables applaudissements. C'était un personnage très populaire dans tous les milieux péruviens et peut-être que son voyage en Espagne lui a causé du tort, car là-bas, à Madrid, il a perdu le souffle de la patrie et n'est jamais parvenu à retrouver l'immense célébrité qu'il avait connue au Pérou. Malheureusement, César Santa Cruz Gamarra n'atteindrait jamais cette notoriété chez les Espagnols.

XV

Toute la semaine, Toño Azpilcueta travailla à son livre. Mis à part deux cours de dessin et de musique qu'il devait dispenser au collège d'El Pilar, il n'avait rien fait d'autre que mettre en ordre ce qu'il avait pu recueillir sur Lalo Molfino et tâcher de localiser Abanto Morales.

Cecilia Barraza dissipa ses doutes : cet Abanto mentionné par Jacobo Machado n'avait rien à voir avec l'illustre fils de Cajabamba, ce n'était qu'une coïncidence patronymique. À vrai dire, cet Abanto – dans ce cas-là c'était un prénom, pas un nom – avait entendu par hasard la guitare de Lalo et, dans sa petite tête, il avait caressé l'idée de se faire un peu d'argent en montant un groupe de musique criolla. Abanto était un imprésario, pas un musicien ou un expert en créolité, qui investissait là où il flairait une bonne affaire, peu importait laquelle. Toño le localisa à El Callao, parce que le bonhomme s'occupait maintenant de pêche tout comme auparavant il transportait des marchandises dans la région de Chiclayo, au nord.

« Je vous ai cherché pendant des jours, lui dit Toño quand Abanto le reçut finalement dans son petit bureau installé près du port. Vous devez vous demander pourquoi j'ai tant insisté pour m'entretenir avec vous. Il se trouve que vous avez eu la chance de connaître le plus éminent guitariste du Pérou, Lalo Molfino, à qui j'entends rendre justice dans un livre que j'ai en chantier. J'aimerais que vous m'apportiez quelques précisions sur lui. Tout ce que vous vous rappelez, s'il vous plaît. »

M. Abanto le regarda l'air dépité. Il croyait qu'il était venu lui proposer une bonne affaire, et certainement pas lui rappeler ce musicien qui lui avait fait perdre tant d'argent.

« Je maudis le jour où je me suis fourré dans cette histoire de musique criolla, s'écria-t-il, la mine déconfite. On n'est jamais parvenu à jouer à cause de ce Lalo. Un malheureux, un minable plein d'exigences et d'obsessions. Il refusait de jouer en groupe, Monsieur réclamait la scène pour lui tout seul. Par sa faute, tous les musiciens que je contactais me filaient entre les doigts. Moi, je payais les répétitions, j'étais aux petits soins pour eux et je leur glissais une pièce pour qu'ils fassent bonne figure à Lalo, mais au bout du compte ils jetaient tous l'éponge. Un rat, ce Lalo Molfino, un fils de pute. »

Ce témoignage fendit le cœur de Toño. Il fut sur le point de lui rabattre le caquet, comme s'il avait été personnellement offensé, mais il voyait bien que c'était la deuxième fois qu'on lui rapportait ce genre de chose. Il avait du mal à y croire. Ou plutôt, il se refusait à y croire pour la simple et bonne raison que c'était impossible. On ne pouvait pas produire la plus fraternelle et amoureuse des musiques en étant un individualiste, et moins encore un m'as-tu-vu imbu de sa personne qui aurait méprisé les autres musiciens au point de refuser de jouer avec eux. Il avait constaté l'effet magique de sa guitare, il l'avait senti.

Ce fameux soir à Bajo el Puente, Toño avait voulu embrasser son public, étreindre toute l'assistance, lui donnant tout ce qu'il avait, parce que la guitare de Lalo Molfino les avait tous rendus frères. Sa musique était désintéressée et généreuse, elle était l'or et l'argent du Pérou lancés à pleines poignées sur les spectateurs. Il devait y avoir une explication à ce qu'Abanto lui disait là.

Réalisant son erreur d'avoir voulu le rencontrer, Toño se dit qu'il valait mieux lever le camp. C'est alors que l'imprésario laissa tomber une phrase qui changea tout.

« La seule personne qui le supportait, c'était sa chérie. Une femme plutôt maigrichonne, assez jeune, qui venait le chercher le soir. Je ne me rappelle plus son nom. Quelque chose comme Maluenda.

— Lalo avait une chérie ? demanda Toño, surpris. Une maigrichonne, dites-vous ?

— La pauvre, oui, confirma M. Abanto. Le soir on les voyait partir main dans la main. Elle arrivait à la fin des répétitions. Interrogez Miguelito, il s'en souvient sûrement mieux que moi. C'était le batteur du groupe. Auparavant, c'était le leader du groupe El Rascador, et maintenant c'est un de mes employés à l'usine de farine de poisson. Un bon ouvrier. »

Toño Azpilcueta était sur des charbons ardents. Il prit les coordonnées de ce Miguelito et se rendit à la Bibliothèque nationale avancer la rédaction de son essai. D'un côté, il était content d'avoir éclairci quelque chose d'important sur Molfino, mais de l'autre, il était troublé par la façon grossière et provocatrice dont Abanto parlait de lui. Ce n'était pas possible, les gens se trompaient sur Lalo. Lui-même reconnaissait s'être trompé dans le passé en jugeant des artistes. Il lui était arrivé d'être injuste, parce que le manque de perspective lui faisait émettre des jugements cassants et mal informés. N'avait-ce pas été le cas avec la grande Chabuca Granda ?

Contrairement à ce qu'elle avait cru, Toño se réjouissait que Chabuca fût aussi aimée et admirée dans tant de villes importantes du monde. Mais quand il s'était mis à entendre ses valses et ses pasillos, il avait écrit dans plusieurs de ses articles que ses paroles n'exprimaient pas une réalité du passé colonial de Lima, mais une fiction. Avait-elle jamais existé, cette Lima élégante, mi-andalouse mi-arabe, où les hommes, des cavaliers au poncho de lin très fin, et de jeunes dames, très jolies et distinguées, se promenaient sur le pont des Soupirs ou dans le parc des Fontaines, de l'autre côté du fleuve, ou se rendaient à la pampa d'Amancaes se baigner de fleurs jaunes, toutes ces belles silhouettes dégageant des parfums exquis ? Ou tout cela n'était-il pas une invention totale qui, comme certaines « traditions » de l'écrivain Ricardo Palma, occultait et transformait la réalité péruvienne au lieu de la décrire ?

C'était une vieille histoire entre eux qui, heureusement, n'était pas connue du grand public et de la presse à sensation. Alors que Chabuca Granda touchait un immense public, allant au-delà des frontières du Pérou, et qu'elle suscitait l'enthousiasme pour la valse péruvienne de l'Argentine jusqu'au Mexique, Toño Azpilcueta avait eu le front d'exposer ses objections sur cette vision du passé criollo de Lima tel qu'il apparaissait dans ses chansons. Ah, si le grand Felipe Pinglo avait connu pareille diffusion ! avait-il lâché dans une réunion, déclenchant un terrible tollé ainsi qu'un débat interminable.

Toño Azpilcueta était très respectueux dans ses articles et il l'avait été aussi verbalement avec Chabuca Granda. Il avait pris grand soin de ne mépriser ni insulter quelqu'un qui – enfin ! – obtenait un immense succès non seulement auprès du public péruvien, mais aussi hors du Pérou – au Chili, en Équateur, en Colombie, en Argentine, au Mexique, même au Brésil –, touché que ses rythmes et ses paroles séduisent des personnes aussi différentes. Il se permettait seulement de douter et se demandait si ces émouvantes visites à la pampa d'Amancaes des valses de Chabuca Granda auraient été possibles, ou si, plutôt que d'élégants jeunes gens et de belles jeunes filles de la société liménienne, ce n'était pas un peuple plus humble, le peuple sans chaussures ni parfums, qui avait adopté la valse au début. Car, soutenait Toño, la valse était moins aristocratique et était, à l'origine, populaire, c'est-à-dire misérable ou famélique. Des multiples callejones, elle avait au cours des années conquis peu à peu un public plus huppé et la classe moyenne lui avait ouvert les portes de ses modestes salons, et finit par pénétrer les milieux aisés et aristocratiques.

Plusieurs semaines après la publication de cet article, on présenta Chabuca Granda à Toño Azpilcueta lors de son récital à Radio América. Il lui posa une question sur le sujet qui la dérangea et, le regardant très sérieusement, elle refusa de lui répondre. Toño Azpilcueta essuya là une des plus grandes hontes de sa vie. Plus tard, au fur et à mesure que le prestige et la popularité de la chanteuse grandissaient, Toño changea d'opinion. Quelle importance que cette Lima mi-andalouse mi-arabe n'ait jamais existé ? Maintenant, grâce à Chabuca, elle existait bel et bien. Pourquoi les auteurs et compositeurs devraient-ils être fidèles à l'histoire réelle ? Est-ce que, d'aventure, les grands musiciens avaient été fidèles au passé ? Non, bien des auteurs d'opéra, à commencer par Mozart et Wagner, avaient inventé un passé mythologique bien plus irréel que la Lima coloniale de Chabuca Granda, et avaient imposé ces thèmes grâce à leur originalité et à la force de leur talent.

Au lieu de critiquer Chabuca, il fallait la féliciter. En inventant ce passé, elle avait été une véritable créatrice d'histoire qui aujourd'hui n'était pas fictive mais réelle, car elle était dans la mémoire de centaines, de milliers, voire de millions de personnes au monde, qui connaissaient le Pérou par ses valses et ses pasillos, où Chabuca décrivait cette Lima imaginée par ses fantaisies, ses rêves et ses préjugés.

Bien que Toño Azpilcueta se soit rétracté aussi par écrit, Chabuca ne le lui avait pas pardonné, et chaque fois qu'ils s'étaient revus dans quelque rencontre ou festival, elle l'avait toujours salué sèchement, voire froidement. L'erreur est humaine, il s'était trompé sur Chabuca, et c'est peut-être aussi pour cela qu'Abanto et José Durand Flores, ou même Cecilia Barraza, avaient mal interprété le comportement de Lalo Molfino. Un guitariste aussi vertueux ne pouvait être cet exemple de muflerie, d'égoïsme et d'individualisme qu'ils décrivaient tous, parce que sa musique était tout le contraire. Il allait le démontrer dans son livre, mais pour cela, il fallait retrouver cette petite femme qui devait sûrement être du même coin que Lalo, une fille de Chiclayo qui avait bien su lire dans son cœur.

XVI

La mort de Carlos Gardel, le grand chanteur de tango argentin, en Colombie, dans un accident d'avion, en 1935, a eu un effet dévastateur dans le monde entier, et aussi, bien entendu, au Pérou. Elle s'est produite à un moment où le tango, qui avait fait le tour du monde grâce au rossignol gaucho et à l'intense présence de l'Argentine sur toute la planète – c'étaient d'autres temps –, s'imposait même à Paris, où l'on dansait le tango apache. Et tout comme en France, on inventait partout des pas que les couples accordaient au rythme de la musique.

Le tango est devenu encore plus populaire après cette tragédie, jusqu'à détrôner peu à peu ici, sur nos terres, la valse péruvienne parmi les préférences populaires. À Lima, par exemple, un texte de J. Chávez Sánchez intitulé *La Tangomania* a été mis à la mode ; il disait ceci :

> C'est marrant de voir les Noirs de Malambo
> Au lieu de la marinera danser le tango,
> Que, sans grâce et très grossièrement,
> Ils ont changé en lascifs mouvements.

Es de reírse que los negros de Malambo
en lugar de marinera bailan tango,
que, en vez de gracia, con gran lisura
lo han convertido en movimientos de cintura.

Jusqu'au *Cancionero de Lima* (« Le Chansonnier de Lima »), qui a sorti un grand titre en pleine page, de mauvais goût selon certains Liméniens, disant : « Carlos Gardel, si admiré, est mort en chantant le tango *Cuesta abajo* ("En descendant la pente") ». Mais il ne fait aucun doute qu'en raison de cette mort, le penchant des Liméniens pour la valse criolla avait diminué et le tango l'avait remplacée dans le cœur de la majorité. C'est alors que le remarquable Felipe Pinglo Alva et les chanteurs de la Vieille Garde ont réagi avec patriotisme pour combler l'ornière *charrúa** où commençait à rouler le goût populaire et contraire à l'âme néo-indienne si bien dessinée par cette tête prodigieuse, le Cusquénien José Uriel García. Avec talent et sens de la mesure, nos musiciens ont remis le tango à sa place et ont rétabli la valse comme l'air à danser le plus populaire du Pérou.

Voilà le travail admirable qu'ont accompli Felipe Pinglo Alva et de nombreux guitaristes et chanteurs de cette extraordinaire génération, sauvegarde des racines de la nation, qui depuis s'est fait sa place dans la mémoire des Péruviens. Tous ces hommes empreints d'humilité et de modestie, métis et huachafos, parmi lesquels se trouvaient Pedro Bocanegra, Carlos Saco, Víctor Correa Márquez, Manuel Covarrubias, Filomeno Ormeño, David Suárez Gavidia, Nicolás Wetzell, Alberto Condemarín et Luis de la Cuba ne soupçonnaient pas qu'ils étaient en train de changer le Pérou, ni que ce pays naissait à la culture, essentiellement musicale, grâce à eux. Ils allaient tout droit aux callejones sans égout et dans les quartiers les plus populaires et les plus misérables comme Mercedarios, Barrios Altos, Rímac, Malambo, Chirimoyo et cent autres. Ils buvaient le pisco et la chicha, et passaient trois jours à chanter, jouer de la guitare et danser. Ils mouraient jeunes, les poumons détruits, victimes de la fièvre jaune, de la variole, du paludisme ou de la tuberculose. Sans le savoir, ils étaient des héros.

La valse péruvienne, espagnole ou autrichienne à l'origine, ou peut-être les deux, une musique d'où avaient dérivé les danses chiliennes et argentines, s'était popularisée grâce à eux. Mais c'est seulement au Pérou, en grande partie grâce au talent de Felipe Pinglo Alva, qu'était apparue la huachafería, cette grande distorsion des sentiments et des mots qui, j'en suis convaincu, a fini par devenir l'apport le plus important du pays au monde de la culture. Une huachafería qui allait au meilleur comme la poésie des *Hérauts noirs* de César Vallejo ou les poèmes remplis d'infants de José María Eguren qui, semble-t-il, croyait aux fées nordiques, ou la plus huachafa de toutes, la poésie de José Santos Chocano – si ronflante et déclamatoire – qu'on avait couronné sur la place d'Armes de Lima comme les héros de l'Antiquité grecque, lors d'une fête huachafa inoubliable. Cette huachafería avait uni les Blancs aux métis et même aux Indiens, car tous les Péruviens se reconnaissaient dans la valse jouée dans les fêtes, aussi bien dans les salons élégants que dans les tavernes les plus humbles, cette musique dont Lalo Molfino, sans jamais le savoir, avait été l'incarnation parfaite.

Felipe Pinglo Alva a été à la tête de ce mouvement qui a assuré la prééminence de la valse péruvienne. En dépit de la tuberculose qui lui rongeait les poumons, l'éminent barde était très conscient de ce qu'il faisait. Dans une de ses lettres, il évoquait « [ses] efforts pour créer une musique nationale ». C'est peut-être aussi à cet homme que l'on doit des musiques qui ne soient pas seulement superficielles et bourrées de lieux communs, mais qui traitent de sujets plus sérieux, parfois jusqu'aux thématiques tortueuses de la politique. Pensez, par exemple, à *El Plebeyo* (« Le Plébéien »), et aux cœurs déchirés par l'injustice sociale.

Ses compositions revenaient toujours à l'amour, mais elles ne refusaient pas les cloaques de la société, en décrivant parfois la misère, l'étroitesse de la vie des pauvres, les malheurs dont ils faisaient l'objet, l'injustice qui en résultait et, de temps à autre, les illusions des jeunes gens de la classe moyenne qui rêvaient de conquérir le monde et d'atteindre le bonheur. C'est pourquoi on surnomma Felipe Pinglo Alva « le Chanteur des humbles ». Parce que, comme l'ont parfaitement signalé les critiques qui ont étudié les grandes contributions de l'aède à la valse péruvienne dans une période difficile, c'est-à-dire entre 1924 et 1926, ses chansons non seulement se sont fait remarquer par une qualité artistique inconnue et des jeux poétiques novateurs, mais elles avaient aussi une signification sociale et des objectifs concrets avec cette élégance et cette subtilité qui caractérisent ses textes.

Au cours de sa triste vie, si riche mais abrégée par cette tuberculose qui l'a emporté dans l'autre monde alors qu'il n'avait que trente-sept ans, il a composé trois cents valses – et je suis modeste. Il avait été élevé par des tantes qui le gâtaient et le cajolaient, car ses parents, Felipe Pinglo Meneses et Florinda Alva Casas, sont morts jeunes. Ainsi, les tantes Gregoria et Ventura ont-elles eu une immense influence sur lui. Elles l'ont inscrit dans le grand collège populaire de Lima, Notre-Dame de Guadalupe, et son nom s'est trouvé lié à jamais à Barrios Altos, où il a passé le plus clair de sa vie. Puis il a travaillé à la direction générale du tir, dépendante du ministère de la Guerre, où le bruit de la poudre n'a en rien assourdi la sensibilité de son esprit.

D'après les témoins, c'était un homme petit et très mince, aimable et fort attentionné, surtout envers les dames, qui se retirait habituellement des fêtes et des soirées d'artistes vers deux heures du matin, au plus tard trois heures, pour se rendre au travail le lendemain.

La renommée de Felipe Pinglo Alva a été tardive, elle n'est survenue qu'après sa mort et n'a pas eu la grandeur qu'elle méritait. Il a acquis une certaine popularité grâce à la radio et au cinéma, car sa musique accompagnait les premiers films tournés au Pérou comme *Gallo de mi galpón* (« Le Coq de ma grange »). Mais la plupart de ses enregistrements ont été réalisés de manière posthume car à son époque l'infrastructure nécessaire pour enregistrer des disques n'existait pas à Lima.

De temps à autre, je dois le reconnaître, je me demande pourquoi Felipe Pinglo devait tant se diminuer, comme un vassal devant l'aristocratie du texte de ses valses. Le texte d'*El Plebeyo* me paraît trop mesquin et de classe, dans le mauvais sens du terme. Qu'est-ce que cela veut dire : « le plébéien » aime une « aristocrate » ? N'est-ce pas, peut-être, accepter les préjugés et le racisme de la société péruvienne ? N'est-ce pas l'accepter telle qu'elle est, avec tous ses préjugés sociaux ? Il me semble que les « Blancs » comme les « Indiens » doivent disparaître, engloutis par le vaste métissage. C'est celui-ci qu'il faut promouvoir par tous les moyens – la valse, en particulier, et la musique criolla en général créent de par leur fonction un pays unifié par les métis, où tous se mélangent avec tous pour qu'émerge cette nation métisse, où tous les Péruviens pourront se confondre. Le produit de ces mélanges sera le véritable Pérou, le Pérou métis qui se cache derrière la valse et la musique péruvienne, avec ses guitares, ses cajones, ses mâchoires d'âne, ses trompes, ses pianos et ses luths. Voilà le Pérou annoncé par sa valse, celui de la sensiblerie et de la huachafería, celui des gens sans préjugés raciaux, comme le grand José Uriel García.

XVII

Chère Mademoiselle,

Je vous ai enfin trouvée, après de nombreuses difficultés. Cela fait trois semaines que je vous cherche. Sans vouloir vous importuner avec mes problèmes, je vous dirai simplement que je vous ai localisée grâce à Miguel Cuadra, un des ouvriers à El Callao de M. Abanto, qui fut naguère l'imprésario et le découvreur d'un interprète auquel aussi bien vous que moi sommes attachés, l'illustre Lalo Molfino. Ne soyez pas surprise, je vous en prie. M. Abanto m'a dit que son employé, Miguel Cuadra, était un ami de Lalo Molfino et de vous-même, ajoutant, sans vouloir empiéter sur votre vie privée, que vous et le barde vous étiez fréquentés d'une façon plus intime, raison pour laquelle il estimait que vous étiez fiancés. D'où ma démarche. Comme je l'ai déjà fait auprès du diligent Miguel Cuadra, je vais vous l'expliquer maintenant.

Je m'appelle Toño Azpilcueta, je suis un critique et un promoteur de la musique criolla. Pour certains, un simple journaliste attentif à l'évolution de la production artistique du Pérou, mais je prétends que ma fonction est autre : je dirais plutôt que je suis un sismographe qui mesure les vibrations de l'âme nationale et, croyez-moi, je ne les ai jamais vues aussi intenses et continues qu'en présence de Lalo Molfino. J'ai été témoin du miracle une seule fois dans ma vie, un événement qui a fait naître en moi une gratitude et un intérêt permanents pour son allant et son talent. En de multiples occasions j'ai entendu briller la guitare, mais jamais comme cette fois-là à Bajo el Puente, lors de cette soirée où la vedette fut l'éminent Lalo. Et mon impression fut si profonde que je suis en train d'écrire un livre sur lui. C'est là que vous entrez en scène, chère amie.

Que je vous rassure, mon intention, en écrivant ces lignes, n'est pas de vous importuner, mais de solliciter votre précieux témoignage. Vous êtes sûrement la personne ayant le mieux connu Lalo et qui fut la plus proche de cette urne enchantée, son âme, d'où jaillirent ses accords. Soyez sans crainte. À moins que vous ne m'indiquiez le contraire, votre nom n'apparaîtra pas dans mon livre. Je respecterai scrupuleusement votre volonté. J'écris cet essai parce que Lalo Molfino fut un guitariste hors du commun, le plus original et extraordinaire de la musique péruvienne. Nous le savons vous et moi, mais pas le peuple, et c'est pour ces gens-là que j'écris. Pour qu'ils connaissent ce génie que Dieu nous a prématurément ravi.

Je me permets de vous inviter à déjeuner au Bransa de la place d'Armes lundi prochain. On y sert des chancays à tomber que vous ne pourrez jamais oublier. Je m'y trouverai aussi mardi et mercredi, à vous attendre. Venez, je vous en prie, afin que nous parlions.

Bien à vous,

Toño Azpilcueta

Maluenda viendrait-elle après avoir lu cette lettre ? se demandait Toño, attablé au Bransa devant une tasse de camomille. Elle ne vint pas le lundi, ni le mardi, mais le mercredi, poussant prudemment la porte du café du pied avant d'entrer. Toño était déjà las de l'attendre. Il était persuadé qu'elle ne viendrait pas, mais il se trompait. Dès qu'elle apparut sur la terrasse, son cœur s'accéléra. « C'est elle », se dit-il.

Et c'était vraiment elle. Elle était si pauvrement vêtue que, la prenant pour une mendiante, un des garçons voulut la mettre dehors. Toño s'avança vers elle et, lui prenant le bras – « La demoiselle est avec moi », dit-il –, la conduisit à la table qu'il occupait et lui approcha une chaise pour qu'elle prenne place. Elle portait une blouse bleue qui semblait bien usée – elle devait avoir très froid avec un vêtement aussi léger – et des sandalettes qui ressemblaient davantage à des savates. Ses pieds, gonflés d'avoir tant marché, exhibaient des ongles tordus et jaunes. Elle était morte de peur. Toño lui demanda : « Que voulez-vous ? On sert ici de délicieux chancays au fromage de la Sierra. Voulez-vous aussi un petit café au lait ? »

Elle acquiesça silencieusement. Elle semblait très jeune, mais il y avait dans son visage quelque chose d'immémorial. On la sentait très nerveuse. Elle lançait des coups d'œil autour d'elle, l'air effrayé. Elle avait un joli visage, si on oubliait ses yeux au regard perdu.

« Je vous remercie d'être venue, dit Toño Azpilcueta, en lui souriant. Sans vous, mon livre aurait manqué de substance, comme vous pouvez l'imaginer. Je ne savais pas, ni ne me doutais, que Lalo Molfino avait eu un amour ici à Lima. »

Elle acquiesça sans sourire. Et pour la première fois, Toño entendit sa voix :

« Je ne sais pas pourquoi je suis venue, monsieur. Je ne sais pas ce que je fais ici. »

Son regard était fuyant.

Il commanda pour elle ce qu'il avait dit, et c'est après s'être rempli l'estomac et avoir vu que Toño était prêt à satisfaire son appétit que Maluenda baissa la garde.

« Je ne sais pas si Lalo m'a aimée, en réalité », dit-elle en ramassant du bout du doigt les miettes de chancay.

Sa relation avait commencé sans romantisme. La chose fut plus directe et spontanée. Lalo la voyait quitter la cafétéria où elle travaillait, tout près du local où il répétait, avec Miguel Cuadra et deux autres, jusqu'à ce qu'un jour il osât lui parler. La troisième fois, il lui prit le bras, simplement, et la traîna avec lui malgré ses protestations, elle qui se débattait et menaçait d'appeler la police. Lalo l'embrassa. Lorsqu'il la lâcha, Maluenda partit en courant, puis ralentit et se mit à marcher. Lalo la rattrapa et, sans dire un mot, la raccompagna jusque chez elle, avenue Sáenz Peña. Au moment de la quitter, il l'embrassa encore, mais cette fois sans qu'elle oppose de résistance. Ce fut un baiser sur la bouche, un baiser mouillé. Elle sentit sa langue frôler ses lèvres, minces et timides. Sa peur initiale s'estompa lorsqu'elle remarqua une forte retenue chez Lalo. Les rencontres suivirent et se ressemblèrent. D'entrée de jeu, Lalo se montrait impétueux, agressif, mais après un baiser maladroit il baissait les yeux et se renfermait. Il était incapable d'exprimer de l'affection, et à la longue c'était Maluenda qui devait le pousser à la prendre dans ses bras, à se montrer tendre et à l'embrasser dans le cou.

« Cela n'est jamais allé plus loin, poursuivit-elle. Peut-être ne m'aimait-il pas assez, ou je ne lui plaisais pas.

— Jamais plus que des baisers, vous dites ? » demanda très prudemment Toño.

Lalo restait de longues heures sans lui parler, accordant sa guitare, la tête penchée sur les cordes comme si elles lui chuchotaient des secrets. Il logeait dans une pièce de ce callejón du quartier La Perla, une chambre que personne ne balayait et où Lalo avait à peine une poignée de frusques, mis à part, bien sûr, sa guitare, dont il prenait grand soin, comme d'autres s'occupent d'un chien ou d'un petit chat. Le soir où il la mena chez lui, elle pensa qu'ils finiraient par coucher ensemble. Elle y était prête, au point même de lui faire comprendre qu'elle était sienne et qu'il pouvait faire d'elle ce qu'il voulait. Mais Lalo n'en fit rien. Il lui parla de Puerto Eten, du père Molfino, de la décharge où il avait trouvé sa guitare, rien de plus.

« Les gens qui s'aiment font des choses », fit remarquer Maluenda en croquant dans son second chancay au fromage de la Sierra.

La fois suivante où ils se trouvèrent seuls dans sa chambre, ils s'embrassèrent avec passion, se caressèrent et Maluenda vit bien que Lalo était excité. Elle s'étendit sur le lit et retroussa sa robe. Puis, cambrant son corps, elle baissa sa culotte et joignit les bras sur sa poitrine, attendant, nerveuse. Mais Lalo se releva et lui tourna le dos.

« Quelque chose le freinait, je ne sais quoi, comme s'il mourait de peur. Il était content et tout à coup, comme s'il se rappelait quelque chose ou quelqu'un, il s'écartait de mon corps, presque avec dégoût. Je n'ai jamais compris. Je n'ai plus jamais fait d'avances. J'ai pensé qu'il prendrait l'initiative, mais on en est restés là. Des baisers, des caresses, voilà tout. Il n'allait pas plus loin. »

Toño fut d'abord surpris par cette information inattendue, mais qui lui parut ensuite d'un très grand intérêt. Lalo était la personne la plus solitaire qu'il ait connue, personne ne le supportait et il était peu probable que cette jeune femme n'ait pas éveillé son affection. Ce devait être quelque chose de plus profond, une inhibition sévère produite par les souffrances de son enfance.

« Et comment avez-vous rompu ? demanda-t-il.

— Le plus facilement du monde, répondit Maluenda qui, pour la première fois, se fendit d'un sourire. Un jour, je suis allée le chercher aux répétitions, comme tous les soirs, et M. Abanto m'a dit qu'il avait dû le renvoyer parce que Lalo ne s'entendait pas bien avec le reste du groupe. Je suis allée chez lui à La Perla, il n'était plus là. Et je n'ai plus jamais entendu parler de lui jusqu'à ce que je reçoive votre lettre. On me l'a lue, parce que je ne sais pas lire. Ou disons que ça me demande beaucoup d'efforts. Et donc, je lis peu. J'ai hésité à accepter votre invitation au café. J'espère ne pas le regretter.

— Vous n'aurez pas à le regretter, la rassura Toño Azpilcueta. Je ne mettrai dans mon livre que ce que vous m'autoriserez. Je ne citerai absolument pas votre nom si vous ne le désirez pas. Par ailleurs, je ne connais pas votre nom de famille, ni ne veux le savoir, si cela peut vous tranquilliser. »

Quand leur conversation fut finie, Toño l'accompagna jusqu'à la porte du Bransa et la vit s'éloigner au milieu des voitures et des camions stationnés sur la place d'Armes de Lima. Il l'imagina passant devant la cathédrale où reposaient les restes supposés de Francisco Pizarro, parmi lesquels on avait trouvé des os de lama et de vigogne. L'histoire de Lalo Molfino était si complexe et mystérieuse qu'il lui reviendrait peut-être de faire de même : mélanger ces bouts de vie que lui avaient fournis Pedro Caballero, Abanto et Maluenda aux restes d'un animal andin.

XVIII

Il existe dans le folklore péruvien quelque chose d'unique, selon moi tout du moins, une valse intitulée *Déteste-moi,* dans laquelle un beau garçon demande à sa bien-aimée qu'elle le déteste, qu'elle le haïsse, parce qu'il estime qu'« on ne déteste que ce qu'on aime ». Rafael Otero en a composé la musique il y a bien des années et il est probable que personne n'aurait su de qui étaient les savoureuses paroles si Eduardo Mazzini n'avait révélé que l'auteur n'était nul autre que le grand poète de Tacna, Federico Barreto (1862-1929), célèbre pour ses articles féroces et ses poèmes au vitriol contre l'occupation chilienne qu'il avait écrits à Tacna, cette ville tant aimée, qui a souffert de la présence de l'armée étrangère pendant de longues années après la guerre du Pacifique.

Cette révélation m'a empli de joie, car le recueil qui contenait ces vers se trouvait parmi les quelques babioles conservées par ma famille maternelle. La dédicace était adressée à une amie de ma grand-mère, qui était de Tacna et avait reçu avec le livre une lettre d'amour de la main du poète, alors qu'elle était encore une fillette.

Plusieurs chercheurs affirment formellement que le

poème original de Federico Barreto a été coupé et modifié par Rafael Otero lui-même ou par les auteurs supposés des paroles afin qu'il s'ajuste mieux à sa musique, ce sur quoi ils se trompent lourdement car, comme le montrent ces spécialistes, le texte aurait été bien meilleur sans ces coups de ciseaux. Mais avant tout, rappelons le contenu de cette fameuse valse qui n'a cessé d'être écoutée et chantée :

Déteste-moi, par pitié, je t'en supplie,
Déteste-moi sans frein ni clémence,
Je préfère la haine à l'indifférence
Parce que la rancœur blesse moins que l'oubli.

Si tu me détestes je serai convaincu
Que tu m'as aimé, femme, avec persévérance
Car, selon ce que nous dit l'expérience,
Songe qu'on déteste ce qu'on aime le plus.

Qui vaut le plus, moi enfant et toi orgueilleuse,
Ou les appas de ta fragile beauté,
Pense que là où nous jette la gueuse
Nous serons habillés pareil pour l'éternité.

Ódiame por piedad, yo te lo pido,
ódiame sin medida ni clemencia,
odio quiero más que indiferencia
porque el rencor hiere menos que el olvido.

Si tú me odias quedaré yo convencido
de que me amaste, mujer, con insistencia,
porque ten presente, de acuerdo a la experiencia,
que tan sólo se odia lo querido.

Que vale más, yo niño, tú orgullosa,
o vale más tu débil hermosura,
piensa que en el fondo de la fosa
llevaremos la misma vestidura.

Federico Barreto a inclus ce poème dans son livre, *Quelque chose à moi*, et la faible diffusion de ce recueil explique que, même des années plus tard, personne ne s'est aperçu de ces coupures. En vérité, il y en a peu. Dans la première strophe, on a changé le premier et le dernier vers, et dans le vers final l'auteur (ou ceux qui établirent le texte) transforme un hendécasyllabe en un « dodécasyllabe arythmique » (selon ce que semblent dire les experts).

Mais ce que je veux vous raconter ici, c'est qu'une amie de ma grand-mère avait reçu ce recueil de Federico Barreto, que nous étudiions alors à l'école, et que, à l'évidence, il était amoureux de cette amie de ma grand-mère. Une petite fille très belle, d'après les portraits de l'époque. Disons plutôt les tableaux, car la photographie existait à peine en ce temps-là. Je n'ai pas connu ma grand-mère, car elle est morte l'année de ma naissance, mais il ne fait pas de doute qu'elle et son amie étaient des beautés. Ceci explique qu'elles aient séduit Federico Barreto, un grand poète – bien que les poètes actuels s'emploient à l'écarter et à l'oublier – plein de courage devant les Chiliens qui, finalement, l'ont obligé à quitter Tacna, où il avait aussi milité héroïquement en tant que journaliste. Il est parti pour la France et est mort à Marseille, en 1929. Il y est sûrement enterré, sans personne autour de lui pour déposer des fleurs sur sa tombe le jour des Morts.

Je passe à un autre thème capital qui me passionne et qui n'a pas grand-chose à voir avec les paroles de cette charmante valse sinon avec son contenu, disons philosophique. Le texte est un poème d'amour, cela ne fait aucun doute. Mais ce qui est d'emblée déconcertant, c'est que l'amant supplie celle qu'il aime de le détester. Selon cette conception retorse, la haine est le refuge d'un amour épuisé, auquel il s'accroche parce que dans ces cendres amères il trouve une triste consolation. Même si « triste » – dans le fond, les Péruviens le sont – est une consolation : « on ne déteste que ce qu'on aime le plus ». Nous sommes en présence d'un philosophe.

Voilà une preuve – parmi des dizaines, voire des centaines – de l'existence dans notre valse d'une ligne philosophique, nourrie par des maîtres de la pensée qui ont étudié l'être humain en profondeur et dont les résultats, comme ici, ont été recueillis dans le texte d'une valse. *Déteste-moi* dément ceux qui croient que la créolité n'est que joie et divertissement. Elle a aussi des bases métaphysiques, c'est une musique où l'on trouve tristesse et douleur, amertume et pensées profondes. Une preuve de plus d'à quel point notre valse criolla est merveilleuse.

Peut-être que sur ce point la palme revient à une autre valse qui aborde la mort, la fait sienne ; elle se situe au cimetière et s'achève de la manière la plus dramatique que l'on puisse imaginer. Je me réfère au *Gardien*, qui dit ceci :

> Je te demande, gardien, qu'à ma mort
> Tu effaces les traces de mon trou de ténèbres ;
> Ne permets pas que sur ses bords
> Pousse un lierre ou gise une dalle funèbre.

Une fois mort, jetez-moi dans l'oubli
Car mon existence vient alors de finir.
C'est pourquoi, gardien, je te supplie
De laisser ma tombe libre de tout souvenir.

Désherbe chaque jour ma sépulture
Et jette au loin le tas de terre ;
Et si ma bien-aimée y vient en pleurs
Fais-la sortir du cimetière… et claque la porte !

Yo te pido, guardián, que cuando muera
borres los rastros de mi humilde fosa;
no permitas que nazca enredadera
ni que coloquen funeraria losa.

Una vez muerto échenme al olvido,
pues mi existencia queda terminada.
Es por eso, guardián, que yo te pido
que sobre mi tumba no permitas nada.

Deshierba mi sepulcro cada día,
y arroja lejos el montón de tierra ;
y si viene a llorar la amada mía,
hazla salir del cementerio… ¡y cierra!

Le plus intéressant de ce terrible poème est dans le dernier vers, l'exclamation finale, qui est aussi un ordre : « Et claque la porte ! » C'est à cela que mènent toutes les douloureuses lamentations du texte, de l'amour de la mort comme point culminant d'une existence. C'est à cela que je me réfère quand je parle des émouvantes méditations funèbres qui apparaissent dans certaines valses.

L'historien et critique de la musique péruvienne cité dans ces pages, Eduardo Mazzini, révèle que les paroles de cette valse, exemple majeur de ce que j'ai appelé « inclinations profondes et philosophiques » de certaines compositions, sont l'œuvre du poète colombien Julio Flórez (1827-1923). Que l'auteur fût étranger importe peu, car il est probable qu'en Colombie ce poème ne dise pas grand-chose à ses compatriotes, alors qu'au Pérou il a été adopté et continue d'être très populaire. Les paroles de cette valse s'intègrent intimement à un sentiment national un tantinet masochiste et funèbre, spécifique du Pérou parmi les peuples d'Amérique latine, sur lequel je reviendrai dans des pages ultérieures.

XIX

Cette nuit-là, Toño put à peine fermer l'œil. Une idée lui trottait dans la tête, au début comme une intuition, puis une certitude : Lalo Molfino avait dû savoir qu'il avait été abandonné dans un des dépotoirs de Puerto Eten. Cette information, tel un corbeau, avait dû lui dévorer l'âme. C'est ce qui expliquait tout. Qu'il ne veuille pas se reproduire, qu'il ait horreur du sexe, l'ayant associé à la gestation de ces enfants que leur mère, horrifiée par la grossesse, jetait ensuite dans une décharge pour qu'ils soient dévorés par les rats. Il lui était douloureux de penser que dans un endroit aussi minuscule que Puerto Eten on pût garder pareil secret. La nouvelle avait dû se propager dans tout le quartier quand les gens avaient soudain vu le curé, le père Molfino, avec un fils. Les mauvaises langues avaient dû dire qu'il en était le père. Et ils avaient dû conclure, en reliant tous les fils de l'histoire, qu'il l'avait recueilli dans une décharge où ses parents, ou seulement sa mère, l'avaient abandonné. Il était probable qu'à l'école Santa Margarita, les autres garçons l'aient fait savoir à Lalo, pendant un match de football, avec la cruauté coutumière aux enfants : « Toi, on t'a trouvé dans les ordures, Lalito, mets-toi ça dans le crâne. » Et cela avait déterminé chez Lalo Molfino, naturellement, une répulsion telle envers les grossesses qu'il se retenait chaque fois que son membre approchait une femme. Cette idée lui trotta dans la tête toute la nuit et Toño Azpilcueta refit des cauchemars infestés de rats pestilentiels.

Le matin, il était encore obsédé par les mêmes idées. Impossible que ce garçon ne l'ait pas su, et cela expliquerait beaucoup de choses, comme son désir de se détacher des autres pour s'affranchir de ses tragiques origines. Pauvre garçon ! Toño avait déjà noirci plusieurs pages, mais les dernières découvertes le faisaient douter de ce qu'il avait écrit. Les jours suivants, chaque fois qu'il s'asseyait pour écrire, quelque chose le paralysait. Il se disait qu'il lui manquait des informations, qu'il devait continuer à fouiller pour connaître dans le détail la vie secrète de Lalo Molfino. Assurément, son mauvais caractère, ses exigences de jouer seul sur scène, qui avaient irrité les trois imprésarios qui l'avaient engagé, sans compter les autres, avaient un lien avec cette naissance absurde, dans une décharge, et le fait qu'il ait été recueilli par un curé italien. En même temps, Toño songeait à sa propre vie, et il s'imaginait que, plus tard, devenu un auteur célèbre, quelqu'un pourrait se pencher sur sa biographie, découvrant ainsi un secret que lui-même ignorait. Par exemple que ce migrant italien au nom basque n'était pas son père biologique, mais que lui aussi avait été adopté ou, pire encore, recueilli de quelque bidonville de Lima ou de l'un de ses dépotoirs. Pris d'un rire nerveux et d'un malaise qui envahissait tout son corps, il lui fallait impérativement cesser d'écrire et aller prendre l'air.

La nuit, sachant qu'il ne pourrait dormir, il préférait

rester à bavarder avec son ami Collau. Ce dernier ne lui demandait jamais où en était son livre, mais écoutait en silence toutes les explications que Toño lui donnait. Toño en parlait aussi à Matilde, quand ils se retrouvaient tous les trois sous le lampadaire de la rue. La nuit où il leur raconta que Lalo Molfino ne pouvait faire l'amour en dépit de ses érections, Collau le Chinois fut d'accord avec lui pour penser que le musicien savait qu'on l'avait abandonné dans ce dépotoir.

« Merde, il avait les jetons, quoi ! dit Collau quand Toño le lui raconta. S'il engrossait cette petite, tout allait lui revenir en pleine gueule. Dans cette situation, personne n'y arriverait, c'est sûr !

— C'est sûrement pour cela qu'il jouait si joliment, dit Matilde. Sa guitare était l'objet de toute son attention. »

Collau le Chinois éclata de rire.

« Il se contentait de câliner son instrument », dit-il en riant et secouant la tête.

Toño se réveilla le lendemain écœuré par les rêves obscènes qu'il avait faits. Quand Matilde l'appela pour le petit déjeuner, cela faisait déjà deux heures que Toño écrivait ; il n'avait pas vu le temps passer, ni n'avait même eu un moment de doute, sa plume avait couru sans arrêt sur le cahier dont il avait rempli plusieurs pages.

Tout en buvant son infusion du matin – sans avoir aujourd'hui les maux d'estomac habituels qui l'incommodaient, surtout au réveil –, il se relut, corrigea certaines choses et trouva l'ensemble assez acceptable. Il se lava rapidement en silence et il se rendit à la Bibliothèque nationale après avoir déposé ses deux filles au collège d'El Pilar en leur donnant un baiser à chacune. Il écrirait là-bas toute la matinée, jusqu'à l'heure du sandwich qui lui tenait lieu de déjeuner ; Matilde le lui préparait chaque jour et l'enveloppait dans une serviette. Les garçons du Bransa lui permettaient de le manger à une table.

À la bibliothèque, on tenait à sa disposition les recueils de chansons d'il y a un demi-siècle, mais ce matin il faisait défiler les pages sans les lire, ou en les lisant à peine, car sa tête était toujours tourmentée par les révélations de Maluenda, selon qui Lalo Molfino était incapable de se soulager en elle après ses caresses, ses baisers et ses étreintes. Il sentit alors qu'il faisait fausse route. Il le comprenait maintenant et Matilde avait raison : le talent de Lalo était une compensation à toutes ses souffrances. Son récit devait donc s'ouvrir sur cette nuit où le père Molfino était allé administrer l'extrême-onction à une moribonde et avait entendu ces pleurs qui l'avaient guidé et fait découvrir à temps Lalo, nouveau-né, avant qu'il ne soit mangé par les bêtes. C'est ainsi que débuterait son livre, avec un chapitre original. Ensuite, il retournerait en arrière pour embrayer sur l'autre grand thème de son essai : la huachafería. Comment mettre ces deux sujets en parallèle ? Il ne le ferait pas au début. Comme les bons écrivains, il laisserait passer plusieurs pages avant de fondre Lalo Molfino et la huachafería en une merveilleuse et inséparable embrassade, qui serait au cœur de son livre, pour lequel il était d'ailleurs indispensable de trouver un titre, fût-il provisoire ; il pourrait le changer ensuite, quand il en aurait un définitif, ce qui, se disait-il, n'arriverait qu'avec le point final. Il voyait défiler les chapitres avec facilité, l'un après l'autre.

Cette semaine-là, il acheva le brouillon de la première partie, intitulée « L'apprentissage ». Là-bas, à Puerto Eten,

Lalo Molfino avait appris à jouer sur cette vieille guitare rafistolée, et il venait d'entendre sa première valse, une petite valse de Chabuca Granda, évidemment, *José Antonio*, un hommage à José Antonio de Lavalle y García, éleveur de chevaux, qui commençait à être à la mode. Il vérifierait plus tard si les temps coïncidaient et s'il n'y avait pas trop de contradictions.

Cette nuit-là, il raconta à Collau et à Matilde qu'il avait rempli tout un cahier en rédigeant sa préface et plusieurs chapitres. Il se sentait satisfait et ses compagnons le confirmèrent en lui disant qu'ils ne l'avaient jamais vu aussi euphorique. Il garda ce rythme, noircissant des pages du matin au soir pendant toute cette semaine. Il consacra le dimanche suivant à relire tout ce qu'il avait rédigé les jours précédents. Après quoi il déchira minutieusement ces feuilles et se sentit soulagé. Il fallait tout changer. Le livre débuterait au collège de Santa Margarita, le ton serait léger, avec des enfants jouant au foot, le ballon roulant sur la pelouse ou volant en l'air au gré des coups de tête des joueurs des deux équipes, parmi lesquels se détachait, vif et sympathique, Lalo Molfino. Soudain, un gars de la bande lui révélerait son origine et l'histoire reviendrait en arrière, à cette nuit de l'extrême-onction administrée à Mme Domitila par le père Molfino.

Il travailla deux jours à la nouvelle version, puis annonça à Collau et à sa femme que son livre avait enfin démarré et prenait une bonne direction. Ils le trouvèrent surexcité, plus satisfait que jamais. Mais le lendemain il déchira derechef en petits morceaux tout ce qu'il avait écrit et le jeta aux ordures. Dans cette nouvelle version, le texte commencerait par le dialogue échangé au Bransa de la place d'Armes avec Maluenda. Il expliquerait en ouverture le traumatisme sexuel de Lalo Molfino. Pareille révélation serait une bonne façon d'accrocher ses lecteurs. Tout se déploierait à partir de là, la guitare et les histoires de Santa Margarita, et ce n'est qu'aux dernières pages qu'il raconterait avec moult détails l'histoire de ce dépotoir.

Chaque soir, Collau et Matilde retrouvaient Toño Azpilcueta fasciné par ce qu'il écrivait. Avec beaucoup de respect, ils acquiesçaient à tout ce qu'il leur disait dans son état euphorique, tout en ne comprenant probablement pas qu'il déchire tant de pages déjà écrites et recommence de zéro son travail. Inversement, Toño le comprenait fort bien. C'était une recherche, une façon de commencer ce livre si important qui serait son premier et son dernier ; car il était persuadé qu'après avoir investi tant d'années à sa rédaction, il mourrait épuisé et d'un cancer de l'estomac, en laissant un texte parfait à Matilde et Collau, qui auraient pour mission de le publier. Ce serait une œuvre posthume, quand son corps serait abandonné aux vers, à moins qu'il ne se fasse incinérer – mais à quel prix ? Il ne voulait pas non plus confier à Matilde une tâche trop onéreuse. Et, naturellement, le livre aurait beaucoup de succès. Un succès qui ne serait pas immédiat, serait croissant, parmi les « intellectuels » surtout, qui reconnaîtraient à Toño Azpilcueta un grand talent, des idées originales, une théorie révolutionnaire sur l'origine du Pérou, l'importance des métis et la force du métissage. Le tout raconté à travers les rythmes de la musique de Lalo Molfino, l'aède, l'involontaire, fortuit et extraordinaire guitariste qui, sans avoir l'air d'y toucher, serait le cœur du processus. Oui, Toño Azpilcueta était heureux.

Quand, une semaine plus tard, il relut une fois de plus ce qu'il avait écrit, il était toujours aussi satisfait, plus content que jamais, mais malgré cela il déchira à nouveau en mille morceaux tout son travail. Il avait à présent décidé que les premiers chapitres de son livre porteraient sur ce qu'il pensait du Pérou, de la valse et de la huachafería. Il commencerait par faire une description de cette Lima minuscule et presque éradiquée par la guerre du Pacifique, évoquant les brutalités des corps militaires d'occupation, les mises à sac et la férocité avec laquelle ils avaient soumis, à coups de fouet, cette ville inhospitalière, les livres volés à la Bibliothèque nationale que le traditionaliste Ricardo Palma récupérerait ensuite partout dans le monde, grâce à d'incessantes missives. Et les luttes du général Cáceres contre l'occupant depuis la Sierra avec son armée improvisée de montagnards et de métis. Montrant comment, tandis que de telles choses se passaient, le véritable Pérou naissait, celui des valses et de la huachafería, dans les quartiers les plus pauvres de Lima, au Chirimoyo, dans les bidonvilles de Malambo, les tournées de La Palizada, dans les excursions à la campagne ou à la pampa d'Amancaes, dans ces fiestas qui duraient deux ou trois jours et où ces guitaristes invétérés laissaient peu à peu leur peau, comme Felipe Pinglo Alva, détruits par l'asthme, les refroidissements, les intoxications et la tuberculose.

Il décida de lire à Matilde et à Collau quelques pages de la nouvelle version, mais à peine avait-il commencé sa lecture, ce soir-là, sous ce lampadaire solitaire et défaillant, qu'il changea d'avis. Cette fois, il avait des idées différentes, et il laissa sa femme et le pauvre Chinois Collau déconcertés en interrompant tout à trac sa lecture, pour leur dire qu'il lui fallait tout reprendre. Mais les mois qu'il avait consacrés à ce travail n'avaient pas été inutiles, car il avait maintenant la certitude que ce qu'il faisait était bien, et qu'il ferait mieux encore. Toño Azpilcueta le disait et le pensait.

Le lendemain, il se remit à écrire, reprenant tout depuis le début, avec des idées encore plus claires sur ce que serait la composition de cette histoire où il conterait la vie fugace de Lalo Molfino tout en composant un grand essai sur la culture et les coutumes du Pérou. Il travailla encore une semaine, sans se soucier de l'argent. Matilde accomplissait de véritables prouesses pour les nourrir, Azucena, María et lui, avec le peu qu'elle gagnait en multipliant les lessives et les repassages. Parce que, depuis qu'il écrivait son livre, Toño Azpilcueta avait abandonné ces petits articles qui lui rapportaient quelques soles. Et ce qu'il touchait pour ses cours au collège était insignifiant.

« Pourquoi déchires-tu tant de cahiers, mon ami ? lui demanda un soir Collau. Tu n'aimes pas ce que tu écris ?

— Mais non, tu te trompes, ça me plaît beaucoup au contraire, répondit-il. J'écris chaque jour mieux que la veille, j'en suis sûr. Seulement, j'ai du mal à commencer ce livre et à l'avancer. »

Matilde ne disait rien. Elle n'avait jamais vu Toño aussi concentré sur un sujet. Tout comme ses deux filles : « Papa est très content de ce qu'il fait », se disaient-elles entre elles et à leur mère, en ajoutant : « On dirait quelqu'un d'autre, qui serait né à nouveau et aurait changé de peau, comme les serpents. Il n'a jamais été aussi heureux. »

Et lui, pendant ce temps, continuait d'essayer, encore et encore. Un jour, il s'aperçut que cela faisait un an qu'il était plongé jour et nuit dans cette œuvre sur Lalo Molfino et la huachafería au Pérou. Son livre prenait enfin la bonne direction. Il trouvait ce qu'il lisait beau, séduisant, captivant et même superbe. Il se sentit fier de lui, et cela lui donna le courage et l'envie d'appeler Cecilia Barraza pour un petit déjeuner au Bransa. Afin d'être en mesure de régler l'addition, il emprunta quelques soles à Matilde, qui les lui remit sans poser de questions.

XX

S'il y a bien quelqu'un à qui la chanson criolla devrait rendre hommage, c'est Óscar Avilés. On dit que Chabuca Granda a affirmé un jour que « sans Óscar Avilés, la chanson péruvienne serait déjà morte ». C'est vrai, sans aucun doute. C'était un grand guitariste et un grand chanteur. Mais c'était surtout quelqu'un d'infatigable, qui adorait la musique criolla, qui remontait le moral de ses amis et se montrait toujours prêt à parachever pour eux les paroles ou la musique d'une valse, ou à les accompagner en remplaçant tel musicien tombé malade ou parti en voyage, laissant tout le monde dans l'embarras.

Chabuca Granda l'a toujours défendu et, comme devraient le faire tous les Péruviens qui croient en la musique qui nous représente, elle l'idolâtrait. Moi aussi, je partage cet enthousiasme et je tiens Óscar Avilés pour l'un des criollistas les plus remarquables de notre époque. Il est né à Callao, dans le quartier de Zepita, et a été l'enfant chéri de José Avilés Cáceres, photographe de talent et pionnier de la cinématographie péruvienne. Óscar, à vingt ans, a décidé de poursuivre une carrière musicale et, depuis cette date, il n'a cessé de jouer de la guitare, créant une musique toute personnelle qu'il explique ainsi : « Quand j'ai commencé à jouer de la musique, on accompagnait les chanteurs avec des notes graves. J'ai osé employer des notes aiguës. C'est le style auquel on a donné mon nom. » Comprenne qui pourra.

On le considère comme « la meilleure guitare du Pérou », et je dirais la même chose si je n'avais jamais entendu Lalo Molfino. En tout cas, je crois qu'Óscar Avilés est la personne qui a le plus œuvré pour que la musique criolla devienne une expression authentique du peuple péruvien, en jouant dans les groupes les plus remarquables, depuis Los Morochucos jusqu'à Fiesta Criolla, fondé en 1956, et aussi avec les frères Dávalos, Rosita et Alejandro Ascoy, Cavero le mulâtre, et je n'en dis pas plus car la vie est courte et que la liste serait interminable.

C'est peut-être là le vrai mérite d'Óscar Avilés : être devenu le plus grand animateur qu'ait possédé notre musique. Il a encouragé les jeunes à former des groupes, des chœurs et des ensembles comme personne, les a aidés à relever la tête quand ils se sentaient découragés par l'indifférence ou le dédain de la majorité. Chabuca Granda elle-même a déclaré que sans Óscar Avilés, elle n'aurait jamais enregistré en Argentine *Dialogando*, ce disque où elle interprète ses propres chansons et qui a énormément contribué à sa renommée internationale.

En dépit de son embonpoint, Óscar Avilés était toujours bien habillé, avec sa petite moustache coupée au millimètre, à égale distance du nez et de la lèvre supérieure, reconnaissable entre mille. Tout le monde sait qu'Óscar Avilés était le premier à arriver aux répétitions et le dernier à en sortir, de même que c'était le musicien le plus disponible pour aider les jeunes, les compagnons de sa génération ou les anciens sur le point de prendre leur retraite. Tout le monde sait que c'était un bon camarade, qui a toujours incarné la discrétion ; personne ne savait rien de sa famille et de sa vie privée, hormis les choses que lui-même osait confesser. Par exemple, sa tendresse et son admiration pour Chabuca Granda : « Chabuca nous a chanté les choses que nous aimons tous. En dehors de son œuvre de compositrice, elle a été une admirable interprète. » Jamais il n'a cessé de le dire.

Pour ces raisons, et d'autres que je ne mentionne pas parce qu'elles sont connues de tous, je déclare que nous, les gens concernés par la musique criolla, nous devrions rendre hommage à Óscar Avilés. Il n'est d'autre personne qui l'ait tant mérité. Soyons généreux avec lui, ou plutôt justes, et rendons-lui cet hommage qui aurait sûrement rempli ses yeux de larmes parce que – faut-il le dire ? – c'était un vrai bon criollo, c'est-à-dire un Péruvien sentimental.

XXI

Cecilia Barraza entra au Bransa de la place d'Armes à dix heures pile du matin et, avec un large sourire, elle embrassa Toño Azpilcueta, qui était heureux de voir son amie, son amour secret, si belle et élégante comme toujours. Elle portait une robe claire, un imperméable qui semblait tout neuf, des talons hauts et était, en outre, fort bien coiffée, toute pimpante, mignonne et parfumée, avec ses petits yeux rieurs qui contenaient toute la grâce du monde.

« Tu avais disparu dans la nature, Toño, lui dit-elle en souriant. J'ai souvent demandé après toi et l'on me disait partout que tu étais plongé dans l'écriture d'un livre. Est-ce celui que tu devais écrire sur Lalo Molfino ?

— Je l'ai bien avancé, acquiesça Toño Azpilcueta. Il me manque le titre. J'en ai un à l'esprit : *Un petit coup de champagne, petit frère ?* J'étais en train de raconter à mon ami Collau les progrès dans sa rédaction quand on a appris la nouvelle. La foule était descendue dans la rue pour saluer l'événement : on venait d'arrêter Abimael Guzmán, le fondateur du Sentier lumineux. Mon ami a été si heureux qu'il a proposé de trinquer à la santé du champion qui avait épinglé ce fils de pute. Et le voilà courant chez lui pour en revenir une bouteille à la main. Il m'a dit "Un petit coup de champagne, petit frère ?", et là, ça a été comme une illumination. Dans ces sept mots j'ai vu le sujet, l'esprit et la nature de mon livre…

— Un petit coup de champagne, petit frère ?… Je ne sais pas, dit Cecilia, en prenant l'air sérieux. On dirait une blague, non ?

— Mais non, au contraire, rétorqua Toño, tout aussi sérieux. Il y a dans cette expression la fraternité, l'esprit festif, l'unité et la sensibilité, une façon de voir le monde. Et puis les valses que nous aimons tant, toi et moi.

— Tu commençais à me manquer, Toño, dit Cecilia, en le prenant encore dans ses bras avec un large sourire. J'ai souvent demandé de tes nouvelles à tous nos amis communs. Et sais-tu pourquoi tu me manquais ? Je crois que tu es le seul ami que j'aie. Je veux dire un véritable ami, parce qu'il n'y a pas de drague ou d'amour entre nous. »

Toño Azpilcueta souriait, mais son cœur se glaçait dans sa poitrine. C'était comme si Cecilia Barraza avait plongé un poignard au plus profond de ses entrailles. Ce qu'elle venait de dire, cette déclaration d'amitié, détruisait l'immense bonheur qu'il ressentait près d'elle, et tous ses rêves secrets dont Cecilia était la souveraine.

« Toi aussi, tu es mon amie la plus chère, dit Toño Azpilcueta. Tu m'as ôté les mots de la bouche. Des amis intimes, sans plus, voilà notre secret. C'est pour cela qu'on s'aime et qu'on ne se disputera jamais.

— C'est ça, mon frère, acquiesça Cecilia. Mais voyons, parle-moi un peu de ton livre. »

Toño entreprit aussitôt de lui raconter les choses qu'elle ignorait sur Lalo Molfino. Il lui parla de Maluenda et de l'impossibilité pour Lalo de lui faire l'amour, puis il lui expliqua les hypothèses qu'il émettait à ce sujet, le traumatisme de sa naissance, le dépotoir, la guitare, et ensuite, faisant un saut gigantesque, il lui parla de la huachafería et de la thèse principale de son livre : que le Pérou était né et avait acquis une personnalité grâce à la huachafería. Cecilia Barraza mit un certain temps à assimiler ce qu'elle entendait.

« Je n'en suis pas convaincue, moi, dit-elle. Ainsi nous, les Péruviens, nous serions huachafos ? Certains le sont, certes, mais pas tous. Et moi, il me semble que je ne le suis pas. Pas plus que mes amis et parents, Toño, et toi non plus.

— Bien sûr que je le suis, et j'en suis fier. Et je vais même te dire, mon livre expliquera que la grande contribution du Pérou, la seule !, à la culture universelle a été celle-ci, la huachafería, s'exalta Toño. Quand tu liras mon livre, tu verras que j'ai raison.

— Je ne sais pas, Toño, je crois que tu te trompes, dit Cecilia Barraza. Mais ne fais pas cette tête. Peut-être bien que ton livre m'en convaincra. »

Elle changea aussitôt de sujet pour lui parler de ses tournées et de ses récitals au Pérou et à l'étranger. Cela l'avait épuisée, dit-elle, parce que cette année elle n'avait pas arrêté. Les invitations à des festivals en Amérique latine pleuvaient de toutes parts, et la plupart du temps elle répondait favorablement. Mais maintenant qu'elle était à bout, elle allait prendre un bateau dont elle ne révélerait à personne la destination – « Je suppose que cela ne te fait rien, Toño, si je ne te le dis pas à toi non plus » – parce que ce qu'elle voulait surtout, c'était lever le pied.

Elle était si fatiguée qu'elle n'arrivait pas à dormir la nuit. Elle avait perdu deux kilos et, maigre comme elle était, cela se voyait.

« C'est la première fois que cela m'arrive, lui dit-elle gravement. Parce que j'ai toujours très bien dormi. Mais maintenant cette fatigue extrême m'empêche de fermer l'œil. Ces vacances me feront le plus grand bien. Du moins, je le crois. »

Cecilia était-elle huachafa ? Elle avait peut-être raison, peut-être ne l'était-elle pas, elle qui chantait cette musique péruvienne, valses, polkas et *pregones**, avec tant de grâce et d'élégance. Était-elle un obstacle à tout ce qu'il voulait démontrer dans son livre sur le Pérou et les Péruviens ? Il fallait qu'il repense l'ensemble depuis le début. Fort bien.

Ils bavardèrent encore une demi-heure et convinrent de se retrouver plus souvent, au moins une fois par semaine, afin de ne pas laisser passer tant de temps sans se voir. Elle insista pour régler l'addition, en faisant valoir que Toño l'inviterait après avoir publié son livre, qui aurait beaucoup de lecteurs et de succès.

Quand Toño la vit partir, vaporeuse et joyeuse comme toujours, il se sentit très déprimé. C'est l'amour de sa vie qui s'en allait, maintenant qu'en fin de compte elle avait décidé qu'il n'y aurait jamais rien entre eux et qu'ils resteraient toujours de bons amis.

Mais quelques minutes plus tard, il était à nouveau plongé dans son livre. C'était Cecilia qui avait tort. Bien sûr qu'il était huachafo, lui. Si elle ne le voyait pas, si elle ne comprenait pas une chose aussi fondamentale à ses yeux, il était clair qu'ils n'étaient pas faits l'un pour l'autre. Cette idée le tranquilisa. C'était peut-être mieux ainsi. Cela lui éviterait, en fantasmant sur une relation impossible, de perdre le précieux temps consacré à son livre.

Il se rendit à la Bibliothèque nationale et, des heures durant, travailla sans lever les yeux. Il rentra tard chez lui, mais il préféra rester à écrire à la lumière du lampadaire et passer une nuit blanche, toujours en alerte pour chasser les rats à l'affût dans les fossés et les fourrés, jusqu'à l'heure d'aller faire cours au collège d'El Pilar. La nuit venue, bien qu'épuisé, il voulut encore que son ami Collau et Matilde, et même Gertrudis, se réunissent sous le lampadaire pour qu'il leur parle de son livre. Ils l'écoutèrent poliment évoquer des choses aussi lointaines que les vice-rois du Pérou, et ils ne surent que lui dire. Toño leur expliquait que son ouvrage pouvait présenter des contradictions, qu'il s'écarterait parfois de Lalo Molfino et de ce qu'il représentait pour s'étendre sur des sujets tels que la langue espagnole et la religion catholique. Ils acquiesçaient, déconcertés, car ils comprenaient à peine ce qu'il racontait, et ils supposaient que Toño, à tant lire et étudier à la bibliothèque, était devenu bien plus intelligent qu'eux.

Le livre prenait forme, mais de façon décousue, avec de nombreux sauts dans le temps et des omissions. Lalo Molfino finissait par être le prétexte pour parler de n'importe quoi, ou plutôt d'un peu de tout, à vrai dire tous les sujets d'importance pour un Péruvien. Et un beau matin, Matilde, qui s'était levée comme d'habitude plus tôt que Toño afin de préparer le petit déjeuner, s'approcha de lui, le visage défait.

« Je suis désolée mais je ne peux pas faire plus, Toño, lui dit-elle. Jusqu'à présent je ne t'ai pas dérangé, j'ai multiplié lessives et repassages afin d'ajouter quelques soles à notre budget. Mais je n'en peux plus. Je suis très fatiguée et je pourrais tomber malade. Cela m'inquiète pour nos deux petites : que vont-elles devenir s'il m'arrive quelque chose ? Tu dois te remettre à écrire tes petits articles, l'argent qu'ils te rapportaient, si maigre soit-il, nous manque vraiment. Je sais bien qu'on te payait à peine, et parfois rien du tout. Mais je ne peux pas continuer à soutenir seule notre foyer. Je suis vraiment désolée, Toño. »

Elle avait le regard brillant et semblait au bord des larmes, mais elle se retint et ne pleura pas. Toño s'empressa de lui donner raison. C'était la première fois qu'il prenait conscience de la situation. Il allait de soi qu'il retournerait écrire ces articles si mal payés, sans pour autant réduire le temps qu'il consacrait à son livre. Il reprendrait son activité d'expert en criollisme en réduisant ses heures de sommeil. Il rédigerait à nouveau des entretiens et des chroniques sur les faits les plus marquants de la vie musicale, et tout ce qu'il gagnerait il le remettrait à Matilde. Ce n'était pas un problème. Il avait déjà plusieurs dizaines de pages, le livre commençait à exister.

XXII

Chabuca Granda est morte dans un hôpital de Floride où les chirurgiens n'ont pu la sauver. Mais quand ses restes sont revenus au Pérou, nous, ses compatriotes, avons été nombreux à lui rendre l'hommage qu'elle méritait ; nous avons accompagné sa dépouille, noyés de larmes, avec le respect et l'admiration que nous lui avions toujours manifestés pour avoir été cette grande compositrice et chanteuse qui nous rendait si heureux, nous tous qui aimons notre musique comme elle l'a aimée.

Des milliers de personnes ont participé à la veillée funèbre, puis à l'enterrement, livrées à leur vénération et à la douleur d'imaginer une existence sans sa présence. Une statue a été érigée à la mémoire de cette extraordinaire compositrice, créatrice d'*El Puente y la alameda*, de *José Antonio*, de *La Flor de la canela* et de centaines d'autres morceaux de musique péruvienne aujourd'hui écoutés de Tokyo à Paris, en passant par Buenos Aires et New York.

Je ne veux pas omettre dans cette chronique qu'elle a été une compositrice inhabituelle car, au contraire de tant d'amoureux de la valse, de la polka, de la marinera et de l'abondante gamme de chansons qui honorent notre musique, Chabuca ne faisait pas partie de la classe modeste, mais plutôt de l'élite, c'est-à-dire d'une famille snob, qui pourtant ne rougissait pas de son estime pour la musique péruvienne. Éduquée dans l'amour de la guitare et des mélodies populaires alors qu'elle n'était qu'une fillette au talent prometteur, Chabuca est un jour devenue une compositrice hors du commun. Le Pérou lui doit la célébration de la musique populaire dans toutes les fêtes du monde, car sa voix a fait des adeptes et conquis des fidèles sur les cinq continents de notre planète bleue. Elle n'a pas eu son pareil pour se lier d'amitié avec les familles les plus humbles, pour qu'elles lui révèlent les secrets de la valse péruvienne.

Elle, qui deviendrait célèbre comme liménienne, est née dans la Sierra, à Cotabambas, Apúrimac, en 1920. Il existe des photos de Chabuca toute petite avec son père au bord de la lagune Cochasayhuas, datant de 1922 ou 1923. Elle a eu trois enfants à qui elle a dédié de nombreuses chansons : Eduardo, Teresa et Carlos, le benjamin. Leur nom de famille est Fuller Granda.

Et je dois confesser ici une faute dont je ne cesserai jamais de me repentir. J'ai été, et je suis toujours, bien entendu, un de ses admirateurs, mais un jour – nous étions à Radio América, où on lui remettait un prix –, j'ai osé lui demander d'où elle avait sorti les histoires que racontent ses valses et tonderos où de belles dames du grand monde se promènent à l'époque coloniale sur la promenade d'Aguas, entourées de messieurs des plus nobles familles, alors qu'en réalité la valse et toute la musique péruvienne avaient constitué, d'abord et avant tout, la mélodie typique de la classe populaire, c'est-à-dire des métis et des plus humbles, et que, au contraire, les classes supérieures avaient rejeté ces musiques en les traitant avec le mépris qu'elles accordaient à toute la musique criolla.

Chabuca Granda n'a pas du tout apprécié cette observation et je me suis repenti de l'avoir faite. D'ailleurs, c'était plutôt stupide. Le pire, c'est que je me suis laissé aller à écrire un article malvenu reprenant cette critique. Qui prétend qu'une musique populaire doit être rejetée par l'élite ? Chabuca avait très bien fait d'incorporer les classes les plus hautes à ses valses et ses marineras, et de peupler ses chansons de messieurs élégants qui, montés sur leurs grands chevaux avec leurs chapeaux de fine paille, séduisaient les filles à marier grâce aux textes distingués qu'elle écrivait et qui, sur l'ancienne promenade d'Aguas, de l'autre côté du fleuve Rímac, suscitaient l'admiration des adolescentes. Bien sûr que Chabuca Granda avait le droit d'idéaliser trois siècles de colonisation dans ses valses et de profiter de ces images pour magnifier l'enchantement et la beauté de nos chansons. Il ne faut avoir aucun préjugé quant à la musique. C'est cette leçon que m'a donnée Chabuca Granda, à qui nous devons l'appropriation du folklore national par la bourgeoisie péruvienne. Les chansons ne sont pas des livres d'histoire et leurs auteurs peuvent ajouter ou retrancher ce qu'ils veulent – voilà ce que j'ai fini par comprendre –, car ces textes vivront grâce à ce qu'ils racontent, même si tout est pure imagination.

Je regrette vraiment d'avoir émis ces considérations stupides et de très mauvais goût devant Chabuca Granda en personne. Je dis et je répète ici que je veux seulement exprimer mon admiration pour les succès de cette femme. Bien qu'elle n'ait pas vécu longtemps et qu'elle se soit évanouie rapidement comme toutes les grandes artistes, tant que la valse péruvienne existera, Chabuca Granda vivra. C'est pourquoi, comme le Pérou tout entier, je crie en cet instant : Vive la grande Chabuca Granda !

XXIII

Toño Azpilcueta se leva très tôt, il faisait encore nuit, et sous les dernières étoiles et les premières lueurs de l'aube, il s'assit sous l'unique foyer de lumière et entreprit la révision de son épais manuscrit. Cette lecture fut pour lui une grande surprise. Tout ce qu'il voulait dire sur Lalo Molfino était là, de même que la transformation du Pérou grâce à la musique criolla. Il examina attentivement ce qu'il racontait sur cet extraordinaire guitariste de Puerto Eten et fut convaincu qu'il ne pouvait rien en dire de plus parce qu'il n'en savait pas davantage.

Ce qui se rapportait au Pérou occupait les trois quarts de son livre et était, lui sembla-t-il, bien synthétisé, depuis l'Empire inca jusqu'aux drames politiques actuels. Il y faisait figurer les moments d'avènement et d'apogée du Tahuantinsuyo, sa décadence et sa division par la faute des frères ennemis, Atahualpa et Huáscar, puis l'arrivée des conquistadors, qui avaient tout changé, provoquant la rébellion systématique des peuples soumis à l'Incario et imposant un ensemble d'êtres blancs prétendument supérieurs pour gouverner le Pérou. Et il faisait également une place à la merveilleuse langue espagnole – celle de

Cervantès – qui, lentement mais sûrement, avait transformé le destin des peuples d'Amérique latine, en permettant à tous de s'entendre après mille années de heurts et de conflits dus aux nombreuses langues et aux dialectes parlés en long et en large sur le continent.

Venaient ensuite les guerres civiles et le très long hiatus de trois siècles de colonisation : il évoquait là sainte Rose et saint Martín de Porrès, tous les saints et les processions infinies, le tribunal de l'Inquisition, la fondation de la vice-royauté et de l'université de San Marcos, des couvents et des séminaires, des innombrables églises, ainsi que les luttes entre les conquistadors eux-mêmes.

Enfin la colonisation s'achevait, et venait la république, avec ses putschs et ses caudillos successifs qui laisseraient le Pérou dans son état actuel : un pays diminué et accablé par les profonds écarts creusés par la richesse et la distance entre ceux qui parlaient l'espagnol et le quechua ou d'autres langues autochtones, entre les pauvres et les mieux lotis, riches ou très riches (qui étaient fort peu, en vérité).

C'est là qu'il faisait naître les surhommes de la Vieille Garde, y compris Felipe Pinglo Alva, pour révolutionner ce pays décadent, le mettre peu à peu en ordre, grâce à cette musique qui interpellait tous les Péruviens et transformait – enfin ! – la société en suscitant des êtres tous dynamiques et créatifs qui relevaient progressivement le Pérou en déclin, le ranimant, le transformant, enfin, en un pays actif et moderne, un luxe en Amérique latine.

Toño Azpilcueta vit bien là que sa tâche était accomplie. Ce jour-là et le reste de la semaine, il lut ses plus de deux cents pages à la Bibliothèque nationale, et il avait beau corriger certaines choses, il ne trouvait rien d'essentiel à changer. Il fut donc persuadé que l'ouvrage était fini et qu'il contenait tout ce qu'il avait voulu et dû y mettre. Sonné, un peu étourdi, il dut en convenir : le livre sur Lalo Molfino et le Pérou était bien là, achevé. Il éprouvait dans le corps quelque chose de doux-amer, une impression qui n'était assurément pas de bonheur, mais de grande lassitude, une fatigue infinie. Il se rappela que, de tout le temps qu'il avait travaillé à son livre, il ne lui avait pas traversé l'esprit qu'il reprendrait un jour son manuscrit dans son intégralité, et c'est ce qu'il faisait à présent.

Il l'avait écrit à la main et s'il voulait lui trouver un éditeur il allait devoir le dactylographier. À voix basse, et quelque peu honteux, il demanda à Matilde de lui prêter l'argent pour confier son manuscrit à une dactylo. Quelques semaines plus tard, il disposait de deux copies complètes et, saisissant son texte, il retourna à la bibliothèque pour le relire. Malgré de rares corrections manuscrites, il le trouva encore meilleur que la première fois. Il l'avait intitulé *Lalo Molfino et la révolution silencieuse*. Bien que ce titre ne lui plût pas trop – il préférait l'ancien –, il lui sembla que, faute de mieux, il lui convenait parce que les idées centrales qui l'avaient poussé à écrire ce livre s'y trouvaient réunies.

Il confia à son ami Collau qu'il avait enfin terminé son livre. Ce dernier s'en réjouit et, avec l'esprit pratique qui le caractérisait, il lui dit : « Maintenant, Toño, il te faut lui trouver un éditeur. »

Ce qui se révéla plus long que Collau et Toño ne l'avaient supposé. Et les voilà écrivant d'abord aux deux meilleures maisons d'édition implantées au Pérou, Planeta et Alfaguara, qui toutes deux répondirent au bout d'une semaine, chantant les louanges du livre et ne tarissant pas d'éloges sur sa qualité, pour finir par s'excuser de ne pouvoir le retenir en arguant que cet essai n'entrait pas dans leur programme de publication : vu son caractère singulier, il ne jouirait probablement pas d'un accueil suffisant pour justifier son édition. Si bien que les deux maisons conseillaient à Toño Azpilcueta de chercher un autre éditeur.

Mais à Lima il n'y avait en fait que très peu de maisons d'édition, et Toño connut alors sa première frustration. Il se dit que Planeta et Alfaguara, tout comme d'autres maisons d'édition péruviennes, n'avaient pas compris la portée de son livre et que, dès qu'il aurait crié victoire, elles ne manqueraient pas de regretter leur refus. Il se mit à chercher des libraires-éditeurs et, bien qu'il en ait contacté plusieurs, tous, après avoir lu son manuscrit, le félicitèrent gentiment en le couvrant d'éloges, mais lui expliquèrent que son livre s'écartait totalement de ce qui avait la faveur des lecteurs du pays, et que, pour cela même, il ne se vendrait guère. C'est pourquoi ils ne voulaient pas le publier, du moins pour l'heure, attendant une meilleure occasion et que les goûts de lecture évoluent.

Toño Azpilcueta ne s'attendait pas à un refus aussi unanime. Sans rien dire à Matilde ni à Collau, il rangea les deux copies dans sa grande valise et décida de ne pas faire d'autres démarches pour le moment. Il était épuisé, dégoûté même d'avoir tant travaillé sur un livre que personne ne voulait publier.

C'est alors que le miracle se produisit. Il reçut un petit mot à l'adresse de la Bibliothèque nationale – que les employées lui remettaient ponctuellement – où

M. Antenor Cabada lui disait qu'il avait entendu parler de son « ouvrage intéressant » et que, se proposant de devenir éditeur après avoir été libraire toute sa vie, il était disposé à le publier s'il était convaincu par sa lecture. Et il le priait de lui en envoyer une copie. Toño en resta pantois et, la lettre miraculeuse à la main, il appela immédiatement cet Antenor Cabada ; et ce dernier, en le saluant chaleureusement, lui confirma au bout du fil tout ce qu'il lui avait dit dans sa lettre. Sans plus tarder, Toño lui envoya le manuscrit et l'ex-libraire, après l'avoir lu, lui confirma ce qu'il lui avait dit au téléphone : il était prêt à le publier.

Ils discutèrent plusieurs heures de la couverture du livre et M. Cabada accepta d'engager un bon dessinateur de Lima pour en assurer l'illustration, après quoi ils discutèrent de la police de caractères à utiliser pour l'impression. Moins d'un mois plus tard, Toño Azpilcueta reçut les premiers exemplaires. En caressant ces volumes au papier quelque peu grossier, il se surprit à penser que ce livre, auquel il avait consacré tant d'efforts, ne suscitait chez lui ni exaltation ni joie, mais une sorte de résignation. La tension et l'expectative avaient disparu, comme si la finalité de la seule mission de sa vie l'avait complètement vidé. Il se sentait plus triste que joyeux, et passait des heures à contempler son œuvre : incroyable qu'il ait pu y travailler autant !

Antenor Cabada lui dit que le livre était distribué dans les rares librairies que comptaient Lima et le reste du Pérou, lui recommandant d'aller faire le tour des vitrines. C'est ce que fit Toño, mais il ne le trouva dans aucune des librairies qui mettaient en valeur les nouveautés. Il ne lui vint pas à l'esprit que son absence était due au fait que son livre s'écoulait déjà et se vendait. Il ne se réjouit même pas quand Antenor Cabada lui fit savoir qu'on lui avait dit au ministère de l'Éducation que la salle des fêtes était disponible et que la soirée de lancement pourrait y avoir lieu gratuitement. Toño dit qu'il pouvait présenter le livre et qu'il n'était pas nécessaire de solliciter un éminent intellectuel. Mais finalement Cabada fit appel à Rigoberto Puértolas, un homme quelque peu âgé mais assez brillant, qui avait été, des années plus tôt, président des professeurs du primaire et du secondaire du Pérou, et qui était resté très actif après sa retraite au sein du syndicat enseignant et dans leurs campagnes de revendication. En dépit de quoi Toño insista beaucoup pour présenter lui-même son livre, ne laissant à Rigoberto Puértolas que le soin de le présenter, lui.

Dans ces deux semaines d'attente, Toño ne recueillit aucun écho des lecteurs ni des critiques qui, selon Antenor Cabada, étaient en train de lire et de discuter de ses propositions et affirmations sur le Pérou. Malgré tout, le soir de la présentation, après s'être rasé, douché et avoir mis un costume et une cravate bien repassés, il arriva à huit heures moins le quart – la séance était programmée à vingt heures – à la salle des fêtes du ministère de l'Éducation. Dans cet auditorium aussi immense que désolé, il n'y avait pas plus de quatorze ou quinze personnes, beaucoup d'entre elles des petits vieux qui semblaient s'être réfugiés là pour s'abriter du froid qui, à cette heure, d'autant plus qu'on était en plein hiver, se faisait plus piquant à Lima. Collau, Gertrudis et Matilde – elle s'était payé une nouvelle robe pour l'occasion – prirent place au premier rang. Émus, ils le virent monter sur scène et s'asseoir au centre d'une table où se tenaient aussi l'éditeur du livre et don Rigoberto Puértolas. Ce dernier était encore plus vieux qu'il ne le disait et ne semblait pas encore savoir ce qu'il allait raconter.

Bien que Toño Azpilcueta se sentît un peu frustré en voyant un si maigre auditoire assister à la présentation de *Lalo Molfino et la révolution silencieuse*, il avait préparé un bon texte et voulait le lire avec enthousiasme, quand bien même ce fût pour si peu de monde. M. Puértolas, qui lui avait tendu une main distraite et ne semblait pas savoir où il était, ni qui il avait devant lui, lut avec difficulté un petit papier qu'il approchait tout près de ses yeux, comme doutant de sa vue. Il prononça d'une voix faiblissime le nom de Toño Azpilcueta et dit que c'était un grand promoteur de la chanson criolla, ajoutant que les lecteurs péruviens le connaissaient sans doute pour les nombreux articles qu'il publiait dans la presse spécialisée en folklore péruvien. À présent, il avait publié un livre – il balbutia quelque chose avant de lire le titre *Lalo Molfino et la révolution silencieuse* – qui suscitait d'intenses discussions à Lima et dans le reste du Pérou pour ses thèses audacieuses sur notre pays, et où il révélait l'existence d'un éminent guitariste péruvien, malheureusement déjà disparu, Lalo Molfino, mort très jeune, marquant de sa précieuse empreinte les musiciens d'obédience criolla. Quand il eut fini, il n'y eut pas d'applaudissements et, à la surprise de Toño et de Cabada, Puértolas quitta l'auditorium à petits pas, appuyé sur sa canne qui produisait un bruit étrange dans les rangs de ce théâtre à moitié vide.

Toño Azpilcueta attendit que son présentateur ait quitté l'auditorium puis, sortant les fiches qu'il avait rédigées, il se prépara à s'adresser à la quinzaine de présents. Il ne vit là aucun directeur ni rédacteur des revues avec lesquelles il collaborait. Il n'en fut pas démoralisé pour autant, car il songeait que cette présentation n'en valait pas la peine et que ce qu'il allait dire, il aurait pu le faire là-bas, à Villa El Salvador, dans ces chaudes soirées où il s'entretenait avec les trois seules personnes assises au premier rang et attendant qu'il prenne la parole : Gertrudis, Collau et Matilde.

Toño n'avait jamais parlé dans une salle aussi vaste et aussi vide, mais il le fit comme si tous ces fauteuils désertés avaient été occupés par un public avide de l'écouter. Il parla de son maître, le grand homme de Puno, le professeur Hermógenes A. Morones, et il raconta en souriant qu'il avait découvert que ce A majuscule suivi d'un point ne signifiait rien de moins qu'Artaxerxès, un prénom imposé par ses parents, peut-être en souvenir d'un lointain ancêtre, et qui, sans doute, ne lui plaisait pas. Le professeur Morones avait occupé à l'université de San Marcos la chaire de folklore national péruvien, qui n'existait malheureusement plus aujourd'hui, et il rappela tout ce que savait ce professeur, son maître, les documents qu'il avait collectés par ses propres moyens, sans l'aide de personne, en parcourant le Pérou, ainsi que ses maints articles et ouvrages sur le folklore péruvien qui, pour ceux qui les avaient lus, révélaient l'existence d'un art populaire très riche et très varié démontrant outre mesure la vigueur et la polyvalence de la musique péruvienne.

Il raconta comment lui-même, tout jeune, presque un enfant, car il était encore au collège, s'était intéressé à cette musique et, de son propre chef, sans personne pour le conseiller, s'était mis à lire et à écrire sur ces interprètes et compositeurs qui ne touchaient pas les hautes sphères de la société, mais qui faisaient les délices d'un public très large, autant à Lima qu'en province : une musique que, pouvait-il affirmer bien qu'il ne l'ait vu et entendu qu'un seul soir, Lalo Molfino portait à sa plus haute expression. Et il raconta aussi l'émotion extraordinaire qu'il avait ressentie en écoutant ce soir-là à Bajo el Puente, invité par José Durand Flores, la guitare de ce garçon de Chiclayo, né à Puerto Eten, chaussé de souliers vernis dont il se souvenait si bien, presque autant que de son prodigieux instrument.

Il en vint ensuite, avec une certaine prudence, à expliquer dans cet auditorium presque vide la grande révolution que provoquerait discrètement, espérait-il, la musique péruvienne, en particulier la valse et le riche panel de compositeurs et instrumentistes qui s'élargissait depuis que cet ensemble extraordinaire de chanteurs, guitaristes et couche-tard de la Vieille Garde, et le grand Felipe Pinglo Alva en personne, étaient apparus au Pérou. Ces gens-là avaient transformé ce pays depuis ses racines mêmes pour en faire une société à nouveau éminente, comme pendant l'Empire inca, non plus par ses temples imposants et ses palais ou ses conquêtes, mais par la façon de mélanger les Péruviens, sans complexes ni préjugés, en bâtissant peu à peu cette communauté intégrée où tous auraient droit d'être considérés et traités en humains et non plus en animaux, évoluant dans le progrès et le respect : un pays modèle pour le reste de l'Amérique latine. Bien qu'il n'ait pas mentionné la huachafería, il déclara qu'après l'arrestation d'Abimael Guzmán et le déclin de la violence on devait maintenant promouvoir la musique et, dans le même temps, favoriser les émotions fraternelles qui feraient, une fois de plus et pour toujours, l'unité de la nation péruvienne.

Toño Azpilcueta vit trois personnes – sa femme et ses

amis de Villa El Salvador – l'applaudir frénétiquement et les vieillards qui étaient là, piquant du nez et s'abritant du froid, en les imitant, l'applaudir aussi, quoique avec moins de ferveur. Il les remercia et se leva, en même temps qu'Antenor Cabada le félicitait avec force accolades. Il remarqua avec fierté l'œil brillant de l'ancien libraire.

Tandis qu'ils retournaient à Villa El Salvador dans un taxi que ce brave Collau avait payé de sa poche, Matilde fut la seule à dire ce qu'ils pensaient tous : quel dommage qu'il n'y ait pas eu plus de gens à l'auditorium, parce que l'exposé de Toño Azpilcueta sur son livre avait été véritablement splendide. Ils furent tous d'accord avec ces éloges.

Le lendemain, il ne trouva aucune ligne sur cette présentation dans la presse. Et il n'y eut pas non plus de compte rendu dans les petites revues où il écrivait occasionnellement, sauf dans *Folklore nacional*, où parut un papier enthousiaste mais très confus de quelqu'un qui n'avait lu que le premier chapitre. Et cela ne consola pas Toño Azpilcueta de savoir que le sort fait à son livre était, comme de juste, celui réservé à la plupart des publications péruviennes, ce que lui apprit son éditeur. Cette inévitable frustration attira les horribles bestioles qui continuaient de le traquer toutes les nuits dans ses cauchemars, desquels il se réveillait épouvanté, jusqu'à ce qu'il se rendorme en tâchant de ne pas incommoder sa vaillante Matilde.

XXIV

Quelle musique les Incas jouaient-ils ? Les Incas ne devaient pas être un peuple très musical, car c'était un empire concentré sur l'élargissement de ses frontières et l'incorporation de nouveaux groupes et communautés à l'empire, le Tahuantinsuyo. Il ne dura qu'une centaine d'années avant de se dissoudre dans des luttes intestines causées par le conflit imbécile entre l'Équatorien Huáscar et le Cusquénien Atahualpa.

Ces ancêtres œuvraient avec la plus grande prudence, préférant la persuasion à l'agression, et c'est ainsi qu'ils réussirent à élargir le territoire de l'Incario, jusqu'à l'arrivée des conquistadors. Mais la division de l'empire entre Cuzco et Quito – une fracture qui remplit de sang et de cadavres la cordillère des Andes – favorisa à l'extrême la conquête espagnole.

À peine les nations que l'Incario croyait avoir assimilées eurent-elles pris connaissance de l'arrivée des Espagnols qu'elles se révoltèrent et commencèrent à soutenir ces derniers, notamment les Chancas et les Huancas, peuples voisins et soumis. Ils s'allièrent aux nouveaux envahisseurs et cela fut fatal aux Incas qui, au-delà de l'opposition entre Huáscar et Atahualpa, durent affronter la rébellion des nations et des cultures qui n'avaient jamais été soumises qu'en surface.

L'Incario avait-il une musique, des chants et des danses en ces temps de conquête et d'assimilation des peuples au Tahuantinsuyo ? Sûrement. Et il s'agissait certainement d'une musique et de danses militaires pour que le peuple apprenne l'obéissance ; des expressions martiales, collectives, sans rien d'esthétique ; les formes artistiques que produit un peuple guerrier et conquérant. C'est-à-dire quelque chose qui n'avait rien à voir avec l'Inti Raymi actuel, la fête du soleil, une fête traditionnelle de l'Empire inca qui célèbre le solstice d'été et qui réunit tous les ans des milliers de personnes à Cuzco pour danser, chanter et boire jusqu'au bout de la nuit.

Pendant l'époque coloniale, la société péruvienne, avec ses saints, ses messes, ses processions et cérémonies religieuses, loin de se stabiliser et de s'intégrer, fut férocement divisée. Si bien que la bourgeoisie et la noblesse n'imaginaient pas l'immensité de la population indigène, ni qu'elle subissait l'autorité coloniale exercée au moyen de l'armée et de petites forces militaires locales, créées pour faire plier les autochtones en les châtiant et les soumettant par la peur et la répression systématique. Et la Sainte Inquisition, bien qu'elle n'ait pas brûlé beaucoup de monde – seulement sept personnes en trois siècles, selon un historien chilien spécialisé sur ce sujet –, était là pour rappeler aux Péruviens qu'ils pouvaient être détruits par les flammes s'ils dépassaient les bornes.

En même temps, les curés leur inculquaient « la vraie religion ». Et les destructeurs d'idolâtries perpétraient mutilations et disparitions de milliers et de milliers de statuettes et d'objets consacrés par les Incas à leurs dieux, dont il existait une énorme quantité, car les Incas intégraient à leur panthéon toutes les déités des peuples affiliés à l'Incario.

Il était impossible qu'en trois siècles il n'y ait aucune rébellion indigène. La plus importante fut sans aucun doute celle du cacique Túpac Amaru, qui parvint à provoquer le soulèvement des Indiens de tout le Sud, y compris les paysans de Bolivie. Cette insurrection ne visait pas le roi d'Espagne, mais plutôt les maîtres qui exerçaient leur brutalité dans les grands domaines. Les Indiens supposaient que le roi ignorait ces abus et soutenait leur cause. Les maîtres aussi étaient contre les rois, car ils n'acceptaient pas les « nouvelles lois » – plus humaines que les anciennes – qu'ils combattirent en de sanglantes batailles. Ils obtinrent finalement gain de cause et tout redevint comme avant. C'était le plus important, ces lois auraient transformé la conquête de l'Amérique en quelque chose de moins violent, peut-être même de généreux. Mais de quelle conquête peut-on dire qu'elle a été généreuse ? Celle de l'Amérique du Nord a consisté, purement et simplement, en l'extermination des peuples indigènes.

Il dut y avoir d'innombrables révoltes locales moins meurtrières qui passèrent inaperçues, même dans les villes. On les écrasait avec une grande férocité dans les villages où il y avait de vastes propriétés agricoles et où l'on sacrifiait sans doute des centaines, voire des milliers d'Indiens lors de répressions qui faisaient couler des torrents de sang indigène. En ces temps-là, la musique ne reflétait en rien une société intégrée. Au contraire, la bourgeoisie et la minuscule aristocratie péruvienne écoutaient et dansaient sur de la musique espagnole, alors que les indigènes continuaient avec la leur, une musique triste jouée avec des instruments comme le charango, sans doute le cornet, peut-être la guitare, la musique de la Sierra et celle de la côte, dont la marinera, très clairement séparées, des musiques parallèles qui s'ignorèrent mutuellement jusqu'à la fin du XIXe siècle, où mélodies et instruments se mirent à circuler grâce aux éminents musiciens du pays dont ces pages invoquent la mémoire.

XXV

Toño Azpilcueta avait l'habitude, en quittant la Bibliothèque nationale, d'aller au Bransa sur la place d'Armes où, à l'heure du déjeuner, étant désormais bien connu des serveurs et des patrons, il prenait un café crème en grignotant le sandwich que lui avait préparé Matilde. C'est là qu'il déjeunait quotidiennement, rédigeant parfois ses articles sur la musique criolla ou revoyant les notes qu'il avait prises au cours de la matinée. Mais ce jour-là, nostalgique de ses années d'étudiant, il emprunta l'avenue Abancay jusqu'au campus. L'université de San Marcos, où il avait fait ses études à la faculté de lettres, réunissait à l'époque plusieurs disciplines, droit, lettres et sciences de l'enseignement. Mais maintenant toutes les facultés se trouvaient à l'angle de l'avenue Universitaria ou sur l'avenue Venezuela, où Toño n'avait jamais mis les pieds. Il arriva au campus, contempla sa vieille université dont les amphithéâtres désormais accueillaient seulement les visiteurs illustres, les cérémonies et les soutenances de thèse ; puis, comme guidé par une main invisible, il se dirigea, dans le quartier de la Colmena, vers l'un des plus vieux cafés de l'avenue, le Palermo, qu'il fréquentait souvent en tant qu'étudiant ; c'est là aussi que se réunissaient, à ce qu'il avait entendu dire, les poètes des années cinquante comme Paco Bendezú, Pablo Guevara et Wáshington Delgado.

À peine installé à une table, après avoir commandé un café au lait, il entendit son nom à la table d'à côté. Il se retourna, mais en réalité personne ne l'appelait ; c'étaient deux clients qui bavardaient. Ils étaient si près qu'il pouvait les entendre.

« Oui, oui, un certain Toño Azpilcueta, disait avec insistance un homme aux yeux profonds, assez bien vêtu, portant un gilet et plusieurs bagues aux doigts, sûrement un avocat, à un autre homme plus jeune, sans cravate, et qui était sans doute un des employés de son cabinet. Tu ne l'as pas lu ?

— Pas encore, reconnut le plus jeune. C'est intéressant ? »

Toño n'arrivait pas à le croire. Il avait souffert du silence et de l'indifférence autour de son livre, et voilà qu'il croisait par hasard deux hommes qui le commentaient.

« Oui, tout à fait. Bon, je crois que l'auteur est un peu zinzin. Tiens-toi bien, il prétend que la musique criolla est un facteur d'intégration dans notre pays, qu'elle rapproche les gens de différentes races, couleurs et langues ; c'est-à-dire la valse péruvienne, la marinera, les huaynitos… Il soutient que la musique criolla va jouer ce rôle fondamental : unir les Péruviens. Une thèse assez extravagante, tu ne crois pas ?

— Il faut que je lise ça, dit le jeune. Moi, j'aime bien ce genre de folies, faut pas croire. Que la musique criolla va unir les Péruviens ? Ça me parle. Il s'appelle Toño Azpilcueta ? Il doit être d'origine européenne, vu le nom. À moins que ce ne soit un pseudonyme.

— Tu es jeune et tu te laisses séduire par les idées folles ; moi, cela m'amuse, sans plus. La musique criolla rapprocherait tous les Péruviens, les métis, les *serranos** et les Blancs… C'est n'importe quoi ! Je t'en prie, est-ce que tu te marierais avec une de ces Indiennes qui ne se lavent jamais, au trou qui pue le vomi ?

— Jamais de la vie, dit le plus jeune en riant. Bien qu'il arrive que les *cholas** me tapent dans l'œil. Elles sont parfois bien roulées, je te jure. En tout cas, je vais lire ce bonhomme.

— La révolution qui s'annonce ne sera pas dictée par les forces ouvrières comme le croyaient Marx et José Carlos Mariátegui, dit le plus vieux, mais par les compositeurs et les chanteurs de valses et de marineras. On croit rêver ! Si tu veux, je te passe le livre. *Lalo Molfino et la révolution silencieuse*, c'est son titre.

— Moi, j'ai l'impression que ce livre t'a marqué, mon vieux, dit le plus jeune. Parce que malgré tout, tu parles avec enthousiasme de ce Toño Azpilcueta. Tu sais qui c'est ?

— Quelqu'un porté sur la littérature, apparemment. Ou plutôt sur le journalisme.

— Toño Azpilcueta, dit le plus jeune en s'esclaffant. Ça pourrait bien être un pseudonyme, mais alors il s'est choisi un nom caricatural.

— Un zinzin, comme je te l'ai dit. Il passe de la musique aux rats. Il a une obsession maladive des rongeurs.

— Tu as éveillé ma curiosité.

— Bon, c'est l'heure de retourner au travail, dit le plus vieux en appelant le garçon pour demander l'addition. La vie ne peut pas être que divertissement. J'ai le livre au bureau, je te le donnerai. »

Ils se disputèrent l'addition, chacun voulant la régler, et ils finirent par faire moitié-moitié.

Toño Azpilcueta demeura pensif, les yeux fixés sur cet homme élégant et âgé qui, au fur et à mesure qu'il s'éloignait, prenait des traits familiers et effrayants. Il sentit le picotement grimper sur ses mollets, les petites pattes infectes, et, pour retrouver son calme, il commanda un autre café au lait qu'il avala à petites gorgées, parce qu'il était très chaud. À l'irritation éprouvée en entendant ce monsieur affirmer que l'hypothèse de son livre était extravagante et que l'auteur devait être à moitié fou succéda quelque chose qui ressemblait à de la satisfaction, un sentiment inattendu d'euphorie. Il est vrai que la dernière chose qu'il aurait voulu entendre était un jugement aussi sévère et blessant, mais d'un autre côté la discussion était la preuve que son livre ne laissait pas indifférent. Du moins était-il sûr maintenant que quelqu'un l'avait lu et en parlait. S'était-il seulement vendu ? Probablement mal. Il allait téléphoner à Antenor Cabada, pour le savoir. Il le ferait cet après-midi même. Et puis il courrait chez Toni Lagarde et Lala, pour leur raconter et leur offrir un exemplaire de son livre. Est-ce qu'on disait encore ce mot-là, « zinzin » ? C'était plutôt un mot des années cinquante. Bon, il valait mieux être zinzin qu'un moins-que-rien.

Quand il quitta le Palermo, son corps ne le démangeait plus et les rongeurs avaient cessé de l'obséder. Il se sentait flatté, son nom commençait à circuler. Peu importait qu'il s'agisse de deux crétins, son livre faisait son petit bonhomme de chemin et il parviendrait bien à toucher des lecteurs plus appropriés.

XXVI

« Huachafería » est un péruvianisme que les dictionnaires relient à une histoire probablement infondée. Mais, comme elle est partout, elle vaut la peine d'être racontée. Par exemple, Martha Hildebrandt, philologue distinguée, affirme dans son livre *Peruanismos*, en citant des collaborateurs de la revue *Actualités* ainsi qu'Enrique Carrillo et Clemente Palma, que *huachafita* est un péruvianisme provenant du colombien *guachafita* qui signifiait « bagarre » ou « bousculade » et que c'est Jorge Miota qui lui a donné un sens un peu différent. Miota était un journaliste et auteur de nouvelles né au XIXe siècle qui n'a publié aucun livre, mais qui a collaboré à de nombreuses revues dont *Actualités*, déjà citée, dans laquelle certains disent qu'il a utilisé le mot « huachafo » pour la première fois au début du XXe siècle. Il a vécu un certain temps loin du Pérou, à Buenos Aires et à Paris, et a voyagé dans d'autres pays. Il n'est pas impossible que Miota, qui a également passé du temps au Venezuela où le terme « guachafita » existait pour désigner une fête bruyante et joyeuse, l'ait importé de là-bas et l'ait changé en une expression appliquée aux fêtes de second ordre et aux filles snobs et prétentieuses.

Pourtant, selon Martha Hildebrandt, une anecdote renforcerait la thèse de l'origine colombienne. C'est le professeur Estuardo Núñez qui la lui a racontée, et elle la rapporte dans son livre sur les péruvianismes. Il semble que, vers 1890, un couple de Colombiens assez modeste soit arrivé à Lima et se soit installé dans une rue à proximité de la caserne Santa Catalina. Les filles de ce couple, jeunes et joyeuses, organisaient des fêtes animées que fréquentaient les habitants du quartier et en particulier les officiers de la caserne. La famille colombienne appelait ces fêtes « guachafas » et, par association d'idées, les gens du voisinage, qui avaient du mal à prononcer le nom des hôtesses, les surnommèrent les « huachafas ». Comme il s'agissait de jeunes filles de la basse classe moyenne, légèrement prétentieuses, qui tentaient d'avoir l'air d'occuper une meilleure position sociale que celle qu'elles avaient en réalité, le mot acquit rapidement une connotation péjorative, devenant synonyme de mauvais goût et de snobisme.

Cette anecdote est-elle vraie ? Estuardo Núñez confie à Martha Hildebrandt deux sources proches : sa grand-mère, qui souffrait beaucoup du vacarme de ces fêtes, et son propre père, un officier qui se rendait de temps à autre aux jaranas de ces Colombiennes comme d'autres officiers de la caserne Santa Catalina. Quoi qu'il en soit, ce qui semble avéré est que Miota a été le premier à employer le mot avec *h* au lieu de *g* et, de ce fait, qu'il est l'inventeur du mot qui désigne la variante péruvienne du snobisme.

En réalité, la huachafería est quelque chose de plus subtil et complexe, c'est une des contributions du Pérou à l'expérience universelle ; qui la méprise ou la comprend mal fait fausse route vis-à-vis de ce qu'est ce pays, de la psychologie et de la culture d'une partie importante, voire essentielle, de l'identité péruvienne. Parce que la huachafería est à la fois une vision du monde et une esthétique, une manière de sentir, de penser, de profiter, de s'exprimer et de juger autrui.

Le snobisme est une distorsion du goût. Une personne est snob quand elle imite quelque chose – le raffinement, l'élégance – qu'elle n'arrive pas à atteindre et qui, dans ses efforts, rabaisse et caricature les modèles esthétiques. La huachafería ne pervertit aucun modèle parce qu'elle est un modèle en soi ; elle ne dénature pas les standards esthétiques, car elle les met en place, et elle n'est pas une reproduction ridicule de l'élégance et du raffinement mais plutôt une manière propre et distincte, péruvienne, d'être raffiné et élégant.

Au lieu de tenter une définition de la huachafería – cotte de mailles conceptuelle qui, inévitablement, laisserait échapper par ses failles d'innombrables ingrédients de ce corps fragmenté et protoplasmique –, il vaut mieux montrer par quelques exemples combien elle est vaste et insaisissable, la multitude de domaines où elle se manifeste et ceux auxquels elle donne un nom et sur lesquels elle imprime sa marque.

Il y a une huachafería aristocratique et une autre prolétaire, mais il est probable que ce soit dans la classe moyenne qu'elle règne avec fracas. À condition de ne pas sortir de la ville, elle se trouve partout. Dans la campagne, elle n'existe pas. Un paysan n'est jamais huachafo, sauf s'il a eu une longue expérience citadine. Elle est non seulement urbaine, mais aussi antirationaliste et sentimentale.

La communication huachafa entre l'homme et le monde passe par les émotions et les sens avant la raison ; pour elle, les idées sont décoratives et superflues, une entrave à la libre effusion des sentiments. La valse péruvienne est l'expression par excellence de la huachafería dans le milieu musical, au point qu'il est possible d'établir une loi sans exceptions : pour être bonne, une valse péruvienne doit être huachafa. Tous nos compositeurs (de Felipe Pinglo Alva à Chabuca Granda) en ont eu l'intuition et dans les paroles de leurs chansons, souvent ésotériques du point de vue intellectuel, ils ont développé des images d'une couleur flamboyante, d'un sentimentalisme iridescent, avec une malice érotique et d'autres formidables excès rhétoriques qui contrastaient presque toujours avec l'indigence des idées.

La huachafería peut être géniale, mais elle est rarement intelligente ; elle est intuitive, verbeuse, formaliste, mélodique, imaginative et, par-dessus tout, mièvre.

Une dose minimale de huachafería est indispensable pour comprendre une valse criolla et y prendre plaisir. Ce n'est pas la même chose avec le huayno – une musique de la Sierra –, qui n'est pas souvent huachafo mais qui, quand il l'est, est généralement médiocre.

Mais ce serait une erreur d'en déduire qu'il existe des huachafos et des huachafas dans les seules villes de la côte et que celles de la Sierra seraient immunisées contre la huachafería. L'indigénisme – exploitation sentimentale, littéraire, politique et historique d'un Pérou préhispanique et romantique – est la version montagnarde de la huachafería de la côte. Elle a surtout touché Puno et Cuzco, tout en se répandant dans la Sierra tout entière. L'hispanisme, en revanche, est l'exploitation sentimentale, littéraire, politique et historique d'un Pérou hispanique stéréotypé et romantique. Indigénisme et hispanisme ont pour porte-drapeaux deux historiens : Luis E. Valcárcel pour l'indigénisme et José de la Riva Agüero pour l'hispanisme. Quant à José Uriel García, il est unique en son genre. Sa thèse est que la montagne, c'est-à-dire la cordillère des Andes, était un être vivant, opposant aux Espagnols une présence qui les a transformés, de sorte que l'Espagnol et l'Indien se sont mélangés indissolublement, si bien que l'Espagnol est devenu un peu péruvien en même temps que l'Indien s'est un brin changé en Espagnol.

La fête de l'Inti Raymi, qui renaît tous les ans à Cuzco avec des milliers de nouveaux participants, est une cérémonie hautement huachafa, ni plus ni moins que la procession du Seigneur des Miracles qui enmauve Lima (voyez que j'utilise le verbe avec huachafería) au mois d'octobre.

Par sa nature, la huachafería est plus proche de certains comportements et activités que d'autres, mais en réalité il n'existe aucun comportement ni métier qui l'exclut par essence. L'art oratoire séduit le public national seulement s'il est huachafo. Le politicien qui ne gesticule pas, qui préfère la ligne droite à la courbe, qui n'abuse pas des métaphores et ne rugit ou ne chante pas au lieu de parler touchera difficilement le cœur des auditeurs. Un « grand orateur » – c'est le cas de Haya de la Torre, fondateur de l'aprisme, un mouvement politique de gauche – désigne, au Pérou, une personne au verbe abondant, fleuri, théâtral et musical. En résumé, un charmeur de serpents.

Les sciences exactes et naturelles ont uniquement des contacts inquiets avec la huachafería. La religion, au contraire, s'y frotte en permanence, et il existe des sciences qui ont une irrésistible prédisposition huachafa comme celles qu'on appelle – huachafament – sciences sociales. Peut-on être « scientifique social » ou « politologue » sans tomber d'une manière ou d'une autre dans la huachafería ? Possible, mais dans ce cas, on a la sensation d'un escamotage, comme quand un torero ne provoque pas le taureau.

Peut-être que l'on peut mieux goûter les infinies variantes de la huachafería dans la littérature parce que, de manière naturelle, elle est présente surtout dans le langage et l'écriture. Il existe des poètes huachafos par moments, comme César Vallejo, et d'autres qui le sont toujours, comme José Santos Chocano, d'autres encore qui ne le sont pas seulement quand ils écrivent en vers, comme Martín Adán. En revanche, ce dernier se montre excessivement huachafo dans ses essais. Le cas de Julio Ramón Ribeyro est insolite, car il n'est jamais huachafo, ce qui, s'agissant d'un écrivain péruvien, relève de l'exploit. Le cas le plus fréquent est celui de Bryce Echenique ou de Salazar Bondy qui, malgré les préjugés et les craintes qu'ils éprouvaient pour la huachafería, la laissent par moments surgir dans leurs écrits, comme un incurable vice secret. Manuel Scorza est un exemple notable, chez lui même les virgules et les accents sont huachafos.

Voici quelques démonstrations de huachafería de haute extraction : provoquer en duel, la passion pour l'art taurin, une maison à Miami, l'usage de la particule « de » ou de la conjonction « et » dans le nom, les anglicismes et se croire blanc. Pour la classe moyenne : regarder des télénovelas* et les reproduire dans la vie réelle, emporter des gamelles de nouilles format familial à la plage le dimanche et les manger entre deux vagues, dire « je pense de » et mettre des diminutifs jusque dans la soupe (« tu prends un petit coup de champagne, petit frère ? ») et traiter de « cholo » (au sens péjoratif ou non) son prochain. Pour les prolétaires : utiliser de la brillantine, mâcher des chewing-gums, fumer de la marijuana, danser le rock and roll et être raciste.

Pour les surréalistes, le prototype de l'acte surréaliste était de sortir dans la rue et de tirer sur le premier passant venu. L'acte huachafo emblématique est celui du boxeur qui, sur les écrans de télévision, le visage bouffi par les coups reçus, salue sa petite maman qui le regarde et prie pour sa victoire, ou celui qui, ayant raté son suicide, en ouvrant les yeux demande à se confesser.

Il existe une huachafería tendre (la fille qui s'achète une petite culotte rouge en dentelle pour faire tourner la tête à son copain) et des rapprochements qui, bien qu'inattendus, y font penser : les curés marxistes, par exemple. La huachafería offre une perspective depuis laquelle on peut observer et organiser le monde et la culture. L'Argentine et l'Inde (à en juger par leurs films) semblent en être plus proches que la Finlande. Les Grecs étaient huachafos et les Spartiates non, et du côté des religions, le catholicisme remporte la médaille d'or. Le plus huachafo des peintres est Rubens, le siècle le plus huachafo le XVIIIe, et, parmi les monuments, il n'y a rien de plus huachafo que le Sacré-Cœur à Paris et El Valle de los Caídos en Espagne. Il y a des époques historiques qui semblent faites pour elle : l'Empire byzantin, Louis II de Bavière, la Restauration. On rencontre des mots et des expressions huachafos : originel, sociétal, conscientiser, mon ange (dit à un homme ou à une femme), devenir en, ouverturer, érubescent.

Ce qui ressemble le plus à la huachafería, ce n'est pas le ridicule mais plutôt ce qu'on nomme au Venezuela la *pava*. (J'ai lu à Salvador Garmendia des exemples de *pava* : une femme nue jouant au billard, un rideau de larmes, des fleurs en cire, des aquariums dans le salon.) Mais la *pava* a une funeste connotation, elle annonce des malheurs, chose dont, fort heureusement, la huachafería est exempte.

Je tiens à faire savoir que j'ai écrit ces modestes lignes sans arrogance intellectuelle, mais avec chaleur humaine et le cœur sur la main, en pensant à cette merveilleuse création de Dieu, à mon congénère : l'homme !

XXVII

« Ainsi donc, mon ami, tu as publié ton livre. Lala et moi, on n'était même pas au courant, protesta Toni Lagarde.

— C'est vrai, je ne vous ai pas prévenus pour la soirée de lancement, je ne voulais pas vous faire aller jusqu'au ministère de l'Éducation, dit Toño Azpilcueta. J'ai préféré venir personnellement vous offrir un exemplaire, et voilà ! Qu'en dites-vous ? »

Ils déambulaient lentement sur l'avenue Arica, car Toni marchait avec une canne, en direction de la statue de Bolognesi, de l'avenue Brasil et de son interminable file de voitures et de bus. Il faisait moins froid maintenant et l'avenue était pleine de piétons qui, pour la plupart, se promenaient comme eux.

« On va se disputer, Lala et moi, pour savoir qui de nous deux va le lire en premier », dit Toni.

Les rues étaient noires de monde et ils devaient s'écarter souvent pour laisser passer cette foule. Toni Lagarde se frayait un chemin avec sa canne. Il avançait sans hâte, à grands pas, autant que le lui permettaient ses jambes. Il était très simplement vêtu. Un pantalon qui avait l'air très léger et une chemise à manches courtes défraîchie. Il tâchait d'éviter les ornières, si nombreuses sur cette avenue Arica, entre les maisons simples aux grandes fenêtres, et veillait à ne pas heurter les gens venant en sens opposé. Toño lui racontait la scène au Palermo où deux hommes parlaient de son livre, et comment l'un d'eux avait dit que l'auteur de *Lalo Molfino et la révolution silencieuse* devait être un peu zinzin. Il voyait les gens marchant sur l'avenue Arica, et il se disait que tous, si différents fussent-ils, pouvaient se sentir appartenir à une même famille. Telle serait, répétait-il à Toni, sa contribution à l'histoire du Pérou. Il laissait un livre où il démontrait que la musique criolla pouvait venir à bout des préjugés et ouvrir les esprits et les cœurs. Si la musique les avait réunis, Lala et lui, pourquoi ne ferait-elle pas de même avec leurs autres compatriotes ? Cela pourrait sembler une idée excentrique, mais ce n'était certes pas une fulgurance. Il y avait pensé toute sa vie, et il était sûr qu'une fois que son livre commencerait à être lu, les demandes d'éducation musicale se multiplieraient dans les écoles et familiariseraient les enfants, dès le début de leur existence, avec les finasseries de la nationalité. On leur apprendrait à jouer des instruments, à chanter le répertoire des thèmes classiques ; il y aurait des cours de danse, marineras, valses, polkas, qui aboliraient les différences, les abîmes sociaux et uniraient dans la joie les plus fortunés des Blancs comme Toni aux pauvres Noires comme Lala, et vice versa, on verrait de riches femmes blanches tomber dans les bras d'hommes noirs, métis, indiens aussi fauchés que Toño lui-même.

Toni l'écoutait en silence tout en feuilletant le livre chaque fois que son ami mentionnait l'une des hypothèses exposées dans ses pages. Il n'avait rien voulu dire, mais Toño lui demandait systématiquement s'il ne trouvait pas qu'il avait raison, s'il ne trouvait pas évident que la solution aux problèmes du pays, plus encore maintenant que, semblait-il, la guerre contre le Sentier lumineux prenait fin, passait par l'éveil de cet amour partagé pour la patrie qu'exprimaient la valse péruvienne et la musique criolla en général.

« Je ne sais pas, dit enfin Toni, ce qui nous est arrivé à Lala et moi était exceptionnel. Une histoire d'amour, ce qui est toujours mystérieux. Je ne sais si nous sommes un exemple de quoi que ce soit. Nous menons la vie que nous voulons, je suppose que les autres en font autant.

— Les autres sont esclaves de leurs préjugés, protesta Toño Azpilcueta. Les seuls à être vraiment libres, c'est vous. La musique vous a ouvert les yeux, vous a éveillés.

— Je ne dis pas que tu te trompes, dit Toni en essayant de rassurer son ami. C'est une théorie comme tant d'autres. Elle rappelle celle des apristes, pour qui c'est la classe moyenne qui unifierait le Pérou. Et l'Amérique du Sud. Le rêve de Bolívar. Sauf que, à cause des militaires, Haya de la Torre a échoué.

Toño, précipitamment, porta sa main à son dos comme si une personne invisible lui avait fait une clé de bras, et il se gratta frénétiquement. Soudain, l'avenue Arica se peuplait d'hostilité et de trous où des milliers de rats et de souris pouvaient se reproduire. Il proposa à Toni de rentrer à la maison, cela valait mieux, pour déguster les chancays à la gelée de coing de Lala.

« Dès qu'on a su que tu allais venir, dit Toni Lagarde en souriant, Lala s'est lancée à la recherche de coings, si difficiles à trouver à cette époque de l'année. Et par chance, elle en a trouvé. Il faut dire qu'elle ne fait sa gelée de coing que lorsque tu viens.

— Vous êtes un couple exceptionnel, dit une fois de plus Toño Azpilcueta. Vous êtes les héros de mon essai. Vous figurez partout, presque à chaque page. Vous êtes un exemple à suivre pour tous les Péruviens. »

Ils prirent le chemin du retour, d'un pas plus rapide, espérant arriver chez Toni et Lala avant la tombée de la nuit.

« Est-ce que tu penses, toi aussi, que je suis un peu zinzin, comme ce monsieur élégant le disait au Palermo, en se moquant de moi ? demanda Toño, en se grattant les jambes.

— Qu'est-ce qu'il t'arrive, Toño ? Tu n'es pas zinzin pour un sou, ce que tu es vraiment, toi, c'est un idéaliste, et il n'y a rien de mal à ça. »

Le thé était déjà prêt dans le petit salon qui faisait aussi office de salle à manger. Lala venait de disposer les tasses – Toño, lui, le prenait toujours avec un nuage de lait – et les chancays étaient là, tout chauds, avec leur gelée de coing.

« Toño nous a offert son livre, dit Toni à Lala. Tu ne devineras pas la belle dédicace qu'il nous a faite. D'après lui, nous sommes un exemple que tous les Péruviens devraient suivre.

— Tu vois, Toni, je te le dis toujours, lâcha Lala d'un ton moqueur malgré les regards que lui lançait son époux. Nous sommes un modèle, mais tu ne veux pas me croire.

— Vous l'êtes vraiment, affirma solennellement Toño. Je suis sérieux. C'est dans votre façon de vivre. En étant heureux sans chercher à l'être. Je crois sincèrement que vous êtes un exemple. Ici et partout ailleurs. Même si cela semble un peu idiot, formulé de la sorte. Je dois à la vérité de dire que je n'ai jamais connu de couple comme le vôtre. Un modèle de famille que tous les Péruviens devraient imiter. Et non seulement parce que vous vous êtes mariés au mépris des classes sociales et des préjugés que nous avons tous dans ce pays, mais parce que votre union a duré dans le temps. Heureux de ce que vous aviez, sans aspirer à rien d'autre. Je le répète, un exemple pour tous les Péruviens.

— Mais voyons, Matilde et toi, vous formez un meilleur couple, plaisanta Lala. Ce bonhomme-là, moi je ne me le supporte plus.

— Ce n'est pas vrai », dit Toño Azpilcueta en baissant les yeux et se calant sur sa chaise.

Et c'était bien vrai qu'entre Matilde et lui s'était ouvert cet abîme séparant les couples qui ne profitent pas ensemble des bonnes choses de la vie, comme la musique, et à la place consacrent leur temps à lutter pour leur survie. Et puis quoi, Toño ne profitait-il pas des efforts de Matilde, qui se tuait à laver et à coudre tandis qu'il fantasmait sur Cecilia Barraza ? La musique criolla, au lieu de les unir, les avait peut-être séparés, sa femme et lui. Toutes les heures que Toño consacrait à son livre et restait à la Bibliothèque nationale, Matilde les passait à chercher de quoi subvenir à ses besoins et à ceux de ses deux filles. Elle se brisait les reins tandis que lui se contentait de caresser un rêve : que son livre le hisse au même niveau que celui de Cecilia Barraza et que son prestige triomphe des résistances qui l'empêchaient, elle, de le voir comme un spécimen masculin péruvien, prometteur d'union charnelle et apte à l'accompagner sur le chemin de la vie.

Un nuage assombrit le visage de Toño, qui ne semblait plus apprécier autant les chancays à la gelée de coing.

« La meilleure, ajouta-t-il d'un ton solennel et sombre, c'est que vous ne réalisez même pas que vous êtes heureux. »

Il aurait voulu ajouter qu'à la différence de Matilde et lui ils avaient tiré profit de leur amour pour s'adapter à tout ce qu'ils avaient affronté, c'est-à-dire les préjugés, la pauvreté, la vie modeste qu'ils avaient menée. Et tout cela, ils l'avaient surmonté grâce à leur amour, permanent. C'était peut-être le secret qui leur avait permis de résister à toutes les méchancetés qu'il leur avait fallu supporter.

Ce dont il eut confirmation plus tard dans l'après-midi, quand la conversation dériva sur ce qui se passait au Pérou. Parlant des attentats terroristes, de la pauvreté dans la Sierra ou de toute autre nouvelle, Toño Azpilcueta voyait bien qu'en dépit de leur inquiétude, Toni et Lala étaient en réalité parés à toute éventualité ou mauvaise surprise grâce à cette solidarité qu'il y avait entre eux, grâce à l'amour. Là-dessus, il était difficile de légiférer. On ne pouvait exiger de personne d'être amoureux pour toujours, comme il en était allé chez eux. La règle la plus commune était que les amours soient transitoires, que l'on connaisse diverses personnes et qu'on tombe amoureux en changeant de partenaire. C'était dans la nature des choses. L'exception, c'était le couple de Toni et Lala. Toño aurait voulu que les choses soient plus solides et durables, y compris sa relation avec Matilde. Il pensa qu'il devait peut-être modifier l'approche de son livre, se montrer moins optimiste, moins convaincu. Quelque peu chagrin, il prit congé de Toni et Lala et quand il arriva chez lui il apprit que M. Cabada, son éditeur, le réclamait de toute urgence.

Il le rappela depuis le magasin de son ami Collau. Au bout du fil, Cabada lui répondit tout exalté. Cela faisait plusieurs jours qu'il cherchait à le joindre, il lui avait même laissé des messages chez son ami Collau, mais les filles avaient probablement oublié de les lui transmettre.

« Mais que se passe-t-il, monsieur Cabada ? Est-ce que tout va bien pour le livre ? demanda-t-il, intrigué.

— Les deux mille exemplaires que nous avons tirés sont épuisés. C'est du moins ce qui semble. Il nous faut procéder à une réimpression. J'ai reçu plusieurs lettres de libraires me demandant plus d'exemplaires. Mais il n'en reste plus. Nous n'en avons imprimé que deux mille, vous vous rappelez ? Eh bien ! les ventes se sont envolées. »

Le vieux libraire parlait avec enthousiasme. Toño entendait tout cela, et c'était comme une musique qui glissait dans ses oreilles. Il n'arrivait pas à le croire et ne savait que dire.

« J'en profiterai pour le corriger un peu, monsieur Cabada. Il y a beaucoup d'erreurs dans cette première édition, je crois, et peut-être devrais-je revoir quelques idées.

— Pas question, dit le vieux libraire qui semblait très excité. Vous le corrigerez, si vous voulez, mais pour de futures éditions. Cette seconde impression doit sortir immédiatement. Le livre marche à merveille. Des libraires de province m'ont écrit, je ne vous dis que ça. Est-ce que nous pouvons nous voir vite ? Le plus tôt possible. J'ai préparé un nouveau contrat qu'il vous faut me signer. En outre, vous allez gagner quelques soles. On se voit lundi sur le coup de dix heures au Bransa de la place d'Armes ? Parfait. Alors à bientôt. Ah, et puis félicitations, surtout ! Votre livre se vend très bien, bien mieux qu'il ne semblait. »

Il coupa et Toño Azpilcueta sentit ces petites bestioles lui courir sur tout le corps. Les revoilà donc. Il devait être exalté et effrayé par la nouvelle. Ainsi son livre s'était assez bien vendu ? Et les deux mille exemplaires imprimés par M. Cabada avaient été épuisés ? C'est ce que lui avait dit l'éditeur au téléphone. Il aurait voulu en faire part à Cecilia Barraza, mais pour cela il fallait lui adresser un petit mot à son domicile et lui donner rendez-vous au Bransa dans deux ou trois jours, alors que lui, à cette heure, avait un besoin urgent de se défouler auprès de quelqu'un, que ce soit l'ami Collau ou son épouse Matilde. Oui, il parlerait avec eux, il leur dirait la chose et son ami allait sûrement déboucher une autre bouteille et l'envelopperait d'affection. Il n'empêche qu'il enverrait quand même ce petit mot à Cecilia Barraza et lui donnerait rendez-vous jeudi. Ou mieux, vendredi, qui était pour elle un jour avec moins d'engagements.

XXVIII

Il y a mille cinq cents langues, dialectes et idiomes en Amérique latine, bien que certains philologues fassent monter ce chiffre jusqu'à cinq mille et que d'autres en restent à deux mille ou un peu plus. Dans tous les cas, il est clair que les Américains ne se comprenaient pas entre eux et c'est pourquoi ils s'entretuaient dans des guerres locales ou continentales. Voilà l'Amérique latine qu'ont trouvée les premiers conquistadors : une orgie sanglante des mille batailles qu'elle subissait.

Sur cet empilement de langages, d'idiomes et de dialectes à différents niveaux de développement, l'espagnol s'est répandu comme une rosée qui les a tous intégrés, et depuis lors les Américains ont cessé de s'entretuer et ont commencé à vivre ensemble, plus ou moins pacifiquement, bien entendu en faisant l'impasse sur les insurrections militaires et les dictatures du XIXe siècle, qui ont toujours été violentes et désastreuses pour l'avenir de ces pays, c'est-à-dire les nôtres.

Le meilleur qui soit arrivé à l'Amérique latine a été cette unification de la langue, grâce à l'espagnol qui permet aujourd'hui aux Latino-Américains de se comprendre du Mexique à l'Argentine, à l'exception du Brésil où, toutefois, il y a chaque jour plus de gens pour le parler. C'est une langue qui progresse et se répand à travers le monde sans qu'aucun gouvernement, parmi tous les pays où l'on parle espagnol, soit à l'origine de cette diffusion. C'est la langue en elle-même, par sa simplicité, la clarté de ses structures et la facilité de son expression orale, qui a tracé son propre chemin et s'est répandue dans le monde grâce aux immigrants, jusqu'à ce que des centaines de millions de personnes parlent espagnol aujourd'hui.

Après le Mexique, qui est le premier, les États-Unis seraient le deuxième pays où l'on parle ou baragouine l'espagnol, bien qu'il y ait controverse là-dessus. Certains indiquent que les hispanophones qui vivent aux États-Unis perdent leur langue peu à peu et la remplacent par l'anglais. Rien n'a été démontré sur ce point. Je crois qu'il y a des familles dans lesquelles l'espagnol s'accroche fortement au lignage, comme l'ongle à la chair, empêchant sa perte dans les générations suivantes.

La conquête et la domination de l'Espagne sur l'Amérique latine ont au moins eu un avantage : la langue espagnole, qui a matérialisé la tentative d'intégrer le continent, du moins dans sa manière de parler et de penser. Dans quelle partie du monde peut-on voyager d'un bout à l'autre en comprenant tout ce que disent les habitants de ces pays et en se faisant comprendre ? En Afrique ? En Orient ? En Europe, par exemple, il faut apprendre les différentes langues ou rester muet si l'on sort de son propre pays.

D'autres déclarent que ce n'est pas la langue mais le christianisme qui représente la plus grande justification de la conquête et que l'Espagne a été la seule, grâce au père Bartolomé de las Casas et à d'autres comme lui, à admettre un débat à l'université de Salamanque, à savoir si les Indiens avaient une âme, et de ce fait s'ils étaient comme les animaux des bois. Cette réunion, en grande partie fomentée par l'extraordinaire Las Casas, a tranché la question. Les prélats ont décidé à l'unanimité que les Indiens avaient vraiment une âme et, par conséquent, devaient être protégés et instruits dans la véritable religion.

Le lecteur se demandera si l'auteur de ces pages est catholique, et en réponse je devrai faire un aveu. En dépit du fait que les jours où je pense à la mort et aux rats qui viendront dévorer mon cadavre je crève de peur, je prie et je crois en la religion que m'ont enseignée les frères du collège La Salle, je me dis souvent que ces histoires de la Bible ont été conçues pour des gens incultes et que les personnes lettrées ne peuvent y croire aveuglément. En quoi est-ce que je crois ? Des fois oui, des fois non, je crois au Christ et en la Vierge Marie, en la passion et la mort du Christ, bien qu'aujourd'hui je nourrisse beaucoup de doutes. La manière dont l'Église catholique a grandi et s'est étendue à travers le monde, par mille et un interdits, ne me convainc pas du tout. Don Gonzalo Toledo ne disait-il pas, dans son livre *Laisse-moi te raconter*, que l'Église catholique a été sur le point d'excommunier la valse péruvienne parce que, en dansant, l'homme frôlait de la main le dos de sa partenaire ?

En tout cas, c'est un fait que les êtres humains vivent mieux avec la religion que sans. Le christianisme met de l'ordre dans toute cette disparité barbare et crée un dénominateur commun aux Latino-Américains, si différents les uns des autres. Alors vaut-il mieux que le christianisme existe ? Sans doute, mais il ne doit pas s'immiscer dans la musique criolla, dans un régime de libertés où l'espièglerie, le badinage et la main dans le dos sont licites. De temps en temps, ces croyances de mon enfance et de ma jeunesse au collège La Salle me rattrapent, mais peut-être que dans le fond je suis un athée. Je ne suis pas du tout sûr que le purgatoire et l'enfer existent, ni surtout que Dieu condamne pour l'éternité certaines personnes à brûler et à subir les tortures des démons pour un fait souvent infime, comme manquer une messe. Ce sont des croyances médiévales qui n'ont plus lieu d'être dans nos temps modernes.

Toutefois, je ne me résigne pas à ce que, pour les êtres humains – qu'ils aient une âme ou non –, tout se termine ici-bas, et qu'après leur mort ils disparaissent jusqu'à devenir un petit tas d'os. Mais il m'est difficile de gober l'idée d'une âme qui survivrait au cadavre. C'est-à-dire que certains jours je crois et d'autres je ne crois pas à ces choses enseignées par mon père qui, en bon Italien, était très croyant.

Cela veut-il dire que l'espagnol et la religion catholique justifient la Conquête ? Non, mes amis, il n'est pas si facile d'en décider. Si les Anglais avaient conquis l'Amérique latine, ils l'auraient dépeuplée après de gigantesques tueries, comme ils l'ont fait aux États-Unis. Et les Indiens américains seraient, comme les Apaches et les Peaux-Rouges, une simple survivance. La vérité est que l'Espagne a construit des églises, fondé des universités, des imprimeries, des tribunaux : elle a donné à l'Amérique latine, dès le début de la Conquête, l'importance d'une reproduction identique de l'Espagne dans les territoires conquis. On a créé des vice-royautés et des capitaineries générales et aussi, évidemment, la sinistre Inquisition avec ses tortionnaires fanatiques, comme en Espagne.

Bien que les commissionnaires aient été une espèce ignoble et exploiteuse, les rois d'Espagne et leurs conseillers ont essayé d'adoucir leurs abus et mauvais traitements contre les Indiens au point que les commissionnaires se sont révoltés et ont défié les rois en leur livrant des guerres féroces. N'est-ce pas ce qui est arrivé au Pérou ? Cela a conduit à l'aggravation des lois qui orientaient la politique envers les Indiens : ces derniers sont tombés comme des mouches sans disparaître toutefois. Aujourd'hui, ils composent la seconde classe défavorisée, celle qu'il faut relever et amener au pouvoir.

XXIX

Toño Azpilcueta se glissa entre les tables du Bransa de la place d'Armes jusqu'à celle qu'il occupait d'ordinaire au sortir de la Bibliothèque nationale. Il avait mis le même complet-veston et la même cravate que lors de la présentation du livre au ministère de l'Éducation. Il se mordait les doigts de ne pas avoir invité Cecilia Barraza à cet événement où il avait expliqué avec tant de clarté et d'enthousiasme les idées de son *Lalo Molfino.* En l'écoutant parler ce soir-là, peut-être aurait surgi, du plus profond de son âme, la possibilité de voir en lui un peu plus qu'un ami ? Cecilia Barraza le connaissait en tant que critique qui publiait de petits articles éphémères dans des revues sans autre portée que le monde de la musique criolla, avec fort peu de retentissement, pour ne pas dire aucun, sur l'opinion publique. Mais maintenant, Toño Azpilcueta était l'auteur d'un ouvrage dont le premier tirage était épuisé et dont on parlait dans les cafés de Lima. Cela ne changeait-il pas la donne ? Cecilia Barraza n'allait plus rencontrer cet inconnu qui aspirait secrètement à devenir un intellectuel de l'élite, mais l'écrivain qui transformait la mentalité du Pérou. Car c'est ce qui allait se passer, il en était sûr. Ses idées finiraient par être un sujet de débat à l'université, dans la presse, dans les cafés, même au sein des clubs et de la société, et son nom ne tarderait pas à briller autant que celui des musiciens péruviens les plus importants.

En voyant Cecilia Barraza entrer au Bransa et le reconnaître, il se mit debout, lissa le veston de son complet et leva coquettement la main pour la saluer.

« Pourquoi m'as-tu demandé d'accourir si vite, Toño ? demanda Cecilia, en lui donnant un baiser sur la joue, avant de s'asseoir.

— Toujours divine, Cecilita, inaccessible à la laideur humaine, fit-il en lui souriant.

— J'oubliais que tu aimais bien ces huachafades, répondit en riant Cecilia Barraza. Tu dois avoir de très bonnes nouvelles pour être aussi pimpant et élégant.

— Le premier tirage de mon livre est épuisé et l'éditeur va lancer une réimpression, dit Toño Azpilcueta. Je voulais te l'annoncer en personne. »

Cecilia Barraza remarqua toutes ces petites étincelles dans les yeux de Toño, et dans sa voix un ton étrange tandis que ses lèvres dessinaient un drôle de petit sourire.

« Tu as l'air très content et je m'en réjouis, dit-elle. Mais j'espère que la gloire ne te montera pas à la tête.

— Je suis et serai toujours le même, affirma Toño, et il allongea sa main pour frôler celle de Cecilia. Si tu ne veux pas que je change, je ne changerai jamais.

— Mais moi, je te trouve très changé, dit Cecilia, en retirant sa main et la cachant sous la table. Toi et moi, nous sommes juste amis, Toño, ne l'oublie pas.

— Ne jouons pas les hypocrites. C'était avant. Maintenant que je suis un intellectuel pour de bon, je peux aspirer à bien plus. »

Toño Azpilcueta se leva de sa chaise dans un geste précipité et tenta d'embrasser Cecilia Barraza sur la bouche. Elle ouvrit grands les yeux et écarta son visage. Machinalement, sa main sortit de sous la table et atterrit contre la joue de Toño. Ce ne fut pas une claque sonore ni forte, c'est à peine si elle le frôla et seuls les clients de la table voisine s'en rendirent compte. Toño se retourna vers eux, sentant son visage rougir. La brûlure descendit le long de son cou jusqu'à devenir démangeaison. La sensation gagna ses bras, sa poitrine et son dos jusqu'à ses jambes. Et alors il se mit à les voir de toutes parts, grosses, bigleuses, montrant les dents. Sous la table d'à côté, dans l'allée entre les tables du Bransa, sautant de la tête de Cecilia Barraza aux chaises inoccupées. Il n'en fallut pas plus pour qu'il se gratte le corps vigoureusement. Il retroussa les manches de son veston et dégrafa sa chemise pour passer les ongles sur sa peau et se débarrasser de ces bestioles répugnantes qui maintenant l'entouraient et grimpaient sur ses jambes.

Cecilia observait, déconcertée, l'attitude de Toño. Elle ne comprenait pas ce qui arrivait à son ami. Pas plus elle que les autres clients du Bransa, qui commençaient à s'inquiéter de la présence de cet homme qui n'arrêtait pas de se gratter et de donner des coups de pied en l'air comme Héctor Chumpitaz dégageant un ballon de la surface de réparation.

« Toño! dit Cecilia. Qu'est-ce qui te prend ? Calme-toi, je t'en prie.

— Tu ne les vois pas, si ? riposta Toño. Ils sont partout. Je sais que tu ne les vois pas, personne ne les voit, mais ils sont là. »

Cecilia Barraza se rendit compte qu'elle devait réagir

vite, avant que tous les clients ne s'inquiètent et que ne survienne un scandale monumental. Avec beaucoup de vivacité, elle saisit Toño par le bras et le traîna hors du Bransa, jusqu'à la place d'Armes, sous les grands balcons de bois sombre. Elle l'obligea à s'asseoir sur un banc, près des palmiers qui se dressaient au milieu de la place, et lui demanda de lui expliquer ce qui se passait.

Toño continuait à se gratter, le visage froissé, en fermant les yeux, bien que moins acharné maintenant.

« J'ai ça depuis tout petit, dit-il. Cela m'arrive chaque fois que j'ai des émotions fortes. Comme s'il y avait des rats qui me mordaient le dos. J'ai envie d'arracher ma chemise, mon pantalon. Et de me gratter à en mourir. Je ne l'ai raconté à personne. Tu es la première à le savoir. Je ne sais plus que faire, Cecilia. Cela m'angoisse. Parce que ces rats n'existent pas, c'est moi-même qui les ai inventés. Depuis des années, depuis mon enfance, je me suis inventé ces bestioles. Et je suis désespéré face à ces démangeaisons. Je n'en peux plus. »

Cecilia lui dit de ne pas s'inquiéter, qu'elle pouvait l'aider. Elle héla un taxi et demanda au chauffeur de les conduire à San Isidro. Toño continuait à se gratter les jambes et le dos. C'était plus difficile pour le dos parce qu'il avait les mains trop courtes pour l'atteindre, mais il se frottait contre le dossier du siège et cela le calmait, du moins la sensation diminuait. Quand, après un temps infini, le taxi s'arrêta, Cecilia régla la course et, tenant à nouveau Toño par le bras, elle le traîna jusqu'à un bâtiment qui semblait tout neuf.

Le cabinet du docteur Quispe était au quatrième étage et donnait sur des jardins, déserts à cette heure. Il y avait au milieu une fontaine dont l'eau jaillissait par des tuyaux invisibles. Une infirmière les fit passer dans la salle d'attente, où elle tint compagnie à Toño tandis que Cecilia entrait dans le cabinet pour parler au médecin. Le psychiatre portait une blouse blanche qui avait l'air bien repassée ; il embrassa Cecilia sur la joue, avec une familiarité qui trahissait de longues années de complicité, puis il ferma la porte. Quelques minutes après, il appela Toño et l'invita à s'asseoir dans un fauteuil aussi large que confortable. Et se penchant sur lui, l'air très sérieux, il lui dit :

« Voyons, mon ami, parlez-moi de ces démangeaisons qui vous torturent. Parlez-moi de ces rats que vous inventez depuis votre enfance. »

S'étranglant, se sentant de plus en plus ridicule et désespéré, Toño s'exprima. Cecilia était restée à une certaine distance et les regardait, non sans inquiétude. Quand Toño se tut, le docteur Quispe fit quelques pas, parla avec l'infirmière et celle-ci, acquiesçant, sortit aussitôt. Quelques secondes plus tard, elle revint avec des cachets et un verre d'eau cristalline.

« Prenez cela, et vos désagréables démangeaisons vont disparaître. Venez, venez par ici. »

Il les conduisit, Cecilia et lui, vers une petite salle contiguë où il les pria de prendre place dans des fauteuils tout neufs, au bois brillant et avec des coussins verdâtres aux motifs égyptiens. Et lui aussi s'assit, en leur faisant face.

« Ce que vous avez c'est une phobie. Enfant, vous avez dû associer les rats à une sensation négative. Il y a peut-être chez vous un syndrome d'échec, la crainte d'être abandonné ou d'avoir affaire à des inconnus. Une cause quelconque. Peut-être la peur d'être rejeté. Nous éluciderons tout cela. De là viennent ces démangeaisons qui vous perturbent, qui vous angoissent, sûrement aux moments les plus difficiles pour vous, ajouta le docteur Quispe avec une moue méprisante. Mais croyez-moi, votre cas n'a rien d'exceptionnel. Je dirais même qu'il est assez fréquent, ici à Lima. Vous sentez-vous mieux ? Ces cachets ne sont rien d'autre que des tranquillisants. »

Toño l'écoutait sans oser le regarder en face. Il acquiesçait comme un enfant qui vient de se faire gronder, et il regrettait d'avoir eu ce geste audacieux envers Cecilia.

« Il y a dans cette ville beaucoup de gens qui souffrent du même mal, ne soyez pas inquiet, poursuivait le psychiatre. Et partout dans le monde, pas seulement à Lima. Des hommes et des femmes, des vieillards et des enfants. Avec un peu de patience et un certain nombre de séances, je peux vous assurer que vous serez guéri. Soyez tranquille. Par ailleurs, ce n'est absolument pas grave.

— C'est moi qui règle cette consultation. Toño et moi, nous sommes très amis, dit Cecilia en le devançant. De plus, c'est moi qui l'ai amené ici, dans ton cabinet.

— Tu me fournis toujours des patients, Cecilia, pour que je ne meure pas de faim », plaisanta le docteur Quispe.

C'était un homme doux et élégant, avec une chevelure argentée et une dentition parfaite. Il souriait à tout instant, avec amabilité. Mais son regard perçant mettait Toño mal à l'aise.

Il crut mourir de honte. Quel spectacle il avait donné, en se grattant de la sorte ! Maintenant que les démangeaisons avaient disparu, il était un peu barbouillé et avait très sommeil. Il ne put réprimer un long, très long bâillement.

« Si vous voulez, vous pouvez vous reposer quelques minutes dans la salle d'attente tandis que je parle avec

Cecilia. C'est sans doute le tranquillisant qui provoque cette somnolence, c'est tout à fait normal. »

Toño sortit la tête basse, sans un mot, et il se résigna à attendre que ce docteur élégant fasse, à son nez et à sa barbe, le joli cœur avec Cecilia. Il se sentait de plus en plus coupable de s'être donné en spectacle. Il ferma les yeux et se cala dans le fauteuil, et quand il les rouvrit – il s'était peut-être assoupi quelques minutes –, le docteur Quispe et elle se tenaient près de la porte, comme se disant au revoir. Toño se leva aussi, immédiatement.

« Vous sentez-vous mieux ? dit le docteur en regardant sa montre.

— Oui, bien mieux, docteur. Je suis vraiment navré de vous avoir causé ce dérangement.

— Ce n'est rien, dit le docteur Quispe. Nous nous sommes mis d'accord avec Cecilia. Pouvez-vous venir les jeudis soir, vers sept heures ? Pour en finir avec ces rats qui n'existent pas et que vous avez vous-même inventés. »

Toño Azpilcueta ne savait plus où se fourrer. Il pensait : quelle honte que Cecilia ait payé cette consultation ! Quelle honte, mon Dieu ! Surtout qu'il n'aurait pas pu la payer, parce qu'il avait seulement en poche ce qui, calculait-il, devait être l'addition du Bransa. Et ce docteur si élégant devait faire payer très cher ses consultations.

« Bon, mille mercis, docteur. Le jeudi, m'avez-vous dit ? Oui, oui, je viendrai.

— Parfait », dit le docteur Quispe en lui tendant la main.

Il embrassa à nouveau Cecilia sur la joue et leur ouvrit la porte, en prenant congé d'eux.

« Je suis mort de honte, Cecilia, dit Toño tandis qu'ils attendaient l'ascenseur. Tu as payé le taxi, tu as aussi payé la consultation du médecin. Tu vas me dire combien je te dois.

— Tu ne me dois rien, Toño. À quoi ça sert d'avoir des amis, sinon. Ne t'inquiète pas.

— Des amis, oui, répéta-t-il, et il resta un moment silencieux, regardant défiler les numéros de l'ascenseur. Ce que je t'ai dit avant, au Bransa…

— T'inquiète. Quand tu deviens huachafo, tu te laisses gagner par le sentimentalisme, fit Cecilia en riant. Il n'y a rien de mal à ça, tout est clair maintenant. »

Ils sortirent de l'immeuble et Cecilia, un peu pressée, lui lança un de ses délicieux sourires, le salua de la main et grimpa dans le premier taxi qui passa. Toño resta sur le trottoir, tâchant de se rappeler l'adresse du cabinet médical du docteur Quispe. Il reviendrait la semaine suivante, non qu'il en ait envie, mais parce qu'il devait se guérir de sa phobie des rats. Et au passage, aussi, de son obsession pour Cecilia Barraza.

XXX

Voici un autre aveu, patient lecteur : je n'ai pas une grande sympathie pour le Tahuantinsuyo, l'empire des Incas. Même si je suis fier de son existence et de son autorité, durant sa courte vie, sur l'Équateur et la Bolivie, et en partie sur le Chili et la Colombie, allant même jusqu'aux abords de l'Argentine et du Brésil, il y a quelque chose dans ce passé qui me gêne : le système conçu par les empereurs de Cuzco pour traiter les rebelles, ceux qui dénigraient les institutions de l'empire et risquaient de rallier les chefs dissidents. Ce système est connu sous le nom de *mitimaes**, qu'on pourrait traduire du quechua par « expatriés » ou « déracinés ». Il consistait à exclure ces mécontents marginaux de Cuzco et à les confiner dans des régions ou des villages lointains où, logiquement, ils se sentaient étrangers ; parfois, ils ne parlaient pas la langue locale et devaient travailler entourés de gens qui les méprisaient, sachant que cela ne finirait jamais et qu'ils seraient enterrés là, au milieu d'une foule inconnue. Les historiens et les anthropologues ont découvert les mitimaes des siècles plus tard, en remarquant, à Ancash ou à Ayacucho, à des dizaines de kilomètres de Cuzco, que la langue de certains survivants était le quechua cusquénien ou du Centre, très différent du quechua local, et c'est ainsi qu'ils ont établi que le Tahuantinsuyo exilait ses dissidents, les reléguant dans des terres lointaines où ils pouvaient à peine communiquer et devaient travailler jusqu'à l'heure de leur mort.

Je me sens étrangement solidaire de ces centaines ou milliers d'hommes et de femmes arrachés à leur habitat et condamnés par le pouvoir à vivre en effectuant des travaux qui n'avaient rien à voir avec ceux auxquels ils étaient habitués. Je suis ému par la tristesse et la mélancolie qu'ont dû ressentir ces hommes et ces femmes considérés souvent injustement comme des dissidents de l'empire et condamnés à vivre des années et des années à des lieues de leur terre. Que pouvait faire un Cusquénien confiné à Ancash, à Tumbes ou à Cajamarca ? Cette solitude, ce déracinement ne devait pas être très différent des conditions d'existence de Lalo Molfino, jeté par ses parents dans un dépotoir de Puerto Eten pour être mangé par la vermine. La tristesse, cette grande caractéristique que partagent presque tous les Péruviens, provient peut-être de ces exilés du régime qui devaient vivre seulement de souvenirs.

Les Incas n'avaient pas enseigné la lecture à leurs vassaux, craignant que les livres ne recèlent le germe de la rébellion, parce que les livres et l'écrit ont toujours été subversifs et maudits par le pouvoir, y compris en ces temps reculés. À la place de l'écriture, ils ont imposé un système administratif de fils et de nœuds, celui des *quipus**, pour se souvenir de quantités plutôt que de mots, dont on a retrouvé des tas dans les palais, les administrations et les locaux incaïques de Cuzco et des principales provinces de l'empire. Ce n'étaient pas des alphabets à proprement parler, bien que des dizaines de spécialistes aient passé leur vie, au Pérou et à l'étranger, à tenter de déchiffrer cette écriture des quipus qui n'existait tout simplement pas, puisque le système de fils et de nœuds était seulement mnémotechnique et aidait à garder en mémoire de grandes quantités de chiffres à l'usage des innombrables administrateurs de ce grand empire bureaucratique qu'était l'Incario.

Tout cela appartenait à un système vertical, soigneusement entretenu pour que la dictature des Incas dure dans le temps. Mais en vain, car les rivalités entre Cuzco et Quito ont éclaté, et quand les conquistadors sont arrivés, le Tahuantinsuyo était déjà divisé entre les frères ennemis Atahualpa et Huáscar qui, avec leurs armées respectives, se disputaient l'empire dans de féroces batailles. En arrivant à Cuzco, les premiers Espagnols avaient vu ces longues files de cadavres crucifiés que les Quiténiens avaient laissés là après avoir pillé la capitale de l'empire.

La conduite de Pizarro envers Atahualpa a été ignoble. Après l'avoir séquestré, il lui a promis de le libérer si ses sujets remplissaient d'or les deux pièces et demie de Cajamarca, et quand l'Inca s'est exécuté, il l'a assassiné sans tenir ses promesses. Mais la vérité, c'est que la plupart des chefs des conquistadors sont, comme Pizarro, morts poignardés par leurs camarades à cause de leur obsession pour l'or – même Colomb avait été accusé d'aimer les pierres précieuses –, qui servait seulement aux Incas à rendre hommage à leurs dieux, et ils ne comprenaient sûrement pas l'avidité désespérée de ces barbus qui se trahissaient tous les jours les uns les autres afin de mettre la main sur ces mystérieuses richesses.

Les trois siècles de l'époque coloniale n'attirent pas plus ma sympathie : voilà mon dernier aveu. Ce pays rempli d'églises et de couvents, de processions et de messes, où les Espagnols faisaient les plus grands efforts pour diffuser la religion catholique, avec l'obsession et le fanatisme qu'ils entretenaient, n'était pas si admirable. Les fidèles, c'est-à-dire tous les Péruviens, étaient plus morts que vivants. Il est certain qu'il existait parmi eux quelques figures admirables et que de cette culture mutilée et déformée des siècles coloniaux ont surgi quelques personnes vraiment cultivées comme don Pedro Peralta et Barnuevo, mais cette culture fondée sur l'érudition et le fanatisme ne parvenait qu'à une minorité, de sorte que les masses vivaient dans la confusion et l'ignorance auxquelles elles échapperaient tardivement grâce à la valse criolla et aux nombreuses mélodies locales qui transformeraient le Pérou en ce pays sensible et métissé auquel nous aspirons tous.

Était-ce aussi le rêve de Lalo Molfino ? Lalo avait si peu lu et il était si ignorant de tout ce qui ne touchait pas à la musique qu'il n'y avait certainement jamais pensé. Mais de manière intuitive, avec ce sixième sens que seuls possèdent les grands créateurs, les démiurges qui inventent ères, époques, périodes historiques, je ne doute pas qu'il ait été animé du même idéal, de la même vision de ce en quoi se transformerait son pays.

La musique criolla pouvait-elle rythmer ce cours historique ? Faire du Pérou, encore une fois, comme jadis, un pays important, producteur de richesses et d'idées, d'histoires et de musiques qui se répandraient dans tout le continent, traverseraient les mers, que liraient, chanteraient et danseraient les hommes et les femmes du monde entier ? Pourquoi pas ? Le tango y était parvenu avec Gardel et tant d'autres musiciens aujourd'hui célèbres. Si le Pérou abandonnait sa mentalité de pure survivance et qu'il devenait une nation prospère grâce à sa musique, peut-être que sa situation dans le panorama mondial changerait aussi, peut-être réussirait-il à se glisser dans ce petit groupe de pays où tout se décide, la paix et la guerre, les grandes catastrophes et les joies qui de temps en temps rendent les gens heureux. Il est certain que moi, je ne le verrai pas, mais la vie et l'œuvre de Lalo Molfino, accompagnées des idées qui se trouvent inscrites ici, y contribueront. Comme les *Sept essais* de Mariátegui, la poésie de César Vallejo, ou les *Traditions* de Ricardo Palma, ce livre que tu tiens entre tes mains, lecteur, ami péruvien, sera le point de départ d'une vraie révolution qui arrachera notre patrie à sa pauvreté et à sa tristesse et la transformera à nouveau en un pays dynamique, créatif et véritablement égalitaire, débarrassé des énormes différences qui aujourd'hui l'épuisent et l'enfoncent. Qu'il en soit ainsi !

XXXI

Le lundi suivant, Toño Azpilcueta se réveilla très tôt, avec les premiers rayons du soleil ; il se lava, s'habilla et quand il arriva au Bransa de la place d'Armes, depuis l'entrée il chercha du regard Antenor Cabada. Il n'était pas encore arrivé. Il s'assit à sa table et commanda son maté à la camomille, et au moment où apparut son éditeur il était tranquillement installé, sirotant sa boisson. Au moins, il n'avait plus mal au ventre. Ni aux jambes ni au dos. Ces cachets du docteur Quispe lui avaient fait grand bien. Pourquoi n'avait-il pas pensé à lui demander une ordonnance ?

« Je t'apporte le contrat, pour que tu le signes. Et quelques petits soles, Toño, qui ne te feront pas de mal, dit Antenor Cabada après lui avoir serré la main en le tutoyant pour la première fois. Nous avons beaucoup de retard pour la seconde édition.

— Il me faut quelques jours, Antenor, pour corriger le livre, et garde tes soles pour l'heure », répliqua Toño en le tutoyant, lui aussi, pour la première fois.

Il voulait revoir quelques paragraphes pour ajouter des arguments qui répondraient aux commentaires qu'il avait entendus au café Palermo ce fameux après-midi, et aussi pour prévenir d'éventuelles critiques ou réaffirmer ses idées avec plus de détermination.

« Il faut saisir l'occasion, Toño », dit M. Cabada.

C'était un homme d'un certain âge, vêtu très simplement, avec une chemisette d'été qui ne devait guère le protéger du froid. Pour autant que Toño le sache, il n'avait ni femme ni enfants, et avait toutes les caractéristiques de l'homme seul. Il était rasé de près et le regardait à travers ses lunettes avec une certaine angoisse.

« Quelle importance si cela prend quelques jours ? rétorqua Toño, en le fixant, peu disposé à accéder à ses demandes.

— Ce n'est pas si fréquent, Toño, insista M. Cabada, en fronçant la bouche et le nez. Les stocks sont épuisés et d'ici à ce qu'il soit distribué en province, cela peut prendre des semaines. Il nous faut impérativement réimprimer, tu ne le vois donc pas ? Si on ne vend pas les livres maintenant, ils ne s'écouleront plus. Tu as beaucoup de chance. Sans aucune publicité, ton livre fait un tabac. Il faut absolument procéder à la réimpression le plus tôt possible, Toño. En attendant, tu peux corriger l'original, et tes modifications apparaîtront dans la prochaine réimpression. »

L'ex-libraire s'exclamait avec force gestes.

« Car il y aura une autre réimpression, je peux te l'assurer. Et si tu veux, Toño, je te signe tout de suite le contrat. Mais à cette heure, crois-moi, il faut sans plus tarder lancer le second tirage.

— Je ne tiens pas à devenir riche, dit Toño, sans ironie ni modestie aucune. Je veux seulement que mon livre soit bien lu, pour les idées qu'il contient. Je te demande au minimum une petite semaine. Je te promets pour lundi prochain le manuscrit corrigé. Et tu pourras tirer une réimpression impeccable, sans la moindre faille pour interpeller les lecteurs les plus exigeants. »

Antenor Cabada n'était pas très content, à en juger par sa mine déconfite. Son café avait refroidi et il renonça à essayer de convaincre Toño. Le Bransa s'était rempli. Toño reconnut plusieurs habitués ; c'étaient, supposait-il, des hommes seuls qui venaient là prendre le petit déjeuner avant de se rendre au bureau. Tous des gens de la classe moyenne ; aucun Indien, ni de Blanc. Des métis, les cheveux dressés ou plaqués à la gomina.

« D'accord, d'accord, Toño, tu as une semaine, alors, pas un jour de plus, dit son éditeur en fronçant les sourcils. N'oublie pas qu'après avoir donné le bon à tirer à l'imprimeur il faut dix à quinze jours, parfois trois semaines, pour que sorte le nouveau tirage. Ils prennent leur temps. Encore plus s'ils sont débordés. Il faut faire les paquets, les expédier en province ou les distribuer ici à Lima. Je ne sais pas si tu te rends compte, Toño. C'est fou de perdre tout ce temps. Mais, bon, je veux bien t'écouter. Une petite semaine, pas plus. »

Il demanda un autre café, serré, sans lait et très chaud, ainsi qu'un chancay au beurre, doré sur tranche. Toño était navré de lui avoir fait passer ce mauvais quart d'heure. Cependant, il était bien décidé à corriger son essai. Il voulait affiner certaines idées et ajouter plus d'exemples, peut-être un autre thème déterminant sur la question péruvienne. Plus de musiciens et de chansons, et aussi la religion, car c'était important de parler de la foi des Péruviens autant que de leur passion tauromachique, peut-être aussi du sport, ça oui, le football péruvien, celui de Chumpitaz et des vedettes du ballon rond. Une semaine serait suffisante, en travaillant jour et nuit à peaufiner ces thèmes pour qu'ils figurent tous.

« Vous avez toujours voulu être éditeur, n'est-ce pas ? » demanda-t-il à M. Cabada.

Ce dernier acquiesça.

« Oui, toujours. La librairie, où je ne me débrouillais pas si mal, était une étape, rien d'autre. De dix heures du matin à dix heures du soir au milieu des livres. Ah, mon Dieu ! Je dois dire que je n'ai pas ménagé ma peine pour devenir indépendant. Le métier de libraire est très difficile au Pérou. Il y a énormément de frais, comme toujours. Et le fisc s'acharne sur nous, en nous réclamant toujours plus d'argent sous n'importe quel prétexte. Enfin, jure-moi qu'on aura le texte dans une petite semaine. Pas un jour de plus, Toño. S'il te plaît, s'il te plaît.

— Mais maintenant vous êtes éditeur, dit Toño. Et de plus, le premier livre que vous éditez vous a bien réussi.

— On dirait que cela ne vous concerne pas, dit Antenor Cabada. Oubliez-vous qu'il s'agit de votre livre ? À dire vrai, c'est miraculeux qu'il se soit si bien vendu, malgré l'absence presque totale de critiques, surtout dans la presse.

— Vous pouvez enlever le presque, le reprit Toño Azpilcueta. Pas une seule critique n'est parue, que je sache. Aucun de ces intellectuels, vous savez de qui je veux parler, n'a daigné souligner ses mérites. C'est un miracle que mon essai ait touché la province. Cela veut dire que ce sont des lecteurs intelligents qui l'ont acheté.

— En effet, le livre s'est écoulé au-delà de toute attente. Je te montrerai quelques lettres de libraires de province, ça flattera ta vanité, dit M. Cabada, en le tutoyant à nouveau. À Trujillo, à Cuzco, à Arequipa, il s'est vendu plus d'exemplaires qu'à Lima, me semble-t-il. Et cela en raison de la thèse que tu défends, la musique folklorique comme facteur d'intégration au Pérou. Comme si les valses, les marineras et les huaynitos allaient créer un pays égalitaire, où il n'y aurait pas de préjugés, où les Blancs épouseraient des métis, etc. Crois-tu vraiment à tout cela ?

— J'y crois plus que tout !

— Moi, j'ai pensé que vous l'aviez écrit par provocation, pour voir si l'idée plaisait, dit l'ex-libraire en le vouvoyant à nouveau. Je n'ai jamais imaginé que vous pouviez réellement croire que la musique criolla était un facteur d'unité, dans un pays où il y a tant de barrières sociales et économiques. Disons, plutôt, tant de préjugés raciaux.

— Vous voyez pourquoi il est indispensable que je corrige mon essai ? Avec cette seconde édition, je lèverai tous les doutes chez des incrédules comme vous, rétorqua vivement Toño en se penchant sur la table. Je sais qu'il manque encore des éléments, mais ne vous en faites pas. Dans une semaine vous aurez un livre qui résoudra la question.

— Fort bien, fort bien, acquiesça M. Cabada en se ramassant sur sa chaise. Si vous voulez ajouter quelques pages, allez-y ! Je suis le premier à avoir intérêt à ce que votre livre s'améliore. Je vous demande seulement de ne pas modifier le principal attrait de votre essai. N'oubliez pas que ce qui a le plus intéressé les lecteurs, c'est justement cela : la musique criolla comme facteur d'intégration sociale. N'allez pas nous changer cela, je vous en prie. »

Toño se leva et dit à son éditeur qu'il n'y avait pas une minute à perdre. Et le voilà gagnant directement la

Bibliothèque nationale, sur l'avenue Abancay, qui, dès cet instant et jusqu'au lundi qui suivrait, deviendrait son port d'attache, sa tanière, sa tour de guet. Ils se quittèrent en se serrant la main. Antenor Cabada, la mine perplexe, le vit s'éloigner à grands pas, donnant des coups de pied dans l'air, comme s'il écartait des obstacles sur son chemin.

XXXII

Les deux semaines que lui prit la correction de son essai sur Lalo Molfino, la musique criolla et autres thèmes qu'il décida d'inclure pour la seconde édition, Toño Azpilcueta ne se rendit pas aux séances avec le docteur Quispe et les oublia même totalement. Si Antenor Cabada n'avait pas commencé à lui réclamer le texte corrigé à la fin du délai convenu, il n'y aurait pas repensé. Mais la pression de son éditeur mit ses nerfs à vif et fit revenir ces démangeaisons intenses qui gagnaient ses jambes, son dos et le forçaient à se cloîtrer dans les toilettes de la Bibliothèque nationale pour se déshabiller et se gratter jusqu'au sang. C'est alors qu'il se souvint de ces cachets miraculeux que le psychiatre lui avait donnés et décida d'aller au rendez-vous du jeudi.

L'infirmière qui le reçut le réprimanda pour n'avoir pas assisté aux deux séances précédentes et le fit passer à la salle d'attente où il avait piqué du nez la première fois. Toño n'était pas encore assis quand la même voix lui dit qu'il pouvait passer à l'instant. Le docteur Quispe ne se leva pas ni le salua. Il se contenta de lui indiquer de la main le siège où s'asseyaient ses patients.

« Toutes mes excuses pour ne pas être venu avant, docteur. En vérité, je me sens beaucoup mieux. Les cachets que vous m'avez donnés la dernière fois sont tout ce dont mon esprit a besoin, dit Toño en levant son index à sa tempe. Si vous me donnez une ordonnance, jamais je ne reviendrai vous importuner. »

Le docteur Quispe leva la tête pour regarder le plafond, les mains croisées sur son bureau, et resta silencieux quelques instants.

« Si vous êtes revenu, dit-il en mesurant chacune de ses paroles, c'est parce qu'il vous est arrivé quelque chose. Est-ce que vous avez revu ces petits rats rôder quelque part ? Les démangeaisons, peut-être ?

— Je me porte à merveille, docteur, dit Toño en se forçant à sourire. Simplement, j'aimerais avoir deux ou trois comprimés, de ceux que vous m'avez donnés au cas où j'en aurais besoin. »

On aurait dit que le docteur Quispe n'entendait pas, ou du moins qu'il n'accordait aucune importance aux explications de son patient.

« Il semble évident que ce sont les moments de tension, d'angoisse ou de stress qui déclenchent les démangeaisons et ces drôles d'hallucinations qui vous assaillent, Toño, déclara-t-il enfin en baissant les yeux. La frustration et l'impuissance aussi, peut-être.

— Non, non, docteur. Vous ne m'avez pas compris, dit Toño en se redressant sur sa chaise. Je ne suis pas venu pour ça. Je vous remercie de votre attention, mais je n'ai vraiment pas besoin d'un médecin qui analyse ma psyché en ce moment. Les cachets me suffisent amplement.

— Et de quoi avez-vous tant besoin, Toño ? demanda le docteur Quispe.

— Je viens de vous le dire, une ordonnance pour les cachets, c'est tout.

— Azpilcueta..., murmura le docteur. C'est un nom basque, pas vrai ?

— Italien, répondit Toño. Bon, oui, c'est basque, mais mon père était italien.

— Basque, mais italien, répéta le docteur. Expliquez-moi cela. Un expert de la musique criolla et des questions péruviennes se trouve être un fils d'étranger.

— Il n'était pas étranger, protesta Toño Azpilcueta. Il s'est péruvianisé comme tout le monde. Il a vécu au Pérou dès sa petite enfance. »

Cela faisait longtemps que Toño n'avait pas pensé à son père et maintenant, à cause de la question inattendue du docteur Quispe, il ne pouvait le sortir de sa tête. De quel patelin des montagnes d'Italie venait cet immigrant ? Comment était-il arrivé au Pérou ? Il se souvenait de ses mots, de ce qu'il lui avait dit les rares fois où il avait parlé de lui. Ses parents l'avaient amené au Pérou très jeune, mais il gardait encore en mémoire le hameau italien où il avait passé son enfance. Un village en Sicile ? Toño n'en savait rien, ou l'avait oublié. Il se rappelait son père comme un homme sévère qui avait consacré ses jours et ses nuits à travailler dans les chemins de fer de la Sierra. À Chumbivilcas il s'était marié avec sa mère, une métisse qui le bichonnait. Toño voyait à peine son père et, quand ils étaient ensemble, il se contentait de lui demander comment allaient ses études au collège La Salle. Il connaissait bien cette congrégation. Les frères avaient installé un de leurs collèges près de son village, en Italie.

« Vous me parlez de lui au passé, ce qui m'indique qu'il

est déjà mort, réfléchit le docteur Quispe. Racontez-moi : quelle relation aviez-vous avec lui ? »

Toño se vit devant le cercueil de son père – sa mère n'était plus là – qui était mort quinze ou seize ans auparavant et il se sentit plus seul que jamais. Il regrettait de n'avoir pas eu de meilleures relations avec lui. Il lui aurait posé des tas de questions qui maintenant le laissaient rêveur. Comment avait-il connu sa mère, par exemple, qui ne lui avait jamais fait de scènes de jalousie et qui, c'était évident, s'était mariée avec lui uniquement parce qu'il était italien et beau garçon. Il savait que le succès de son livre aurait eu peu d'importance pour son père. Ces choses-là ne l'impressionnaient pas, sauf si elles se traduisaient en argent. Toño se rappelait qu'un inspecteur des chemins de fer, camarade de son père, avait été promu d'un coup, grâce à ses contacts, dans les bureaux de la compagnie, avec un salaire important, et pendant quelques semaines, il avait parlé de lui avec envie et admiration. C'est pourquoi, quand Toño avait décidé d'entrer à San Marcos et choisi une discipline mineure – culture péruvienne – tout en commençant à courir les fêtes et les soirées littéraires pour connaître les chanteurs et les musiciens qui se produisaient dans les émissions de radio et écrire sur eux, son père avait piqué une colère. Il l'avait suivi une nuit jusque dans une fête à Bajo el Puente en croyant qu'il le trouverait perdu et ivre, jouant de la guitare ou, pire, frappant un cajón ou une mâchoire d'âne. En fait, il l'avait surpris en train de prendre des notes sur un de ses carnets, totalement absorbé, ce qui n'avait pas empêché son père de faire un scandale en lui reprochant de perdre son temps et de gaspiller ses efforts dans un métier de bohème crève-la-faim, et – un comble ! – d'une huachafería insupportable.

« C'est très bien tout ça, dit Toño en se mettant debout comme s'il émergeait d'une transe. Mais je ne suis pas venu vous parler de ça. L'ordonnance, docteur, donnez-moi l'ordonnance et je ne vous fais pas perdre plus de temps.

— Vous faisiez la même chose avec votre père ? demanda le docteur en décroisant ses jambes et se penchant sur son bureau pour le regarder fixement. L'éviter ? Fuir pour ne pas l'affronter ?

— Je ne fuis pas et je n'évite rien, s'irrita Toño, qui était toujours debout et commençait à faire les cent pas. J'ai l'impression que vous n'avez aucune envie d'écouter ce que je dis.

— Asseyez-vous, Toño, je vous en prie. Je sais que vous voulez des cachets et je vous les donnerai. Mais racontez-moi d'abord : votre mère aussi évitait d'affronter votre père ?

— Qu'est-ce que ma maman a à voir avec tout ça ? » se désespéra Toño.

Il se rassit et, sans qu'il puisse l'en empêcher, l'image de sa mère lui revint immédiatement en tête. Elle était morte alors que Toño n'était qu'un enfant, mais malgré tout il se rappela clairement l'amour de la musique criolla qui l'animait. Parfois, ils écoutaient ensemble les émissions à la radio qui présentaient des artistes célèbres. Toño pouvait se souvenir encore aujourd'hui du nom de tous ces musiciens. Il se jetait dans les bras de sa mère pour l'entendre susurrer des valses, des huaynitos et des marineras. Dans ces instants, il ne faisait qu'un avec elle, il sentait qu'il faisait partie de quelque chose de plus grand, qui le protégeait des colères froides de son père.

« Je me demande si cette obsession, cette phobie que vous avez des rats n'aurait pas à voir avec la peur de quelque chose que vous avez ressenti enfant, expliqua le docteur avec douceur, attentif de nouveau à chacune de ses paroles.

— Pardonnez-moi pour ce que je vais vous dire, docteur, avec tout le respect que je vous dois, mais vous ne me laissez pas le choix : ce que vous me dites est une connerie monumentale, dit Toño Azpilcueta, rouge de colère.

— Ne le prenez pas mal, Toño, je ne fais que mon travail.

— Je ne suis pas venu pour que vous entriez dans ma tête ou que vous jouiez avec mes souvenirs, s'emporta Toño. Je ne vous le permets pas. Je n'en ai nul besoin et cela ne me plaît pas.

— Ce qui vous arrive est normal, ça s'appelle le déni, expliqua le docteur Quispe.

— Je me fous de comment ça s'appelle. Je ne veux pas que vous touchiez à ce qu'il y a là-dedans, dit Toño en désignant à nouveau sa tempe droite. Je ne vais pas prendre le risque que vous tuiez les obsessions qui ont illuminé ma vie et qui m'ont servi à écrire mon livre. J'ai traversé toute la ville pour ces cachets, et comme je vois que vous n'allez pas me les donner, je m'en vais. Je m'en fous. Je ne dirai pas que ce fut un plaisir. Vous êtes un homme arrogant, imbu de lui-même. Et vous n'avez aucune chance avec Cecilia Barraza ! »

Toño Azpilcueta sortit du cabinet en claquant la porte et n'attendit pas l'ascenseur. Il descendit les escaliers au pas de course et il ne s'arrêta pas non plus dans la rue pour attendre un bus qui le ramènerait à Villa El Salvador. Il était prêt à marcher jusqu'à ce que la fatigue l'achève. C'est seulement à ce moment-là qu'il chercherait à savoir où il serait et comment il ferait pour rentrer chez lui.

XXXIII

La seconde édition de *Lalo Molfino et la révolution silencieuse* fut un grand succès pour Toño Azpilcueta. M. Antenor Cabada tira à quatre mille exemplaires et pas moins de sept critiques parurent dans les journaux et les revues de Lima, toutes élogieuses. Et le plus curieux, c'est que la gauche et la droite applaudirent des deux mains. L'idée que la musique criolla pouvait unir les Péruviens plaisait à tous.

Mais son succès ne se limitait pas au bon accueil de la presse. Toño avait eu un entretien avec le recteur de l'université de San Marcos, à la demande de ce dernier, et ce vieillard croulant, une éternelle cigarette aux lèvres, lui avait dit que le corps professoral envisageait de ressusciter la chaire d'affaires péruviennes. Et il lui posa brusquement cette question tant attendue, qui l'avait souvent réveillé la nuit :

« Pourriez-vous prendre en charge cette chaire ? Il vous faudra d'abord passer votre doctorat, avec cette thèse que vous traînez depuis tant d'années sur les crieurs publics de Lima que, je crois, vous n'avez jamais soutenue. C'était bien le sujet de votre thèse, n'est-ce pas ? »

Il acquiesça, se sentant sur un petit nuage. Il lui faudrait remettre le nez dans cette thèse, l'achever et la présenter devant quelques professeurs amis pour qu'ils l'agréent, avec peut-être une promesse de publication, enfin, c'était le cas des thèses les plus appréciées. Il se voyait déjà faisant cours à San Marcos. N'était-ce pas merveilleux, ce qui lui arrivait ? Il avait la cote au Pérou. Ce n'est pas lui qui le disait, c'étaient les médias. On l'interviewait, on l'invitait à la radio, à une émission de télé tôt le matin. Il répondait aux questions sur l'uniformité des sentiments des Péruviens en prenant de grands airs, en se tenant le menton comme s'il réfléchissait à sa réponse, même si celle-ci était très claire dans sa tête. Les journalistes lui témoignaient de la sympathie, ils disaient que c'était quelqu'un de très simple malgré son immense talent.

« Que j'ai du talent, Matilde, voilà ce qu'ils disent de moi. Je crois parfois que je vais me réveiller et découvrir que tout cela n'était qu'un rêve.

— Non, ce qui t'arrive est réel. Bien ou mal je ne sais pas, mais c'est réel.

El Comercio lui commanda quatre articles résumant son livre, en les lui payant près de mille soles. Il dit alors à Matilde, pour rire, que si cela continuait ils déménageraient : aimait-elle l'idée de l'ami Collau de s'installer à San Miguel ? Matilde accueillait les journalistes qui se pressaient à Villa El Salvador avec une légère méfiance. Toño n'arrivait pas à croire que tout cela était le résultat de son livre, et Antenor Cabada n'en revenait pas non plus. On avait déjà vendu près de quatre mille exemplaires de *Lalo Molfino et la révolution silencieuse* et il n'était pas exclu qu'on procède à une troisième, à une quatrième, voire à une cinquième réimpression.

Toño s'attela à la révision des « Crieurs publics de Lima », mais il ne trouva pas le brouillon de sa thèse doctorale en parfait désordre, comme il le craignait. Il n'avait égaré que quelques fiches qu'il pourrait patiemment recomposer en se replongeant dedans. Maintenant, son travail à la Bibliothèque nationale ne concernait plus que sa thèse. En quelques mois, il acheva ses corrections et la présenta à San Marcos. Heureusement qu'il ne l'avait finalement pas déchirée en mille morceaux sous l'effet de la colère lorsque le professeur Morones lui avait appris la suppression de sa chaire ! Il parla à ses amis à l'université, qui firent en sorte que le doyen convoque un jury qui lui était tout acquis, si bien qu'il obtint son doctorat avec la mention « très honorable » et la thèse fut jugée digne d'être publiée. Si l'on décidait de rétablir cette chaire, nul ne serait plus apte à l'occuper que Toño Azpilcueta. C'est ce que lui laissa entendre le recteur de San Marcos, l'homme au gilet, à l'éternelle cigarette au bec et aux doigts de la main droite tachés de nicotine. Il était présent à cette soutenance de thèse que le jury avait approuvée avec la meilleure mention.

À la fin de l'année, le conseil de l'université rétablit donc la chaire d'affaires péruviennes et, bien évidemment, on la proposa à Toño Azpilcueta. Lequel l'accepta aussitôt et fut surpris du bon salaire – du moins, tout à fait décent – qu'on lui alloua. Il avait droit, de surcroît, à un assistant. Chaque fois qu'il recevait son dû, Toño le remettait à Matilde jusqu'au dernier centime.

La famille prospérait et les bonnes sœurs du collège d'El Pilar lui dirent un jour : « Vous voilà devenu célèbre, monsieur Azpilcueta, vous savez ? » Oui, il le savait. Car il reçut une lettre du Chili, de l'université Adolfo Ibáñez, qui lui proposait mille dollars, voyage et hôtel offerts, pour donner une conférence. Il demanda si son épouse Matilde pouvait l'accompagner et la réponse fut évidemment positive, sa dame serait la bienvenue. Cette invitation l'affola. Il n'avait jamais quitté le pays ni pensé fouler un jour le sol chilien. Et voilà que des professeurs lui offraient l'opportunité de le faire, curieux de savoir si sa théorie pouvait avoir une portée latino-américaine. Mais se retrouver devant un public chilien lui semblait si improbable, si absurde, que cela raviva son angoisse. Ses mollets s'embrasèrent, la brûlure grimpa le long de ses jambes et il craignit un moment de perdre une fois de plus les pédales et de voir à nouveau des rats partout. Il respira profondément, ferma les yeux pour prévenir toute hallucination et s'étendit un moment. Quand il se sentit en mesure de se maîtriser, il sortit de chez lui, à Villa El Salvador, et gagna San Isidro, afin de demander au docteur Quispe de lui remettre à tout prix l'ordonnance de ces cachets qui lui avaient fait tant de bien. Et s'il devait s'excuser de l'avoir insulté, il s'excuserait. C'était le moins qu'il puisse faire. Pour se rendre au Chili, il lui fallait cette ordonnance, absolument, s'il ne voulait pas que ses nerfs lui jouent un mauvais tour en terrain hostile.

Il arriva à la nuit tombée, après deux heures de transport, et craignit de ne pas trouver le docteur Quispe à son cabinet de consultation. Il courut pour ne pas le manquer et, quand il se trouva à une rue de l'élégant immeuble, il s'arrêta pour reprendre son souffle et s'assurer que son veston n'était pas chiffonné. Il entra dans l'immeuble avec un couple croisé à l'entrée et évita ainsi d'être annoncé. Il monta jusqu'au cabinet en empruntant l'escalier et le coup de sonnette surprit l'infirmière. Elle lui ouvrit, déconcertée. Elle ne portait plus son uniforme et allait prendre son sac et éteindre les lumières pour sortir. Mais, reconnaissant Toño, elle le fit entrer, en l'avertissant néanmoins que le docteur Quispe venait de partir. Elle ne se souvenait pas qu'il ait demandé un rendez-vous pour ce jour-là. Toño lui dit que cela n'avait pas d'importance, et même qu'il valait mieux que le docteur ne soit pas là. Il ne voulait qu'une chose, l'ordonnance des cachets qu'il lui avait donnés cette fois-là – ces petits cachets bleus, vous vous rappelez ? – et qui lui avaient fait tant de bien. Le nom du médicament lui suffirait. L'infirmière lui dit qu'elle ne savait pas de quel médicament il voulait parler et précisa en outre qu'elle n'était pas autorisée à délivrer d'ordonnance. Toño se mit à réfléchir.

« Je crois que je pourrais reconnaître le flacon, dit-il. Permettez-moi d'entrer dans le cabinet du docteur et je le retrouverai moi-même. »

Sans attendre l'autorisation de l'infirmière, Toño passa la porte. Elle lui dit qu'il n'avait pas le droit et essaya de le retenir, mais Toño passa outre et s'enferma dans le cabinet du psychiatre.

« Ne vous inquiétez pas, sitôt trouvé le flacon, je sors », assura-t-il tout en s'approchant du bureau du docteur Quispe. Il regarda autour de lui et supposa que dans l'un des tiroirs devaient se trouver les tranquillisants qu'il donnait aux patients qui arrivaient perturbés à leur rendez-vous.

« Sortez immédiatement ! Vous n'avez pas le droit d'entrer là, lui cria l'infirmière en redoublant ses coups frappés à la porte.

— J'arrive, ne vous mettez pas dans cet état, mademoiselle », dit Toño Azpilcueta en ouvrant le premier tiroir.

Il ne trouva pas ce qu'il cherchait, mais il tomba sur autre chose qui lui fit oublier ces cachets tant désirés. Dans le tiroir, il y avait un exemplaire de *Lalo Molfino et la révolution silencieuse,* sur lequel on voyait des signes qu'il avait été lu de bout en bout. Toño le prit et l'ouvrit au hasard. Il fut surpris par les annotations qui, telle une armée de pattes de mouche, remplissaient les marges. Et pas seulement, car dans tout le livre des mots étaient soulignés, et les pages blanches de la fin étaient abondamment annotées avec un commentaire ou une analyse générale de l'œuvre. Sans réfléchir, Toño cacha le livre sous sa veste et sortit du bureau. L'infirmière fut effrayée en voyant la porte s'ouvrir. Elle recula de deux pas et le laissa partir.

« Toutes mes excuses, mademoiselle, je suis désolé de vous avoir fait peur, dit-il en lui adressant une petite courbette. Je m'en vais, je m'en vais, tant pis pour les cachets, aucune importance. Vous avez raison, je reviendrai quand le docteur sera là et je les lui demanderai sans faire d'esclandre. Encore une fois, mes plus plates excuses.

— Le docteur Quispe en entendra parler. Vous avez intérêt à ne plus jamais revenir », répliqua l'infirmière, sans pouvoir cacher son indignation.

Toño gagna la porte et, sur une autre courbette, la claqua derrière lui, puis il dévala les escaliers à toute allure de crainte que l'infirmière n'alerte le gardien de l'immeuble. Une fois dans la rue, il s'approcha du premier lampadaire et s'y appuya pour lire les notes et les commentaires du docteur Quispe. Il eut du mal à déchiffrer l'écriture minuscule et hâtive qui, assortie de mots soulignés et de points d'interrogation ou d'exclamation, peuplait les marges de l'édition bon marché dont M. Cabada avait assumé les frais. Il plissa les yeux afin que ce griffonnage soit lisible. Dix minutes plus tard, il refermait le livre d'un coup sec et le jetait par terre, comme s'il s'était agi d'une machine infernale, dangereuse du moins. Les commentaires sur son essai l'avaient rendu furieux, et ses jambes, ses bras, sa poitrine le démangeaient à nouveau. Il perçut des bruits et sut que ne tarderaient pas à émerger des caniveaux, des poubelles, des fissures de l'asphalte des hordes de rats, par milliers, par centaines de milliers. Il prit ses jambes à son cou jusqu'à sauter dans le premier des deux ou trois bus qui le ramèneraient à Villa El Salvador.

Qu'avait écrit le docteur Quispe dans les marges de son livre ? Il ne voulait plus le savoir, il préférait l'oublier à jamais, mais il avait beau dire et beau faire, les phrases lui revenaient à l'esprit. « Voilà une autre baliverne que l'on sert aux Péruviens. L'auteur croit-il vraiment que, grâce à la musique criolla, on s'aimera davantage ? Croit-il vraiment à de telles sornettes ? » « Une baliverne », se répétait Toño, et il secouait la tête. Non, certainement pas. Dans une autre marge, constellée de points d'exclamation, une note disait que son approche principale était une stupidité qui ne reflétait pas les besoins du Pérou, mais ceux d'un pauvre homme tourmenté qui ne tolérait pas le conflit et la contradiction. Mais ce qui le contraria le plus, c'est qu'il qualifiait les sujets qu'il abordait, à ses yeux tous d'extrême importance et urgence, de « somme inutile et incohérente de thèmes à moitié traités ». L'histoire et le devenir de l'être national n'étaient pas des sujets inutiles et incohérents. Le docteur Quispe pouvait le mépriser, lui, mais non se moquer de la matière première de la péruvianité, des éléments historiques, sociologiques et culturels qui, dans leur composition magique, avaient donné naissance à l'âme de la nation. Si le docteur Quispe trouvait que son livre était une ordonnance à moitié remplie, avec des ingrédients hasardeux et peu approfondis, eh bien ! il allait voir. Toño Azpilcueta n'avait aucun problème à le corriger à nouveau, à élargir les sujets où il n'aurait pas développé une idée et à adjoindre plus de thèses et d'arguments, plus d'exemples et de traits de la péruvianité, afin d'aboutir à un livre parfait et total, sans une seule faille où aucun docteur Quispe ou autre intellectuel de l'élite puisse introduire des doutes ou des commentaires méprisants.

Toño Azpilcueta profita de l'invitation au Chili pour penser à ses corrections. Il travailla jour et nuit, et la veille, tandis que Matilde préparait sa valise, il lut pour la dernière fois les cinquante pages qu'il avait écrites. Il avait préparé cette conférence avec beaucoup de scrupules, non seulement pour la somme qu'on lui payait et parce qu'il voulait faire très bonne impression aux Chiliens, mais parce que toutes ces pages iraient grossir *Lalo Molfino et la révolution silencieuse* quand Antenor Cabada lui donnerait le feu vert pour une troisième édition. Il fut accueilli à l'aéroport par des professeurs de l'université Adolfo Ibáñez qui le conduisirent à un hôtel très chic. Ils l'invitèrent à dîner au restaurant et lui dirent qu'ils viendraient le chercher le lendemain matin vers dix heures. Matilde et lui dormirent dans un lit somptueux et ils firent leur toilette dans une salle de bains pour millionnaires.

La conférence fut un franc succès, et Toño fut longuement applaudi. La thèse selon laquelle la musique populaire unirait davantage la société et permettrait de réduire les conflits sociaux nés des préjugés et du racisme parut à tous novatrice. Dans la discussion qui suivit, un professeur lui demanda si ce qui allait se passer au Pérou pourrait aussi se produire au Chili et dans le reste de l'Amérique latine. Toño répondit avec prudence. Oui, il n'était pas impossible qu'il en allât ainsi, surtout dans ces sociétés où la musique populaire avait pénétré dans toutes les couches de la société, tendant un pont entre pauvres et riches, c'est-à-dire entre les classes fortunées et moyennes et les prolétaires. Mais cela dépendait beaucoup de la musique même, de son attractivité, de son immersion dans les groupes sociaux, des racines qu'elle présentait aux divers secteurs. Le soir de cette inoubliable journée, après une interview dans un important journal local – *La Tercera* –, ces professeurs invitèrent Toño Azpilcueta et son épouse à dîner et la conversation fut magnifique, de haute volée, avec maintes références culturelles qui laissaient Toño bouche bée, alors qu'il ne cessait de penser à la question qu'on lui avait posée cet après-midi-là. C'est cela qui manquait à son livre, une dimension américaine, et il allait falloir signaler que tous les conflits continentaux – la rivalité avec les Chiliens, par exemple – pourraient être résolus grâce à la musique populaire latino-américaine. Et si cela était valable pour l'Amérique latine, ne le serait-ce pas aussi pour le monde entier, pour l'ensemble de l'humanité ?

Quand ils rentrèrent à Lima, Toño travailla avec plus d'ardeur que jamais. Son ami Collau le voyait partir très tôt, avec ses deux filles, et rentrer le soir très tard, seul, portant la mallette où il rangeait d'ordinaire ses cahiers, notes, livres et papiers. Ils ne se retrouvaient plus sous le lampadaire pour se raconter ce qui s'était passé dans la journée. L'explication donnée par Toño était que son éditeur, M. Cabada, lui avait dit qu'on publierait une troisième édition et que cette fois il mettrait sur le tapis la totalité de ses économies pour tirer d'un coup à quinze mille exemplaires. C'est pourquoi il travaillait seize heures par jour, outre le temps qu'il consacrait à la préparation de ses cours à l'université de San Marcos et à ses articles pour *El Comercio.* La seule chose qu'il lui dit sur son voyage au Chili, pour lequel Collau éprouvait beaucoup de curiosité, c'était que ce pays magnifique lui avait donné les clés pour perfectionner tout son essai sur Lalo Molfino. Et Collau, en le voyant si sûr de lui, si convaincu de ce qu'il faisait, se réjouissait pour lui et pour le quartier qui, maintenant, comptait un grand intellectuel dont l'on se sentait fier.

Toño n'interrompit sa rude routine que lorsqu'il reçut un petit mot de Cecilia Barraza que lui remirent les employés de la Bibliothèque nationale. Elle lui disait qu'ils ne s'étaient pas vus depuis longtemps et qu'elle l'invitait à déjeuner au Bransa de la place d'Armes, disons le vendredi ou le samedi de la semaine suivante. Et Toño mit les bouchées doubles pour finaliser ses corrections.

XXXIV

Alors qu'il corrigeait son essai pour la énième fois, Toño eut une impression étrange. Ces voix critiques avaient raison, se dit-il. Le livre avait pris forme, bien sûr, mais de manière décousue, avec des sauts dans le temps et des omissions. Il commençait par la vie de Lalo Molfino et tout était bien raconté, dans une prose adaptée au drame humain de ce prodige des rythmes, qui coulait avec naturel, sans effets dramatiques superflus. Il recréait avec concision la nuit où le père Molfino avait sauvé Lalo dans le grand champ d'ordures où l'avaient abandonné sa mère ou ses parents pour qu'il soit dévoré par les rats et comment il l'avait adopté et inscrit plus tard à la petite école de Puerto Eten. Il apprécia beaucoup ces pages – qu'il lut et relut – sur le foot auquel jouaient les gamins après les cours, cette image du ballon dans les airs et des mômes qui l'attendaient.

Venait ensuite la rencontre avec sa guitare dans un autre dépotoir, ou peut-être le même que celui où le père Molfino l'avait récupéré, la familiarisation lente et solitaire avec l'instrument, puis son adolescence et ses aventures loin de Puerto Eten. La prose coulait de source, sans césures, à un bon rythme, avec beaucoup de précision, s'introduisant dans les moindres recoins chiclayens, si colorés et odorants. Il parlait de cette sérénade à Bajo el Puente et des inoubliables souliers vernis qui ornaient les pieds de Lalo Molfino. Tout était bien, vraiment bien.

Il espérait non sans angoisse parvenir à l'explication centrale, le pivot du livre, qui prévoyait le changement social du Pérou grâce à la musique criolla. Il ne lui sembla pas trop audacieux. Tout était raconté comme une chose naturelle et nécessaire, comme une chose que tous les Péruviens attendaient, les riches comme les pauvres. Il commençait par La Palizada et les blagues que faisaient les enfants de la bonne société à ceux que dirigeait l'incorrigible Karamanduka, puis finissait par l'histoire d'amour de Toni Lagarde et Lala Solórzano, la Vieille Garde et le grand Felipe Pinglo Alva. C'était bien, très bien même. Il repéra les omissions dans la suite du texte. Son essai passait de Lalo Molfino à une vaste réflexion sur l'histoire et le passé du Pérou et de l'Amérique latine. Il fallait qu'il en soit ainsi, mais cette transition exigeait un effort beaucoup plus grand. Pour être à la hauteur du thème de son livre et dépasser son maître Hermógenes A. Morones, le grand citoyen de Puno, et tous les scribouillards qui croyaient avoir donné une interprétation complète de la nation péruvienne, *Lalo Molfino* devait être beaucoup plus ambitieux. Cela signifiait combler les failles, développer les questions où était visible, palpable, ce thème d'étude ambigu qu'était le destin d'union et de fraternité de l'âme péruvienne. Il avait bien fait de parler de l'espagnol, car en fin de compte les valses avaient été composées dans cette langue et, de plus, il lui paraissait improbable que cet élément péruvien universel, la huachafería, avec ses diminutifs explicites et émouvants, et ses images d'une sensibilité et d'une pompe tellement raffinées, fût possible avec l'anglais des Saxons ou le quechua des Incas. Ce canal d'expression qui reliait les entrailles du Pérou au monde était possible seulement avec l'espagnol et c'est comme ça qu'il devait se refléter dans son essai.

Cela, il l'avait souligné, mis en relief et même répété plusieurs fois. Et la même chose se produisait avec d'autres thèmes comme l'importance de la religion catholique ou l'héritage du Tahuantinsuyo dans la nation actuelle. Mais il avait aussi voulu compléter toutes ces questions par de nouveaux problèmes qui avaient surgi à sa conscience à la suite de son voyage au Chili. Les taureaux par exemple. La *fiesta brava* aurait-elle une présence populaire importante dans cette future société ? Là se trouvait un des grands dilemmes de Toño Azpilcueta. Il aimait beaucoup les taureaux ; dès l'enfance il était allé aux corridas des arènes d'Acho pendant la Foire d'octobre, emmené d'abord par son père, puis, devenu adulte, de son propre chef. Parfois il y allait en groupe, avec des gens du monde de la musique criolla qui, en général, étaient de grands amateurs de taureaux, des aficionados. C'est là qu'il avait entendu pour la première fois ces silences qui émouvaient l'arène dans des moments exceptionnels, surtout quand se produisait cette sorte de complicité secrète entre le matador et la bête et que le public pouvait jouir quelques secondes, ou même quelques minutes, d'un état de grâce de l'animal, comme lors de certains concerts, quand la musique semblait balayer tous les soucis et les angoisses quotidiennes, faisant place uniquement à cette sensation de bien-être absolu, de concentration maximale.

Mais Toño Azpilcueta savait que les temps changeaient

et que, à cette époque, l'amour et l'attention portés aux animaux prenaient de plus en plus d'ampleur ; qu'avec cette mode, il y aurait de plus en plus d'hostilité contre les corridas, que l'on considérait comme un divertissement barbare où l'on faisait souffrir l'animal pour le plaisir d'une minorité de sauvages. Les critiques, amis des animaux, visaient surtout les piques et les banderilles, ces tortures que l'on infligeait aux taureaux sauvages pour que des gens comme lui – Toño devait avouer qu'il appréciait beaucoup la beauté sculpturale des scènes taurines – ressentent un plaisir esthétique.

Tout cela était vrai, mais si Toño revendiquait la fête taurine, c'était pour son ancienneté, et pour les mythes entre les hommes et les taureaux qui se fondaient dans la nuit des temps, jusqu'à la création de l'Europe. Selon la légende, le taureau avait enlevé une déesse et de cette manière était née Europe, mère, grand-mère ou arrière-grand-mère des Américains. De plus, le taureau de combat était l'animal le mieux considéré de l'histoire. Toño avait lu des articles et des livres qui racontaient la méticuleuse attention que recevaient les taureaux sauvages dans les domaines où ils étaient élevés, y compris au Pérou, les registres où l'on énumérait les soins dont ils faisaient l'objet, ce qu'ils mangeaient et l'attention que les vétérinaires leur portaient dans les fermes où on les élevait. Un de ses rêves – qu'il savait difficile à réaliser – était de visiter ces domaines, ceux des taureaux de combat en Espagne ou au Mexique par exemple, pour se rendre compte de la tendresse avec laquelle ils étaient traités depuis leur naissance jusqu'à leur entrée dans les arènes pour exhiber leur vaillance et leur sauvagerie. Tous ces cornus disparaîtraient si on interdisait les corridas. Ils cesseraient d'exister, parce que le taureau de combat était une chose, mais les bêtes communes que l'on voyait dans les bandes dessinées et les films, très fières, reniflant les marguerites et se promenant entre les fleurs et les jardins en remuant leur petite queue, en étaient une autre, très différente.

Toño Azpilcueta croyait en ces choses, pourtant, au fond de son cœur et de sa conscience, il se disait parfois que les animalistes avaient un peu raison, car à la corrida le public jouissait autant qu'il souffrait du supplice de cet animal aveugle et primitif qui ne pouvait rien connaître de la nature du piège qui l'attendait dans l'arène ni ce qu'il devrait endurer pour que les gens se divertissent. Et que dire des millions d'animaux de toutes sortes qu'on sacrifiait dans les laboratoires pour produire des médicaments, et de ceux, innombrables, qui, dans les cuisines, étaient sacrifiés matin et soir pour que nous les mangions et prenions plaisir à les manger, sans qu'on le sache ou qu'on le voie ?

Toño Azpilcueta soutenait toujours les corridas, et il n'avait pas dérogé dans son livre, dans lequel il faisait allusion aux traditions andines, en particulier à la *Yawar Fiesta**, qui d'une certaine manière symbolisait l'union des cultures andine et hispanique. C'était là-bas, chez les pauvres de la Sierra, que les taureaux avaient fusionné avec les fêtes populaires et les traditions nationales. La tauromachie était-elle un phénomène étranger à la culture péruvienne ? Non, pas du tout, et cette thèse figurerait dans la nouvelle version de son essai pour renforcer l'union – condor et taureau – de l'indigène et de l'Espagnol.

Une autre question qui l'avait obsédé et qu'il ne se résignait pas à écarter de son livre était : comment intégrer les sorciers et les sorcières à la grande révolution culturelle incarnée par Lalo Molfino. Toño avait parlé avec un ancien camarade de classe du collège La Salle qui était devenu médecin, le docteur Santiago Zanelli. Il l'avait croisé dans la rue et ils étaient allés boire un café crème au Bransa, en souvenir du bon vieux temps, et Zanelli, épouvanté, lui avait montré une dépêche remplie de statistiques, publiée par *La Dernière Heure*. On comptait trois sorcières ou sorciers pour un médecin diplômé au Pérou. Était-ce possible ? Impressionné par une telle disproportion, Toño s'était consacré pendant un temps à lire et à étudier leur cas, et c'est comme ça qu'il avait découvert qu'ils étaient une véritable légion, une armée secrète qui dominait Lima dans l'ombre et, par-dessus tout, les provinces de l'intérieur. Il y en avait plusieurs dans toutes les régions, dont une partie des Péruviens ne savait rien. Cela voulait dire que, sur les questions de sorcellerie, le pays était également très divisé.

Pendant plusieurs jours, il fut horrifié par le fait que tant de ses compatriotes recouraient à la sorcellerie pour soigner leurs maux au lieu de s'adresser aux médecins. Ce qui lui faisait dresser les cheveux sur la tête était la croyance si répandue selon laquelle si une sorcière ou un sorcier passait sur un corps nu un cochon d'Inde, si semblable au rat mais sans queue, l'animal mourrait à l'instant où il toucherait la partie du corps ayant un organe affecté par une infection. Cela voulait dire que le ou la patiente, tout nu, devait résister un bon moment, des heures peut-être, ou des jours, à un cochon d'Inde se promenant sur sa peau. Quelle horreur !

Tout cela dans des cabanons ou des pièces misérables, sales, parce que des milliers de sorcières et sorciers du

Pérou étaient des gens humbles qui avaient été entraînés par leurs parents, grands-parents ou arrière-grands-parents, la sorcellerie étant un métier dont on héritait en silence, en marge de la légalité.

Il avait passé plusieurs heures à imaginer ces cabinets clandestins que de temps en temps la police découvrait dans des caves qui étaient, ou prétendaient être, des autels du satanisme. Il y avait là des chats et des souris décapités, des éviers pleins de sang humain, des inscriptions diaboliques sur les murs. C'étaient des antres qui servaient d'églises aux adorateurs du diable, qui étaient plusieurs milliers au Pérou, comme dans de nombreux pays où il y avait des grottes souterraines et où, sous l'influence des sorcières et des sorciers, des ignorants se livraient à l'adoration de Lucifer, dansaient frénétiquement et parfois faisaient l'amour à l'inverse du commun des mortels, c'est-à-dire par l'anus ou la bouche, parfois à plusieurs, en croyant, ces fieffés imbéciles, que de cette façon ils honoraient le démon et ses disciples.

Qui sait si la sorcellerie n'avait pas à voir avec cette culture occulte et marginale qui était la vraie culture du Pérou ? L'image d'un cochon d'Inde se baladant sur son corps nu conduisit Toño à la conclusion que la huachafería n'avait rien à voir avec la sorcellerie et qu'elles se situaient à des pôles opposés. Mais, et si ces croyances et pratiques venaient de très loin, du temps des Incas et peut-être d'encore plus loin, de l'époque des Aymaras, antérieurs aux Incas dans la région de Puno et du lac Titicaca ? Même pourchassées par les curés et les médecins, peut-être qu'elles avaient survécu à l'époque coloniale, dissimulées par ces pratiquants naïfs et ignares, subsistant malgré toutes les persécutions et coexistant à l'âge moderne comme l'une des nombreuses survivances des temps primitifs.

Au regard de cette réalité, le Pérou que Toño Azpilcueta voulait ressusciter ne pouvait renoncer à des éléments enracinés dans l'humus populaire de la nation, pour autant qu'ils l'épouvantaient. Ni à ceux-ci, ni à beaucoup d'autres, qui devaient faire une synthèse toujours plus fédératrice et totale. Là était la voie, c'est sûr, mais comment regrouper la valse, la sorcellerie et le satanisme ? C'était justement ce qu'avait fait Toño dans la troisième version de son livre parce qu'à présent il était convaincu que cela était inévitable pour rendre totalement compte de la péruvianité et de son importance dans l'union spirituelle du genre humain. Elle était au point. Sa mission s'était achevée. Il envoya la nouvelle version de son livre à son éditeur. Il était anxieux de savoir comment Cecilia voyait tout ce qui lui arrivait depuis qu'il avait publié *Lalo Molfino et la révolution silencieuse.* Maintenant il pourrait la retrouver samedi au Bransa de la place d'Armes.

XXXV

Elle le surprit en lui disant, après les habituels baisers sur la joue, qu'elle commençait à être fatiguée et qu'elle caressait l'idée de prendre sa retraite. Toño ne pouvait le croire.

« Mais voyons, Cecilia, tu es encore si jeune. Et, ne prends pas mal ce que je vais te dire, plus belle que jamais. Te retirer du chant et de la danse avec tout ton talent ? Impossible, je ne te crois pas. Et que va dire cette flopée d'admirateurs que tu as partout dans le monde ?

— Je suis épuisée et tout cela ne m'amuse plus comme avant, répondit-elle. Je veux dire, résoudre les problèmes des guitaristes, des musiciens, des techniciens. À quoi bon tout ça, Toño ? J'ai suffisamment d'argent, je possède une maison à Miraflores ; en faisant attention, je peux vivre de mes économies jusqu'à ma mort. Maintenant, tous ces gens m'ennuient. Je veux me reposer, retrouver de temps à autre mes bons amis, comme toi. Bavarder, seulement bavarder. Et même voir des télénovelas, pourquoi pas ? Et toi, quoi de neuf dans ta vie ? Tu m'as abandonnée. »

Toño lui expliqua les grands changements. Elle connaissait ses contributions au *Commerce*, elle les lisait toujours, et elle savait aussi qu'il avait maintenant une chaire de professeur à San Marcos, mais elle ne savait pas que même au Chili on était au courant de ses idées.

« Je suis heureuse, Toño, que tout aille si bien pour toi. Pour moi aussi, depuis le début de ma carrière je n'ai pas eu à me plaindre. Toutes les chanteuses, même les plus célèbres, m'ont apporté leur soutien. Mais je commence à me lasser. »

Le tailleur qu'elle portait semblait tout neuf et on aurait dit qu'elle venait de sortir du salon de coiffure et de chez la manucure. Elle portait des lunettes de soleil qui laissaient voir ses yeux, grands et rieurs comme toujours.

« Je pensais te faire une surprise et c'est plutôt toi qui m'en fais une. Je n'arrive pas à croire, Cecilita, que tu veuilles prendre ta retraite.

— Pas encore, Toño, mais cela ne va pas tarder. Je te le dis, je veux vraiment le faire. Je veux visiter des musées, voir des tableaux, mais surtout, je veux souffler. Je crois que c'est ce qu'il faut. Parfois plus rien n'a de sens et tu ne sais plus pourquoi tu continues à faire ce que tu fais.

— Je ne dis pas que ce n'est pas justice. Bien sûr que tu as le droit de te reposer. Mais je pense à tous tes fans, dont je fais partie. Sans toi, que vont-ils devenir ?

— Ils s'en chercheront une autre qu'ils admireront autant que moi ou plus encore. C'est ce qui se passe toujours. Si tu veux, faisons la liste des chanteuses célèbres du Pérou. Les gens ne s'en souviennent même plus. Si tu mets à part Felipe Pinglo Alva, il n'y a plus personne. Parce qu'il est mort jeune et tuberculeux. Sauf que ses admirateurs disparaissent les uns après les autres. Mais parlons de toi. Tout te réussit, d'après ce que tu me dis.

Bien que le succès ne soit pas une raison pour oublier tes amies.

— Bien sûr que non, Cecilia. C'est que je n'ai pas eu une minute à moi avec tout ce qui m'est tombé dessus. Je vis comme dans un rêve. Mes idées ont touché le cœur des gens. Ils reconnaissent que la musique criolla est plus qu'un divertissement et ils commencent à la voir comme un bélier prêt à abattre les préjugés. C'est un miracle. Je crois qu'à un moment je vais me réveiller et que tout cela prendra fin, et que je reviendrai à mon vieux métier de chroniqueur de chanteurs et de guitaristes, c'est-à-dire à mourir de faim, ou plutôt à vivre des lessives et ravaudages de Matilde.

— Tu ne me l'as jamais présentée, dit Cecilia en souriant. Est-ce que je pourrais maintenant faire sa connaissance ?

— Matilde mourrait de jalousie si elle te voyait, sourit Toño à son tour, en l'examinant de haut en bas. Elle n'est pas aussi belle et élégante que toi, Cecilia. Enfin, si tu insistes, je peux te la présenter. Mais je ne crois pas que vous vous entendriez bien, vous êtes si différentes !

— Sais-tu que le docteur Quispe voulait m'épouser ? Il m'a tannée des années et des années, depuis que j'ai commencé à chanter. Il m'offrait des bagues, des colliers, me payait des voyages. Mais il m'a fatiguée. Les dernières nouvelles que j'ai eues, c'est que tu n'étais pas retourné le consulter et qu'un soir tu avais fait irruption à son cabinet pour rafler les cachets qu'il t'avait prescrits. Je l'ai convaincu de laisser tomber. Toño, qu'est-ce qui t'a pris ce jour-là ? Tu vas bien ? Tu as eu une autre… ? »

Elle n'eut pas le temps de finir sa phrase qu'Antenor Cabada faisait irruption et leur tombait dessus.

« Je savais que tôt ou tard je vous trouverais ici, Toño, dit-il en ajustant ses lunettes et reprenant son souffle pour se lancer dans une tirade véhémente. Êtes-vous devenu fou ? Vous vous imaginez que je vais publier une nouvelle édition avec plus de cent pages supplémentaires ? Vous avez commencé à parler d'un guitariste de Puerto Eten, puis du Pérou, et maintenant vous parlez de taureaux et de sorciers, voire de drogues et du destin américain. Et du destin de l'humanité ! C'est à n'y rien comprendre. Votre livre a été un succès, mais la précédente édition commençait déjà à être illisible et celle-ci me tombe littéralement des mains. Est-ce que vous cherchez à me ruiner ? Voulez-vous flanquer par terre tout le prestige que vous avez acquis ? »

Toño Azpilcueta lui présenta Cecilia Barraza et l'invita à s'asseoir avec eux.

« Calmez-vous, monsieur Cabada, tout va bien se passer, dit Toño, en écartant sa chaise pour que son éditeur puisse prendre place à leur table. Je vous ai remis un livre sans la moindre faille. Je n'ai fait que devancer toute objection qu'on pourrait émettre de façon que personne, ni ici ni en aucun autre endroit du monde, ne puisse mettre en doute une seule de mes idées.

— J'ai investi tout mon argent dans cette édition et maintenant, en plus, je vais devoir demander un prêt, bougonna M. Cabada. L'impression va me coûter les yeux de la tête avec ces cent pages de plus, vous ne le comprenez pas ? Votre essai est devenu un énorme volume, un labyrinthe où il est facile de s'égarer, est-ce que vous vous en rendez compte ?

— Les éditeurs, toujours à faire passer le fric avant la gnose, dit Toño en regardant Cecilia.

— Le livre a été un succès, intervint-elle. Et il est certain que ces ajouts vont l'améliorer. Personne ne ruine sa propre œuvre, je vous l'assure, monsieur Cabada. Toño sait toujours ce qu'il fait. Voyez où il est maintenant, le prestige qu'il a acquis, on le lit jusqu'au Chili. Vous allez faire le meilleur investissement de votre vie. »

Toño fut sur le point de lui baiser la main en voyant le visage de M. Cabada s'adoucir et se calmer. Il semblait approuver ce qu'avait dit Cecilia Barraza.

« Dieu vous entende ! Et je dois vous dire que c'est un plaisir de faire votre connaissance. Veuillez me pardonner mon manque de politesse.

— Il n'y a personne qui soit plus consciencieux que Toño, c'est un exemple, insista Cecilia Barraza. Vous ne pouvez lui reprocher d'être perfectionniste ; au contraire, vous devriez vous frotter les mains. Ce serait terrible qu'il néglige son livre et n'essaie pas de l'améliorer. La troisième édition va faire un tabac.

— Je suis heureux de vous l'entendre dire, vous avez tout à fait raison, dit M. Cabada en prenant un air confus, comme s'il voulait ravaler ses paroles. Celui qui connaît le sujet, c'est Toño. C'est lui l'auteur, et le plus capable de défendre ses idées et son livre. Pardonnez ma nervosité, je joue ma maison d'édition. J'ai été indiscret de vous aborder de la sorte. Je vous laisse parler entre vous. Une fois encore, mille excuses. »

Toño attendit que M. Cabada ait disparu pour, dans un sourire de soulagement, remercier Cecilia d'être intervenue.

« Ce que je dis est vrai, Toño, tu parles avec une telle foi dans tes idées que même moi j'y crois, dit Cecilia. Le contraire serait impossible et il faut au moins se réjouir que quelqu'un dans ce pays propose quelque chose et provoque un débat intellectuel. Le livre revendique la musique criolla, ce sera ta consécration. »

Sachant que si Cecilia Barraza lui redisait encore quelque chose d'aussi élogieux il ne se retiendrait plus et lui avouerait son amour, Toño Azpilcueta trouva un prétexte pour s'éclipser. Il bouillonnait d'idées, comment ne pas en avoir encore, et peut-être était-il temps de les inclure dans cette troisième édition, ou sinon dans une quatrième.

XXXVI

Qu'aurait dit le professeur Morones de sa théorie selon laquelle la musique transformerait la société péruvienne en profondeur ? Rien, probablement, comme quand quelque chose lui déplaisait. Il serait resté muet, aurait toussé et ensuite il aurait rapidement changé de sujet. C'était un homme très respectable. Il menait une vie modeste à Breña, et il dépensait tout ce qu'il gagnait à San Marcos en livres, brochures et disques de musique péruvienne. Toño lui avait souvent rendu visite, il le connaissait bien et, tout en l'admirant et en l'appréciant, il soupçonnait que, s'il avait vécu maintenant, il se serait joint aux autres professeurs qui commençaient à dire que son livre était extravagant.

Il se mit cette idée en tête après avoir reçu une convocation de l'université de San Marcos. La fin de l'année approchait et le recteur organisait une réunion pour discuter du programme des chaires, et il savait que ce serait l'occasion attendue par ses collègues pour s'opposer à son renouvellement à la tête des affaires péruviennes. Les dix-sept élèves du début s'étaient réduits à quatre, mais il s'en moquait parce qu'il y avait toujours des volontaires qui, pour écouter les musiques qu'il jouait dans ses classes, remplissaient au moins la moitié des dossiers. De plus, ils participaient activement au cours. Mais ils ne s'y inscrivaient pas, même les étudiants de littérature péruvienne.

Il est vrai que les jours suivants Toño Azpilcueta fut très nerveux, n'ayant même pas le courage de préparer ses cours, pensant qu'il était possible que les professeurs, conspirant avec le recteur, fassent sauter sa chaire. Pourquoi les étudiants ne s'inscrivaient-ils pas à son cours ? Et pourquoi les critiques qui paraissaient, toutes moqueuses, étaient-elles commentées dans les couloirs de l'université ? Ceux qui avaient trouvé ses thèses intéressantes disaient maintenant que c'était une huachafade incompréhensible, plus proche des mièvreries de développement personnel que de l'essai. Pour couronner le tout, Antenor Cabada lui avait laissé un mot au Bransa, disant qu'il devait lui parler d'urgence. Il avait dû augmenter de trois soles la nouvelle édition et la hausse des coûts avait découragé les acheteurs de province. Lui-même avait dû payer de sa poche pour que les livres soient distribués le plus vite possible, et maintenant les librairies renvoyaient tous les exemplaires consignés dans un état déplorable. En plus, il l'avait cherché parce que, grâce à un ami, il avait décroché une interview à la télévision, mais il était introuvable. Ils avaient perdu une bonne occasion de défendre cette « absurde troisième édition » – c'est ainsi que Cabada la désignait – et de pousser les lecteurs à l'acheter. Maintenant, la ruine frappait à sa porte « mais aussi à la vôtre, cher ami – disait-il dans sa lettre –, parce que là, le premier responsable, c'est vous, à cause de vos débordements insensés. Ma faute a seulement été d'être un con et de ne pas vous avoir ramené les pieds sur terre ». L'éditeur n'était pas disposé à boire la tasse seul et il le menaçait de poursuites. Le message continuait avec moult plaintes et reproches que Toño préféra ignorer. Il ne comprenait rien à ce qui arrivait. Son livre avait été largement amélioré. Il parlait de tout. Il était destiné au succès, au Pérou et sur tout le continent. Ce n'était qu'une question de temps. Qui ne chercherait pas à lire un livre aussi ambitieux, qui donnait une réponse à toutes les préoccupations humaines ?

Le jour de la convocation arriva enfin. Presque toute l'université de San Marcos avait passé les examens finaux. Ces réunions accueillaient toujours un monde fou et Toño y assistait pour la forme, sans réaliser ce dont on y discutait. Il ne s'y était jamais intéressé, mais aujourd'hui, si, pour des raisons évidentes. Au début, on présenta des doléances, surtout de la part des titulaires de chaire qui demandaient de meilleurs budgets. Les plus chargés réclamaient de nouveaux assistants pour les travaux pratiques. Toño souhaitait que, de cette façon, les heures passent sans que personne n'aborde son sujet.

Mais le recteur aux doigts tachés de nicotine n'oubliait pas cette question ; et parmi les dernières interventions il mentionna Toño.

« Et maintenant nous devons parler d'un sujet délicat, dit le recteur après avoir agité la clochette qui alertait l'assistance. Il s'agit, n'est-ce pas, des affaires péruviennes. Vous savez que c'est un problème que nous traînons depuis que nous avons ressuscité cette chaire avec à sa tête, bien sûr, un titulaire distingué. Il s'agit du docteur Toño Azpilcueta. »

« On y est », pensa Toño avec un coup au cœur. Il avait préparé tous ses arguments mais il eut à peine l'occasion de les formuler. Il était venu disposé à livrer une grande bataille pour sauver sa chaire. Mais l'argument du recteur était sans appel, c'est-à-dire comptable.

« Nous avions dix-sept élèves inscrits quand nous l'avons rouverte, dit le recteur en examinant des papiers avec l'air de ne pas y toucher. Et maintenant nous en comptons quatre. Je comprends que beaucoup d'élèves y assistent en auditeurs libres, mais ils ne s'inscrivent pas. Et la vérité est que les chaires vivent des élèves inscrits, pas des auditeurs libres. »

Le recteur donna la parole à Toño en voyant qu'il levait la main. L'expert en musique criolla eut l'impression d'être de nouveau dans l'auditorium du ministère de l'Éducation, le soir où il avait présenté son livre devant une quinzaine de personnes. C'était plus ou moins la même chose. Les professeurs titulaires avaient commencé à s'en aller et, alors même qu'il parlait, ils continuaient à sortir, pressés d'attraper leur bus et de rentrer chez eux déjeuner.

Il parla avec enthousiasme, alignant toutes les raisons possibles pour maintenir les affaires péruviennes, mais toutes se trouvèrent écrasées par l'évidence : est-ce que maintenir la chaire avec si peu d'étudiants avait un sens ? Évidemment non. Le recteur soumit au vote la survie de la chaire et Toño fut battu à plate couture. Le recteur prononça quelques paroles affectueuses sur le professeur Azpilcueta et son combat pour maintenir la chaire à un haut niveau académique, ce qu'il avait réussi sans aucun doute, et il boucla son discours en rappelant les facteurs économiques qu'il n'était pas possible d'écarter. Il allait lever la séance quand Toño demanda à nouveau la parole.

« Cela n'a pas de sens de recourir à des pantomimes

comme celle-ci pour occulter la vérité de ce qui se passe, dit-il d'un air solennel et d'une voix nasillarde. Cacher le soleil avec son petit doigt ? Qui peut le faire, distingués collègues... ou plutôt, ex-collègues ? Ce qui s'est produit ici n'est pas un exercice de rationalité économique, non. Tout cela a été un jeu rhétorique, un rideau de fumée derrière lequel la vérité se cache. Et quelle est cette réalité ? J'utiliserai un seul mot, qui paraîtra familier à vos oreilles. Complot ! Dans mon université bien-aimée, mais pas seulement, en réalité, dans le Pérou tout entier, il existe une conspiration contre moi. J'ai honte de dire que mes collègues... mes ex-collègues ici présents ne supportent pas que mes idées triomphent dans ce pays et à l'étranger. Parce qu'au Chili, on me lit, mes amis ! Et ici, elles ont captivé le lecteur savant comme le profane. Plus encore ce dernier, l'homme et la femme de province qui comprennent vraiment la musique criolla et savent que c'est d'elle que provient la solution à tous nos problèmes. L'hostilité des intellectuels envers mes idées ne peut signifier qu'une chose : ils veulent que le Pérou continue avec ses divisions et ses conflits, ils veulent que nous continuions à nous ignorer les uns les autres. Et ils savent que mon échec est celui de ce projet, qui apporterait l'union et la paix aux Péruviens. Il existe un nom pour les êtres qui préfèrent la corruption à la fraternité. Vous voulez le savoir ? Vous voulez que je le dise ? Des rats !...

— Professeur Azpilcueta ! l'interrompit le recteur en tapant sur son bureau avec la paume de la main. Je ne vous permets pas d'insulter l'assemblée des professeurs ni l'université.

— Des rats ! répéta Toño.

— La séance est levée », dit le recteur, et un murmure parcourut l'assemblée.

Les professeurs se levèrent et partirent en cherchant la sortie, lançant des regards réprobateurs à Toño qui restait immobile, debout, criant toujours : Des rats ! Des rats ! La différence étant qu'il ne le faisait plus avec rage et véhémence, mais d'une voix brisée, craintive. Une professeure remarqua qu'il avait les yeux bien ouverts, comme s'il était en état de choc, et elle s'approcha de lui pour lui demander s'il allait bien. Elle se rendit compte alors que Toño, même s'il ne criait plus, continuait à dire la même chose à voix basse. Lui, sentant la présence de la femme, la saisit par le bras. C'était la réaction d'un naufragé qui reçoit une bouée au milieu de la mer. « Des rats, des rats, des rats », lui murmura-t-il en tremblant. La professeure lui prit le visage dans ses mains mais, en voyant qu'il ne réussissait pas à fixer son regard et que ses pupilles dilatées n'établissaient aucun contact avec elle, elle appela à l'aide. Plusieurs professeurs, y compris le recteur qui se chargea de conduire la procession entre les édifices des facultés, portèrent Toño dans leurs bras jusqu'à l'infirmerie de l'université. Une heure plus tard, alors que les étudiants déjeunaient dans les cafétérias et que Lima suspendait un moment ses activités, une ambulance arriva pour l'emporter.

XXXVII

Deux silhouettes avancent au loin, petites tout d'abord, par une matinée dégagée ; au fur et à mesure qu'elles s'approchent du parc central de Miraflores, le couple grandit jusqu'à atteindre une taille normale. L'avenue Larco est vide, pleine seulement de papiers et de sacs-poubelle jetés sur les trottoirs. À cette heure, les bennes, qui ramassent les ordures de la nuit précédente, ne circulent pas encore. Un reflet lointain, à la hauteur du parc Salazar, indique que le soleil va se lever et qu'on apercevra bientôt, au pied de la falaise et au-delà, la mer du matin. Il fera beau et, par bonheur, le jour sera chaud.

Le couple a dû se lever bien tôt. Lui porte un pantalon et un pull vert qui contraste avec sa chemise jaune dont on aperçoit à peine le col, une harmonie des teintes où se détache la couleur crème. Et une casquette qui couvre une partie de son visage. Elle, de taille plus petite, est ravissante, avec une robe d'été légère, des mocassins, une fort belle coiffure, comme si, au lever du lit, elle s'était douchée et faite toute belle pour ce rendez-vous. Il n'est pas encore huit heures du matin.

Lentement et en bavardant, le couple s'approche de la

petite place qui forme le centre de Miraflores, avec l'hôtel de ville, l'église, le parc, les bancs sous les grands arbres et le gazon qui vient d'être tondu et arrosé par les jardiniers qui commencent leur travail de la journée.

« Curieux ce qu'est devenu Miraflores, fait remarquer Toño Azpilcueta, en regardant à droite, à gauche, devant et derrière. Cela faisait un moment que je n'étais pas venu, surtout à ces heures.

— Ça s'est rempli de boutiques et de circulation, dit Cecilia Barraza. Ce n'est plus aussi sympa qu'avant. Heureusement, depuis ma fenêtre, sur les hauteurs, je ne le vois pas. Il n'y a que des magasins, de toutes les couleurs et de toutes les saveurs. On te vend depuis une voiture jusqu'à un dé à coudre. Ils ont défiguré ce quartier. Avant, c'était agréable de se promener par ici. Je me rappelle que, quand j'étais petite, mon père nous y amenait en nous tenant par la main et qu'il n'y avait que des vendeurs de rue assis dans le parc. Et même dans les années quatre-vingt-dix on pouvait se balader tranquillement, quand les attentats avaient pris fin. Regarde maintenant, ça s'est complètement dégradé.

— Tout change, dit Toño en faisant la grimace. Mais c'est vrai, toutes ces boutiques ne présentent pas Miraflores sous son meilleur jour.

— Elles ne sont pas chics, tiens, comme celles de San Isidro. La faute à l'avilissement, Toño. Ici, on vend même des billets de loterie.

— Tu ne peux pas te plaindre, Cecilia. La vue, depuis ta maison, tout là-haut, est sûrement ravissante. La mer doit entrer à flots dans les chambres.

— Ce quatrième étage est très bien, reconnaît-elle. Je ne t'ai pas fait entrer à cause du désordre. Mais j'ai des meubles, des tapis neufs et puis des souvenirs et des photos de partout. Cet appartement a belle allure. Quand il sera fin prêt, tu viendras prendre une petite tasse de thé, comme autrefois chez tes amis Toni Lagarde et Lala Solórzano, qu'ils reposent en paix !

— Toni et Lala, dit Toño, en se les rappelant avec nostalgie. C'était inévitable à leur âge. Si tu avais vu comment ils vivaient. Dans une baraque de quatre sous, à Breña, mais heureux.

— Tu m'as tellement parlé d'eux et de la gelée de coing que préparait Lala que j'ai décidé d'apprendre à la faire. Un de ces jours, je te ferai la surprise, Toño. Tu verras, tu verras.

— C'est vrai, tu as appris à faire la gelée de coing, Cecilia ? Si tu la réussis, je te jure que je t'embrasse.

— Seulement sur la joue ou sur la main, dit Cecilia, avec coquetterie. Sur la bouche, jamais.

— Je sais bien, Cecilia, pas sur la bouche. Ça, pour rien au monde. Nous sommes seulement des amis et pour moi c'est déjà un miracle. Pendant longtemps je n'ai fait que penser à toi, mais que je sache, sans jamais vraiment te connaître. Les médecins disaient que j'affabulais, et j'ai fini par les croire. Que quelqu'un comme moi soit ami de la grande Cecilia Barraza, c'était assez peu vraisemblable.

— Ne dis pas ça, Toño, proteste Cecilia, en lui tapotant le bras. Tu es le grand Toño Azpilcueta, le plus grand spécialiste de musique criolla du pays, l'auteur de…

— Évite de le mentionner, je t'en prie », l'interrompt Toño.

Ils sont sur la place de Miraflores, devant l'église. Ils font un tour par les jardins. Les balayeurs ont commencé à nettoyer le sol des canettes vides, des bouteilles de limonade, des mégots à moitié fumés, des allumettes et des crachats, sur lesquels ils jettent un peu d'eau avant de les balayer. Le parc devient plus propre et de meilleur aspect.

« C'est très joli à cette heure-ci, surtout l'été, dit Toño. Sais-tu à quelle heure je me suis tiré du lit pour notre rendez-vous ? Il n'était pas six heures, Cecilia. Sais-tu où on peut prendre un petit déjeuner ? Je meurs de faim.

— La Tiendecita Blanca, bien sûr, suggère Cecilia. Ils ouvrent très tôt. Et comme c'est dimanche, il y aura des langues-de-chat pour accompagner une bonne tasse de thé. Ou, si on a l'estomac bien accroché, un chocolat chaud.

— Je suis partant, fait Toño en souriant. Un chocolat chaud. Et des langues-de-...

— C'est un petit biscuit suisse, je crois. Du moins les patrons de La Tiendecita Blanca le sont. Un endroit épatant, allons-y. Je raffole des langues-de-chat. Parfois, j'en meurs d'envie et je viens jusqu'ici pour en déguster. C'est le seul endroit de Lima où on les fait dans les règles, bien chaudes, tout juste sorties du four, tu vas voir.

— C'est la première fois qu'on se voit à Miraflores, n'est-ce pas, Cecilia ? C'est vrai que le Bransa a mis la clé sous la porte.

— Tout cela est très loin, dit Cecilia, en faisant la moue. Je mettais plus d'une demi-heure pour m'y rendre en taxi. Et la clientèle n'était pas aussi amusante. Ici nous serons seuls à cette heure. On pourra bavarder à l'aise.

— Alors, je ne regrette pas d'être venu, Cecilia. Cela faisait si longtemps que je ne t'avais pas vue.

— Je peux en dire autant, Toño. Je pensais déjà qu'on s'était perdus de vue. Qu'on avait cessé d'être amis, je veux dire, et toi tu avais même oublié qu'on l'était, non mais !

— J'ai été très occupé à remettre mes finances à flot en écrivant matin et soir mes articles sur la musique criolla. Mais quant à l'amitié, tu es au premier rang. Et tu le seras pour toujours, ne l'oublie pas.

— Je l'espère bien, Toño. Les époux et les amants vont et viennent. Mais les amis restent à jamais et sont toujours les mêmes.

— Allons à La Tiendecita Blanca. Ça sera ouvert, non ?

— Ils ouvrent très tôt, pour quelques vieux qui prennent là leur petit déjeuner et jouent aux échecs. Viens, nous allons voir.

— Fais gaffe, Cecilia, quand tu parles de vieux avec ce brin de mépris. N'oublie pas que nous commençons à prendre de l'âge tous les deux.

— C'est vrai, dit Cecilia avec un sourire. Les années passent et les cheveux blancs poussent, bien qu'on les dissimule. Je ne dirai plus jamais vieux, Toño, je te le promets. »

Ils remontent par le parc de Miraflores, entre les éboueurs, et en atteignant le coin de l'avenue Ricardo Palma ils voient que La Tiendecita Blanca est déjà ouverte. « Qu'est-ce que je te disais ? » balbutie Cecilia Barraza. Un moment après, ils sont tous deux installés à une table, sur la terrasse du salon de thé, commandant des langues-de-chat et deux chocolats brûlants.

« Avec un bol pareil, je vais mourir, dit Cecilia. Mais comme c'est la première fois que tu viens à Miraflores prendre le petit déjeuner avec moi, je m'accorderai ce caprice. »

Toño acquiesce et se met à regarder les grands immeubles qui s'élèvent sur l'avenue José Pardo, légèrement surpris que ce soit là encore sa ville.

« Qu'est-ce que tu es devenu depuis tout ce temps ? demande Cecilia, en changeant de ton et le regardant très sérieusement. Est-ce que tu t'habitues à ta nouvelle situation ?

— Eh bien, je crois que je me suis résigné, il faut bien ! dit Toño. Les petites revues de musique criolla me paient moins qu'avant mes comptes rendus, mais je le mérite sûrement, parce qu'ils doivent être moins bons. Je ne me sens pas humilié, juste un peu, de survivre à nouveau grâce à Matilde. Elle s'est organisée avec d'autres femmes du quartier pour monter une petite entreprise de couture. Mes filles ont pu terminer leur scolarité et sont maintenant à l'université. Elles vont bien et veillent sur moi. On va de l'avant, malgré tout.

— Tu vis toujours à Villa El Salvador ?

— On a déménagé à San Miguel grâce à mon ami Collau. Il a ouvert un grand restaurant chinois voici quelques années. Il me donne aussi un coup de main de temps à autre, et moi, en échange, j'aide à l'entretien du local. C'est un très brave type et il nous aime beaucoup.

— Je suis heureuse pour tes filles, dit Cecilia en tapant sur la table. Les jeunes femmes doivent faire des études, obtenir des diplômes, rivaliser avec les hommes. Avoir une profession, tout est là. Ici, au Pérou, la femme a toujours été, depuis l'époque des Incas, une personne de seconde zone. Ça suffit comme ça. »

Toño acquiesce pour lui faire plaisir. Il n'est pas tout à fait d'accord avec ce qui se passe ici à Lima pour les femmes, qui sont de plus en plus insolentes et rebelles, mais il tient sa langue.

« J'ai eu de la chance, dit Toño. Toujours entouré de grandes femmes. Comme toi, Cecilita.

— Si besoin est, tu peux compter sur moi. Je peux t'assurer que le docteur Quispe est disposé à te recevoir, le cas échéant.

— Ah, le docteur Quispe, dit Toño, en faisant un effort pour se rappeler. Le toubib que j'ai eu plaisir à rencontrer.

— Je sais que tu n'es pas sur la même longueur d'onde que lui, mais c'est un excellent praticien…

— Un grand homme, je sais bien, l'interrompt Toño. Quelqu'un à ta hauteur, qui aurait mérité ton cœur. »

Cecilia cache son visage derrière le bol de chocolat et mâche lentement une langue-de-chat.

« C'est meilleur que les chancays, tu dois le reconnaître, finit-elle par dire.

— Délicieux, il n'y a pas de doute.

— Toño, je te trouve bizarre, je préférerais presque que tu me dises que le docteur Quispe est un connard, confie Cecilia en reposant la tasse et les gâteaux.

— Comment pourrais-je dire ça d'un professeur de médecine aussi prestigieux ?

— Je t'en prie, Toño, proteste Cecilia en se justifiant. C'était un sale con, qui n'a rien fait pour toi. Il n'a même pas voulu te donner ces cachets.

— Cela n'aurait pas servi à grand-chose, admet Toño, résigné.

— Bien sûr que si. Ce jour à San Marcos, si tu les avais eus…, dit Cecilia, hésitante. Dis-moi, Toño, que s'est-il passé au juste ?

— Tu sais très bien ce qui s'est passé.

— Mais là tu vas bien. Pourquoi n'essaies-tu pas de retourner à San Marcos ? Bagarre-toi pour cette chaire, Toño, je me rappelle encore ta fougue, la foi que tu avais dans ce que tu disais, je t'assure, dit Cecilia doucement.

— C'était dans ma période de confusion. Matilde m'a appris à avoir les pieds sur terre, je ne peux que lui en savoir gré, dit Toño en plissant les yeux.

— Et tes idées ? Tes projets ?

— Envolés, pour mon bonheur.

— Tu ne crois plus que la musique criolla nous unira ? demande Cecilia, déçue. J'ai toujours aimé, moi, chanter et rendre les gens heureux, mais c'est seulement quand je t'ai écouté que je me suis sentie réellement importante et fière de ce que je faisais. Je n'ai jamais chanté avec autant de passion et d'enthousiasme qu'après t'avoir entendu au Bransa parler de ton livre et de Lalo Molfino.

— Il y a si longtemps que je ne t'ai pas entendue chanter, dit Toño, comme s'il n'était pas concerné. Cela me ferait tellement plaisir que tu me chantes l'un de tes tubes les plus connus.

— Dis-moi plutôt, toi, que c'est la vérité, que la musique criolla n'est pas seulement une sorte de divertissement. Si je ne me suis pas retirée de la scène il y a quelques années c'est parce que je t'ai cru, parce que tu m'as fait voir que la musique avait bien plus d'importance que je ne l'imaginais. Maintenant je me remets à douter. Ôte-moi ça de la tête, Toño, tâche de me convaincre.

— Qui suis-je, moi, pour te dire que faire ? répond Toño, l'air pitoyable.

— Tu es l'auteur de...

— Ma famille a tenu le coup grâce à Matilde, et parce qu'elle ne s'est jamais laissé embobiner par mes idées et mes fantaisies, dit Toño, résigné.

— Et c'est tout ? Il n'y a rien de plus dans ta vie à part la routine et ton estomac satisfait ? dit Cecilia, indignée.

— Ma peau ne me gratte plus et les rats ne me tourmentent plus. Ce n'est pas rien.

— J'aimerais presque mieux te voir la chemise retroussée et te grattant comme un possédé, dit Cecilia en bougonnant. Qu'importent les rats, Toño ? Qu'ils reviennent si c'est à ce prix que tu retrouves ton enthousiasme pour la musique. »

Toño avale une gorgée de chocolat et s'aperçoit qu'il est tout froid. Il se concentre sur la mousse épaisse flottant dans le bol.

« Chanterais-tu pour moi, Cecilia ? À voix basse, à l'oreille, pour que je sois seul à t'entendre, dit-il.

— Tu ne crois donc plus que les problèmes de ce pays trouveront un jour leur solution ?

— Un jour, peut-être. Mais nous ne serons plus là, Cecilia, pour le voir. Les problèmes sont immenses, pas si faciles à résoudre.

— Bon ben, on fera avec, sourit Cecilia en essayant de chasser ces idées noires et de garder le moral. Il ne faut pas désespérer. Si ça se trouve, un de ces jours, on va découvrir un nouveau minerai qui n'existe qu'au Pérou, et nous voilà riches. Et le tour est joué, hein ?

— Rien de plus facile, oui, fait Toño en riant. Puisses-tu garder toujours cet optimisme, Cecilia ! Il te va si bien.

— Garde tes mots doux pour toi. Rappelle-toi que nous sommes seulement de bons amis. En revanche, promets-moi de ne plus rester si longtemps sans me faire signe.

— J'ai eu l'immense plaisir de te revoir, dit Toño. Tu es pareille à toi-même. Toujours jeune, toujours belle. Je te promets de t'appeler au moins tous les quinze jours, pour qu'on prenne ensemble ces petits déjeuners si agréables.

— Ici, à Miraflores ? dit Cecilia. S'il te plaît, Toño. Tu sais que je déteste me rendre dans le centre. Parfois on me reconnaît et on me demande des autographes. Allez, restons à Miraflores.

— Allez, restons à Miraflores », acquiesce Toño.

Il se lève pour appeler le serveur, et Cecilia peut voir tomber de la poche arrière de son pantalon un carnet de notes.

« Tu perds ton calepin, Toño, dit-elle malicieusement. Peut-on savoir ce que tu es en train d'écrire ?

— Rien du tout. »

Cecilia le regarde fixement dans les yeux en lui souriant.

« Si tu me le dis, je te chante sur-le-champ à l'oreille la chanson que tu voudras, pour toi tout seul.

— C'est une de mes folies habituelles, Cecilia. Mieux vaut ne rien t'en dire, parce que tout est encore très prématuré. Mais si j'arrive à avancer, je te promets que tu seras la première à le savoir. Et à le lire. Et puis, si ça se passe bien, je te dédierai l'ouvrage. »

Ils demandent l'addition et, comme toujours, Cecilia s'obstine à la régler. Ils discutent, mais au bout du compte Toño cède parce que Cecilia est « celle qui a le plus d'argent », et ils sortent de La Tiendecita Blanca. Et les revoilà sur l'avenue Larco, où tout indique que le jour s'est levé. Des hommes et des femmes dans les rues, des vendeurs ambulants qui cherchent leur place sur les trottoirs. Les magasins ouvrent leur rideau et étalent leurs produits à la lumière du jour. Toño et Cecilia bavardent encore, un peu séparés, certes, bien que, par moments, ils se rapprochent et Cecilia semble lui dire quelque chose à l'oreille. Toño avait l'habitude d'accompagner Cecilia à son taxi quand ils déjeunaient sur la place d'Armes, et maintenant, dans cette nouvelle étape, il l'accompagne jusqu'à la porte de chez elle, avant d'emprunter un de ces nombreux bus qui mènent jusqu'à San Miguel, où il vit désormais.

J'ai achevé la première version de ce roman le 27 avril 2022, à Madrid. Je l'ai reprise en mai et, pendant les mois suivants – juin, juillet, août, septembre, octobre, novembre et décembre –, j'ai encore fait de petites retouches. J'attendais avec impatience mon voyage au Pérou pour visiter Chiclayo et Puerto Eten, car à la suite de ce voyage je pensais pouvoir achever cette version.

Et en effet, ce voyage m'a été très utile. Je crois que ce roman est désormais terminé. À présent, j'aimerais travailler à un essai sur Sartre, qui fut le maître à penser de ma jeunesse. Ce sera la dernière chose que j'écrirai.

Mario Vargas Llosa

GLOSSAIRE

Cajón : Instrument de musique à percussion – littéralement « caisse » – inventé au Pérou au XVIIIe siècle.

Cajonero : Batteur de cajón.

Callejón : anciennes maisons coloniales du centre de Lima transformées en un ensemble d'appartements disponibles à la location, souvent occupés par les ménages plus modestes.

Causera : Vendeuse de *causa*, plat typique péruvien, flan de patate garni de divers ingrédients (poulet, piment, etc.).

Chancay : Brioche ronde, fourrée au fromage, originaire de la ville du même nom.

Charrúa : Nom d'un peuple indigène de la région actuelle d'Entre Ríos (répartie entre l'Argentine, l'Uruguay et le Brésil) souvent utilisé pour caractériser les Uruguayens d'aujourd'hui.

Chichería : Débit de chicha, boisson alcoolisée péruvienne à base de maïs fermenté.

Cholo, chola : Désigne un métis, un indigène indianisé et urbain. Même si, comme le dit Vargas Llosa, tous les Péruviens sont métis, les *cholos* renvoient de préférence aux couches défavorisées de la société.

Cojinova : Poisson de la côte pacifique, particulièrement apprécié au Pérou.

Criollo, criolla : Pourrait désigner le ou la « créole », mais son champ sémantique plus large évoque en général tout ce qui ressortit à l'idiosyncrasie péruvienne et peut se comprendre comme autochtone et authentique.

Criollista : Membre d'un mouvement littéraire, né au XIXe siècle, adepte de la culture autochtone ou nationale du Pérou et défenseur de l'américanisme face à la culture européenne.

La danse des Diablotins : Danse où l'on mime la bataille entre les conquistadors et les Indiens.

Faite : En argot péruvien désigne un jeune bagarreur qui n'a pas froid aux yeux, un petit voyou.

Frutero : Marchand de fruits ambulant.

Guïro : Instrument à percussion constitué d'un racloir percé de trous dans lesquels on passe le pouce et le majeur pour le tenir.

Huachafería : Désigne au Pérou un comportement ou un style qui est considéré comme de mauvais goût, vulgaire, sentimental, ridicule ou prétentieux. Il est souvent utilisé pour décrire des gestes, des attitudes ou des propos qui cherchent à impressionner mais qui manquent d'authenticité ou de raffinement.

Huayno, huaynito : Danse et chant des Andes péruviennes. Les huaynos d'Ayacucho sont les plus connus.

Huerequeque : Oiseau au plumage gris-ocre avec une ligne noire caractéristique sur la tête qui ressemble à un sourcil. Commun sur la côte péruvienne.

Jarana : Fête populaire, bruyante et débridée.

Karamanduka : Petit pain rond, spécialité du Pérou.

Marinera : Danse de séduction de la côte péruvienne, pratiquée en couple.

Mitimae : Déplacement de population ou déportation en usage dans l'Empire inca.

Pasillo : Chant et danse dérivée de la valse autrichienne, à caractère mélancolique ou romantique, qu'on trouve dans le nord du Pérou.

Pejerrey : Poisson du Pacifique à la chair extrêmement fine.

Peña : Club où sont organisés concerts, fêtes et autres activités à caractère artistique et festif.

Picaronera : Vendeuse de beignets péruviens appelés *picarones*.

Pregón : Chant traditionnel des vendeurs ambulants pour vendre leurs produits. C'est devenu une forme de musique typiquement péruvienne, entrée au patrimoine national.

Quipu : Mot quechua qui signifie « nœud » et « compte ».

Rey : Poisson du Pacifique.

Resbalosa : Danse populaire au pas glissé, proche de la zamacueca, née au Pérou et répandue en Argentine et au Chili.

Rosquete : Biscuit du Guatemala.

Serrano : Habitant de la Sierra.

Tamal : Pâte de maïs fourrée de viande ou de légumes et servie en papillote enveloppée d'une feuille de maïs ou de bananier.

Tamalera : Vendeuse de *tamales*.

Télénovela : Série télévisée, à thème amoureux et romantique, souvent mièvre, diffusée quotidiennement en Amérique hispanophone, et comprenant quelquefois des centaines d'épisodes de courte durée. Extrêmement populaire, elle est au cœur du roman de Vargas Llosa *La Tante Julia et le scribouillard*.

Tisanera : Herboriste.

Tondero : Danse de la côte du Pérou, d'origine africaine.

Triste : Chant du nord du Pérou en forme de lamentation.

Yaraví : « Chant d'amour » traditionnel quechua, en forme de complainte mélancolique.

Yawar Fiesta : Littéralement « Fête du sang », recréant dans les villages andins du Pérou un spectacle tauromachique – parfois avec un condor attaché sur le dos d'un jeune taureau – où la bravoure des participants est mise à l'épreuve.

Zamacueca : Danse populaire afro-péruvienne.

Zambo : Dans le système de castes de la période coloniale, étaient classés « zambos » les descendants des métis de Noirs et d'Amérindiens dans l'Amérique hispanophone.

Zapateo : Danse typiquement argentine, exécutée par un homme seul, ou une femme seule, qui claque le sol avec les pieds.

Œuvres de Mario Vargas Llosa (suite)

VOYAGE VERS LA FICTION. Le monde de Juan Carlos Onetti, 2009
LE RÊVE DU CELTE, 2011 (Folio n° 5587)
THÉÂTRE COMPLET, 2011
DE SABRES ET D'UTOPIES, 2011
ÉLOGE DE LA LECTURE ET DE LA FICTION, 2011
LE HÉROS DISCRET, 2015 (Folio n° 6318)
LA CIVILISATION DU SPECTACLE, 2015
ŒUVRES ROMANESQUES I – II, 2016
AUX CINQ RUES, LIMA, 2017 (Folio n° 6667)
L'ATELIER DU ROMAN, 2019
LES CONTES DE LA PESTE, 2019
L'APPEL DE LA TRIBU, 2021 (Folio n° 7140)
LA LITTÉRATURE EST MA VENGEANCE *avec Claudio Magris*, 2021
TEMPS SAUVAGES, 2021 (Folio n° 7296)

Dans la collection Folio Bilingue

LES CAÏDS / *LOS JEFES* (Folio n° 211)
LES CHIOTS/*LOS CACHORROS* (Folio n° 15)

Dans la collection Folio 3 €

LES CHIOTS (Folio n° 3760)

Gallimard Jeunesse

LE NAVIRE DES ENFANTS, 2019

Aux Éditions de l'Herne

UN DEMI-SIÈCLE AVEC BORGES, 2004
COMMENT J'AI VAINCU MA PEUR DE L'AVION, 2009
UN RASTA À BERLIN, 2010

Aux Éditions Plon

DICTIONNAIRE AMOUREUX DE L'AMÉRIQUE LATINE, 2005

Aux Éditions Terre de brume

ENTRETIEN AVEC MARIO VARGAS LLOSA, *suivi de* MA PARENTE D'AREQUIPA, 2003

Composition : Nord Compo
Achevé d'imprimer
par CPI Firmin-Didot
à Mesnil-sur-l'Estrée, en juin 2025
Dépôt légal : juin 2025
Numéro d'imprimeur : 184239

ISBN : 978-2-07-307987-9/Imprimé en France

639421